U0642249

写给设计师的诗词书

诗语空间

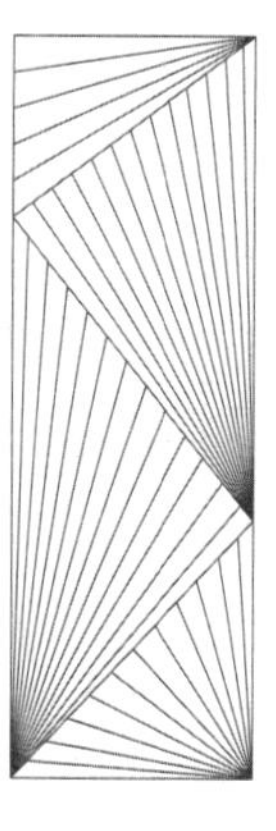

探寻古典诗词中的『设计思』
设计之道，试从诗始

傅蓉蓉　编著

广西师范大学出版社
·桂林·

图书在版编目（CIP）数据

诗语空间：写给设计师的诗词书 / 傅蓉蓉编著 .—桂林：广西师范大学出版社，2020.9（2024.1 重印）
ISBN 978-7-5598-2533-9

Ⅰ.①诗… Ⅱ.①傅… Ⅲ.①古典诗歌－诗歌欣赏－中国 Ⅳ.①I207.2

中国版本图书馆 CIP 数据核字（2019）第 298511 号

诗语空间：写给设计师的诗词书
SHI YU KONGJIAN: XIEGEI SHEJISHI DE SHICISHU

出 品 人：刘广汉
责任编辑：季 慧
装帧设计：马 珂

广西师范大学出版社出版发行
（广西桂林市五里店路 9 号　　邮政编码：541004
网址：http://www.bbtpress.com）
出版人：黄轩庄
全国新华书店经销
销售热线：021-65200318　021-31260822-898
恒美印务（广州）有限公司印刷
（广州市南沙区环市大道南路 334 号　邮政编码：511458）
开本：889 mm × 1 194 mm　1/30
印张：12.8　　字数：300 千
2020 年 9 月第 1 版　　2024 年 1 月第 5 次印刷
定价：88.00 元

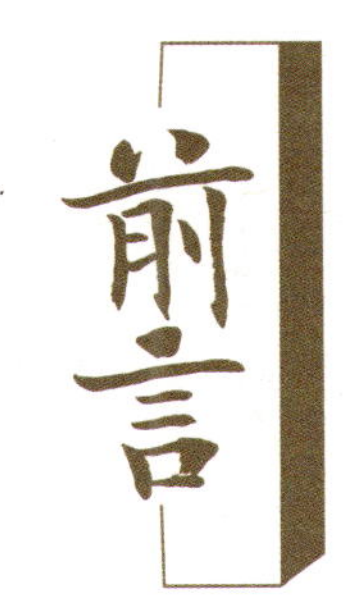

这是一本给设计师看的诗词书。

谈设计，不仅是谈技术，更是谈艺术、谈哲学。成功的设计表达出了设计师对自然、生命的理解，对人类心灵的体察。人们常说，不能打动人心的设计不是好设计。“打动人心”，往往来源于设计师瞬间情感的迸发。它像长夜中突然升起的焰火，瞬间照彻设计者和需求者的内心，在这光芒中，情感得以会通，体验得以升华。产生这种“迸发”的前提，是设计师不断的热情积聚和性灵触发。从理解技术到理解人性，由“术”体“道”，是设计师在成长和成熟过程中的必经之路。

何为“体道”？“道”由心生，心地活泼，神与物游，始能体悟。诗源于心，与“道”为邻，设计与诗，虽分属两个领域，但最终都直指心灵，所以言设计之“道”，试从诗始。

中国传统诗歌的一大特点是由发达的形象思维构筑出宇宙生命、自然万物充满活泼生机的意象与境界。这些意象与境界令人心情愉悦、心智灵动，更能激发读者充满自主意识的丰富想象。设计师作为心性敏锐、有丰富审美体验的一群人，阅读诗词必定能触发其独特的情感波动，激发其全新的设计灵感。同时，多元文化的滋养还有助于设计师摆脱固有的思维模式，借助陌生化体验，获得理念更新和方法更新。

如果我们相信人类有共通的爱与哀愁，那么我们也相信人类会因同样的物色之美、时序之美生发感动。请把这本书当成一次“设计采风”之旅，看一看唐时明月宋时风，关塞江河画图中；品一品诗人们以足印蹄痕丈量过的中华大地与今天的设计师们看到的有什么“不同之同”，在“同”与“不同”之间，让感动直抵灵魂深处，并最终通过作品呈现出来。

这也是一本为“设计思”提供有效精神补给的诗词书。

以中国诗歌空间意象之美助力设计创新的民族化道路的探索。基于这一理念，本书对每首诗的解读由四部分构成：理念引导、设计联想、诗词赏析和绘画（书法）作品品鉴。

简要的理念引导结合中国传统艺术理论，帮助读者确立对中国诗词空间之美构成要素的认知。设计联想以札记的形式讲述诗词空间意象给当代设计带来的启发与借鉴。诗词作品是表达空间意识与空间之美的载体，采用诗性的语言进行赏析，有助于我们深入地体悟中国诗学中包含的深厚博大的美学经验和塑造美、传达美的路径与方法；同时，诗词赏析的重点落在意境传达和视觉画面的营造上，帮助读者更好地感知与解构诗之大美。以与诗词作品内涵相吻合的绘画（书法）作品为参照物进行品鉴，借助“诗性”与“画境”的会通，意在通过视觉引导，以形象、直观的方式提升读者感知效果，理解中国艺术“诗画同源”理念的内涵。

需要特别指出的是，本书中的“诗”与“画”不是对设计理论和方法简单地对应和诠释，我们更注重诗、画之间的精神互通，以期能更好地产生对读者情感的濡染。所以诗、画的选择标准是“启思”与“会通”。在诗中，创作者用文字对某一艺术理念或者空间物象的审美进行表达，而画则是我们看到这一理念或物象视觉化的途径；不同艺术形式提供了不同的视野和角度，彼此映衬，彼此融合，为读者的“设计思”提供丰盈而全面的精神滋养。

在创意经济高速发展的年代，“谈设计”成为一个普泛而时尚的话题，“做设计”也逐渐从专业领域延伸到了日常领域，然而，能够让代表这个伟大时代的设计出现仍是一件值得努力与期待的事情。

来吧，读一首诗，静听内心。或许，当诗性光芒照进设计，“伟大”会应运而生。

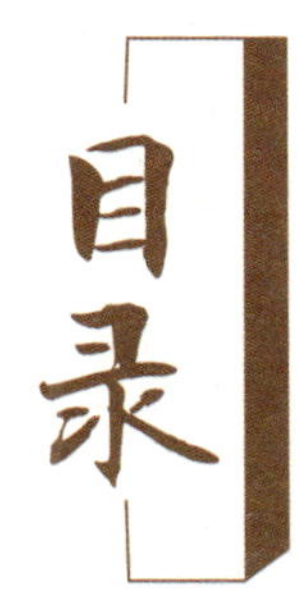

目录

色彩

尺度

形态

感知

区域

建筑

中国文化中的色彩观来源于人们对客观世界的基本认知。《左传·昭公元年》载："天有六气，降生五味，发为五色，征为五声，淫生六疾。六气曰阴、阳、风、雨、晦、明也。分为四时，序为五节，过则为灾。"[①] 这表明了人们认为"五色"来源于阴晴圆缺的变化，是自然形态的具象表现。当人们面对造物之变化，物色之迁移，会生发出由"心物交感"而产生的审美认知。《文心雕龙·物色》中"若夫珪璋挺其惠心，英华秀其清气，物色相召，人谁获安？是以献岁发春，悦豫之情畅；滔滔孟夏，郁陶之心凝；天高气清，阴沉之志远；霰雪无垠，矜肃之虑深。岁有其物，物有其容；情以物迁，辞以情发"[②]，就是将人的情感与自然的变化相对应。面对各种景物的感召，谁又能无动于衷呢？一年四季不同的景物各有其独特的风貌、声色和感情，文辞由于感情的震动而产生。这种物色与情感共振而形成的作品体现了创作者内心世界与外部世界的和谐。这种和谐之美通过直接、生动的画面感染读者，使之产生"共情"。色彩的生命在作者与读者的协力中得以圆满。具体说来，在诗词作品中，色彩的表达通过以下三种方式实现：摹色、托色和比色。摹色，指造独到之意境，写真实色彩，依靠色彩本身的鲜明、灵动和文化性格打动人心；托色，指将色彩作为心灵世界的外化，以情驭色，以色著"我"之个性；比色，则是注重描写之中色彩的对比映衬，通过色彩的相互排斥产生的张力使物象产生强烈的冲击力。

---

① ［春秋］左丘明，《春秋左传》卷四十一，吴哲楣主编，《十三经》，北京：国际文化出版公司，1993年，第855—856页。

② ［南朝］刘勰，《文心雕龙》卷十，范文澜注，《文心雕龙注》，北京：人民文学出版社，2000年，第693页。

浓，意指深厚、浓烈，具有极强的视觉冲击力。这不仅是指色彩上的鲜明艳丽，也指色彩与情境融合碰撞出来的、给予受众心理上的丰富多元的厚重体验。

玉楼春·春景[①]

【宋】宋祁

东城渐觉风光好。縠皱波纹迎客棹。绿杨烟外晓寒轻，红杏枝头春意闹。

浮生长恨欢娱少。肯爱千金轻一笑。为君持酒劝斜阳，且向花间留晚照。

摹色丨秾丽丨心物交感

以情托色，以物观情。作为一种有效的设计语言，鲜明秾丽的色彩对提升受众的心理愉悦度、引发丰富而灵动的审美感知具有直接意义。璀璨而明媚的光色仿佛一道阳光，让人情难自禁、目眩神迷。

词的上片，写春日城东，风光佳秀，水波轻漾，仿佛在期待客船的到来。水的轻灵和脉脉温情传递出春之欢愉和温暖。绿杨轻袅，些许的寒意加深了人们对季节变化的感知，让人仿佛可以听见春天缓慢却坚定的脚步声。而“红杏枝头春意闹”，更将春的花团锦簇和明艳烂漫通过一个带有通感性质的“闹”字脱化而出，让人仿佛置身于粉红淡白的花

① 唐圭璋编，《全宋词》，北京：中华书局，1999 年，第 116 页。

从中，呼吸着馥郁柔和的馨香，眼角眉梢都被春意浸染。作者宋祁因此句而名扬词坛，被世人称为“红杏尚书”。

如果说词的上片采用“摹色”之法，将春景中花树之色的浓厚传达得淋漓尽致，在读者心中留下了鲜明印象的话，词的下片则由物色转向人情。在这无边春色之中，词人感受到了时光的珍贵。然而，美好的事物总是在不经意之间消逝，所以他说，“千金”何足惜，只愿换得花间“一笑”，展示出强烈的“惜春”“惜时”的情愫。词的结句“无理而妙”，把酒劝斜阳，愿它缓缓归去，将更多的余晖洒落花间。这明明是个无法实现的痴念，却将词人对春光的留恋不舍之情传达得精准而巧妙。

【名称】写生杏花图

【作者】赵昌

【朝代】北宋

【馆藏】台北故宫博物院

【说明】花开锦绣、俏丽明媚、春和景明之象在花枝间跃然纸上。画家以写实手法勾勒杏花粉白、柔腻的姿态，敷色清淡，层次分明。花瓣之剔透、枝条之柔韧分明可见，尽显浓盛繁丽之美。

青玉案·元夕[①]

【宋】辛弃疾

东风夜放花千树。更吹落、星如雨。宝马雕车香满路。凤箫声动，玉壶光转，一夜鱼龙舞。

蛾儿雪柳黄金缕。笑语盈盈暗香去。众里寻他千百度。蓦然回首，那人却在，灯火阑珊处。

濡染 | 映衬 | 动静互摄

热烈且有心理冲击力的环境氛围的表达，不仅要依靠浓墨重彩的色彩濡染，更重要的在于恰当的铺陈、映衬以及动静互摄、明暗配搭。有情之境，有情之物，有情之色，深美闳约。

因为王国维先生的《人间词话》曾特地拈出此词，以为人之成大事业者，必皆经历三重境界，其中“众里寻他千百度。蓦然回首，那人却在，灯火阑珊处”为第三重[②]，也就是最高境界，故这首词在稼轩（辛弃疾的号）词中属焦点作品。

① 唐圭璋编，《全宋词》，第 1884 页。

② 王国维著，佛雏校辑，《新订〈人间词话〉·广〈人间词话〉》，上海：华东师范大学出版社，1996 年，第 45 页。

词写南宋之时上元佳节的盛景。上片写出夜色降临后，东风和煦时流光溢彩、火树银花、游人如织、盛装丽服的华美景象。词人以千树花开这样一个充满热力和生机的比喻来写元宵之夜灯火的璀璨辉煌，使读者不仅感受到视觉上的冲击，更能联想起满树繁花争妍斗丽，让“灯”与“夜”都变得更为生动、立体。次句，“星如雨”创造了一幅奇幻的画面，烟火直上云霄，又如天上流星一般陨落人间，人天之间，光华流动，浑然一体。在这样热闹的时刻，精致华丽的车子在路上随处可见，悠扬婉转的箫声之中明月盈盈，社火如江海之中鱼龙翻腾。我们不得不感叹词人著手成春的功力——意象之间相互映衬，组合出一个繁华、锦绣的上元之夜。

下片从盛装的游女写起。她们佩戴着这个节日特有的饰物，边走边说笑，洋溢着饱满的青春气息。在她们离开后，衣香依然暗中飘散。然而这些女子都不是词人的“意中人”，万千人中，他寻寻觅觅……忽然，回首之间，在灯火黯淡幽微的地方，他看见了她。一个“却”字道尽百转千折的寻觅之苦、思慕之情，以及邂逅之欣喜，就好像一颗悬在半空中无处安放的心瞬间落回原位，还带着温暖的悸动。

【名称】观灯图

【作者】李嵩

【朝代】南宋

【馆藏】台北故宫博物院

【说明】画面布局严谨，又不失浑融之美，色彩浓淡得宜，环境描绘细致入微。树木、器具无不精工细雕；近景、远景搭配合理，景象生机盎然。提灯童子稚拙可喜，弹奏琵琶的妇人神情专注，人物形态栩栩如生，仿佛呼之欲出。上元之夜的欢愉热闹、人情之美、物华之盛于笔墨之间流泻而出。

“淡”是轻灵、雅致的色彩表达，不带脂腻气，内敛却又深致。宋人郭若虚《图画见闻志·论述》评吴道子画说：“尝观所画墙壁卷轴，落笔雄劲，而傅彩简淡。或有墙壁间设色重处，多是后人装饰。至今画家有轻拂丹青者，谓之吴装。”[1]可见中国诗歌和绘画作品常常“淡而有味”，传递出一种文人群体特有的审美偏好与态度。

① ［宋］郭若虚著，《图画见闻志》卷一，南京：江苏美术出版社，2007年，第4页。

浣溪沙·漠漠轻寒上小楼[①]

【宋】秦观

漠漠轻寒上小楼。晓阴无赖似穷秋。淡烟流水画屏幽。

自在飞花轻似梦，无边丝雨细如愁。宝帘闲挂小银钩。

清和 | 静美 | 闲雅

色彩清和、雅淡，在室内空间运用这样的设色手法能有效地传达出静美、深幽的意境氛围，迎合文人雅士对闲雅、平和、宁远淡泊的居住氛围的偏好。

这首词给人的总体印象是空灵隽永、淡而有味。词人以“漠漠”两字形容春寒，写出了寒意虽轻薄却无处、无时不在。这是天气之寒，更是他内心愁思郁结之态的外化。萧索的自然景象与词人心中的淡淡愁思相互交融。次句描绘的景象更为暗淡：天气微阴，让本该明媚的春日有了秋日的凄冷。这当然是词人的主观感受，他通过一个简单的类比写出了在这样一个寂寥春日中内心的荒芜之感。接下来，词人的视线转向室内：画屏闲展，上有淡淡的烟霭，轻轻的流水。这样的画面与词人的心境十分吻合，恍惚之际，人在画中，画在心里，身内身外，合二为一。

① 唐圭璋编，《全宋词》，第461页。

转到下片，词人巧妙地抓住了“飞花”和“丝雨”的特点：“轻”和“细”，让它们与“梦”和“愁”相关联，写出了巧妙的一联。飞花轻盈，缓缓落下；细雨绵长，沾衣不湿。这岂不是与词人不知所起、不知所终、惝恍迷离的梦境以及由这梦境生发出的丝丝缕缕、无法言说的愁思相近？词境之美与画境之美水乳交融。词的末句，仿佛天外来客，让沉浸在前句幻境中的读者将目光再次移到室内实景：银钩对起，宝帘闲挂。看似什么都没有写，实则一切尽在白描之中。“帘”是一种用于遮蔽门窗的装饰用品，将外部世界和词人身处的小环境做了分隔。而这小环境，在词人内心情绪的渲染下，又明显带有物我合一的特征。帘栊打开，无疑可以视为词人内心情绪的释放。而这飘散于虚空中的情思又让更大范围的景物濡染了词人的主观意识，正所谓“以我观物，而物皆著我之色彩”[①]。所以，这一笔是“闲笔”，却让全词意脉不断，摇曳生姿。

【名称】平林散牧图

【作者】王翚

【朝代】清

【馆藏】私人收藏

【说明】全画意境闲淡宁和，设色静雅幽秀。烟云流水，数点轻燕。牧人缓缓行来，怡然自得。忽有风来，枝叶轻扬。画面布局层次分明，笔触轻灵。

① 王国维著，佛雏校辑，《新订〈人间词话〉·广〈人间词话〉》，第43页。

点绛唇·时霎清明[1]

【宋】吴文英

时霎清明，载花不过西园路。嫩阴绿树。正是春留处。

燕子重来，往事东流去。征衫贮。旧寒一缕。泪湿风帘絮。

柔和清淡｜自由心灵｜情绪调动

这首词传递出的关于空间设计的审美认知是：在空间环境中，柔和、清淡的色彩与自然、质朴的意象搭配能够在很大程度上调动人潜在的情绪，而这将给予接受者更多心灵的自由，也促使其产生更敏锐的知觉体验。

清明是自然节气与人文情怀联结的时点。春和景明，万物生长、时序更迭是这个季节最鲜明的特征；慎终追远、缅怀先人是这个节日的主旋律。历代而下，清明诗词多表达这两个主题，也时常有两者交错并存的作品。吴文英这首词偏于前者，同时也夹带着怀念去妾的感伤。

首句，词人用一个“霎”字，写出了清明时节天气的特点，同时也带着春光乍泄，却转瞬即逝的感叹。伊人已去，西园梦断，纵然花开，却也无法鸳梦重温。西园指的是词人在苏州的寓所，多次在其作品中

① 唐圭璋编，《全宋词》，第2895页。

出现，如《水龙吟·夜分溪馆渔灯》“西园已负，林亭移酒，松泉荐茗”，《莺啼序·荷和赵修全韵》“残蝉度曲，唱彻西园”，足见其中凝聚的深挚情感。

“燕子”两句，借物抒情，春归燕回，往事却如东流之水，一去不归。词人盘点身旁，只有一袭旧衣，乃伊人所缝，仿佛余温尚在，念及此，不禁泪水沾湿了杨花柳絮。结句意蕴绵长，“风”“絮”至轻，而用情至重，这轻柔飞扬的柳絮牵连起人心底最温柔、幽微的情感。

【名称】四季花鸟图——春

【作者】吕纪

【朝代】明

【馆藏】日本东京国立博物馆

【说明】此图描绘了春暖花开时节，众鸟在幽幽水涧嬉戏的画面。涧水清冽，鸳鸯成双，桃花灼灼，山雀啁啾。一棵虬干老桃树枝叶低垂，将画面进行了纵向切割，分出远近轻重，层次分明。画面上巨石、桃花、山雀、鸳鸯无不生动和谐，悠然自得。

色彩明度是指色彩的亮度。颜色有深浅、明暗的变化。明度的变化会对受众产生心理上的影响，唤起人们或热烈或沉郁的情感波动。在中国传统诗词作品中，创作者也善于通过调节作品意境和物象明度的方式来感染读者情绪。明净、澄澈的境界往往会带来疏阔高朗、酣畅淋漓之感。

念奴娇·断虹霁雨[1]

【宋】黄庭坚

八月十七日，同诸生步自永安城楼，过张宽夫园待月。偶有名酒，因以金荷酌众客。客有孙彦立，善吹笛。援笔作乐府长短句，文不加点。

断虹霁雨，净秋空，山染修眉新绿。桂影扶疏，谁便道，今夕清辉不足。万里青天，姮娥何处，驾此一轮玉。寒光零乱，为谁偏照醽醁。

年少从我追游，晚凉幽径，绕张园森木。共倒金荷家万里，难得尊前相属。老子平生，江南江北，最爱临风曲。孙郎微笑，坐来声喷霜竹。

奇崛｜明快｜心理空间

造境奇崛，富有冲击力且澄澈明快。词中对空间环境的建构尤其值得我们借鉴：恰当的色彩明度表达能够有效调节受众的心理体验并有效拓展虚拟心理空间，明暗的合理映衬会丰富空间的层次感。

① 唐圭璋编，《全宋词》，第385页。

词的开头三句描写开阔的远景：雨后新晴，秋空如洗，虹霓在天，远山如黛，一派秋日爽朗开阔的意境。二、三两句，一个“净”字扫荡天宇，令人顿生长天如洗、万象澄澈之感。山如眉黛，并不是个新奇的比喻，唐人温庭筠《菩萨蛮·雨晴夜合玲珑日》中就有“眉黛远山绿”[①]之句。这首词中，词人翻新出奇之处在于用一“染”字，形象而灵动地写出了雨后青山的明丽滴翠。

接着词人写到月色。中秋才过，月轮犹满，连用三个问句，着力凸显词人对美好自然景物的感叹与盎然诗兴。他想象嫦娥驾着玉轮从天宇飞过，这一景象充满了奇幻之美。与李商隐《嫦娥》诗“嫦娥应悔偷灵药，碧海青天夜夜心”[②]中幽独冷清的想象不同，黄庭坚笔下的嫦娥潇洒恣意、来去自如，展现出了不流俗的清朗健举之美。

词的下片尽写游园之乐。词人与一群年轻人在嘉木繁荫的张园畅游，夜风幽凉，小径曲折。从纸面上我们似乎可以听到欢声笑语不绝于耳。词人以散句入词，一改词体惯常的流利软熟，展现了新奇洒脱的节奏和风调。词人酒狂之态毕现——他说自己一生纵横南北，最喜欢的就是那临风而吹的曲子。这曲子里有词人坦荡淡然的气度和傲岸洒脱的风骨。最后，词人写到了吹曲的“孙郎”，曲声绕梁，喷薄而出，与“最爱”一语形成了完美的呼应。

---

① ［清］彭定求等编，《全唐诗》，郑州：中州古籍出版社，1996年，第5428页。

② 同上书，第3372页。

【名称】松下观泉图

【作者】文徵明

【朝代】明

【馆藏】台北故宫博物院

【说明】此图深林蔚秀，以细笔淡墨画出松针繁密；山石厚重，以浓墨展现崔嵬之感；松间两位高士隔溪清谈，意态萧散；童子抱琴而来，将观画人的视线拉向远处，更体现出画面的层次感。林泉隐逸之趣透过人物与环境表现得淋漓尽致。

满江红·击碎空明[1]

【宋】高观国

击碎空明，沧浪晚、棹歌飞入。西山外、紫霞吹断，赤尘无迹。飞上冰轮凉世界，唤回天籁清肌骨。看骊珠、影堕冷光斜，蛟龙窟。

长啸外，纶巾侧。轻露下，纤絺湿。听洞箫声在，卧虹阴北。十万江妃留醉梦，二三沙鸟惊吟魄。任天河、落尽玉杯空，东方白。

五感设计 | 联觉 | 激活

以动衬静，想象奇瑰，整体意境清寒却不冷寂、萧索。从中我们可以联想到“五感设计”在空间环境营造中的价值，打通“五感”，形成“联觉”，能够丰富受众情感体验的层次，在更大程度上触碰内心，激活认知的敏感度。通过视觉与听觉的联通，消解了冷色调和高明亮度的色彩带来的过于幽冷的感觉，同时让受众情绪丰盈而充沛。

此词俯仰天地间，与宇宙星辰相往还，心动神驰，如入仙灵之境。这里塑造的是清明朗澈的世界中一个独醒者眼中的缤纷万象。首句，破

① 唐圭璋编，《全宋词》，第 2363 页。

空而来，出人意表。“空明”，语带双关，既指月光下的清波，也指洞彻而灵明的心性；“击碎”一词下得很重，仿佛外来的力量打破了明彻的水波，光华流泻。那么，到底是什么搅动了清静的水流或通透的诗心呢？原来是一曲棹歌，骤然在三千沧浪中响起。“飞入”二字极为生动地传达出声音的迅忽与缥缈之感。这天外飞仙一般的声音伴随舟影桨声，打破了夜的岑寂，也让词人心动神驰。他放眼四望，西山之外，烟霞渐散，天地之间，红尘静好。虽然周边一派安详，但是词人被搅扰的心已腾挪飞跃于天人之间。他想象着置身清冷月宫，探看冰肌玉骨的嫦娥；他想象着那轮光晕冷冽的月亮仿佛蛟龙颔下珍贵的明珠一般坠落。他忍不住一声长啸，仿佛要吐尽胸中郁勃之气。夜露轻盈，打湿了词人身上细葛布的衣服，这露水是无声的陪伴与抚慰吧。拱桥之外，传来洞箫幽细的声音，如梦如幻。这样的夜中仿佛水中神女也在醉梦中酣睡，偶尔醒来的水鸟鸣叫数声，让人倍觉警醒。银河已斜，天光将晓。这个夜，唯一不宁静的只有词人不寐的双眸以及不肯沉沦的诗心。

【名称】梦游瀛山图（局部）

【作者】王诜

【朝代】宋

【馆藏】台北故宫博物院

【说明】画卷左侧重峦叠嶂，有林泉飞瀑点缀其中，亭台茅舍散落其间；画面中间至右部烟波浩渺，长天一色，扁舟如叶，悠游怡然。全卷视野开阔，造境自然，画面用青绿填染，古朴清新。

暗所带来的心理体验与明相反。明亮的色彩与意境会使人产生愉悦感和酣畅感，而适度的暗色调则更显低调优雅，容易让人心灵沉静、神思安详，产生安全感和放松感。

寝夜[①]

【唐】杜牧

萤唱如波咽，更深似水寒。
露华惊弊褐，灯影挂尘冠。
故国初离梦，前溪更下滩。
纷纷毫发事，多少宦游难。

‖ 暗色调 | 隔离 | 释放 ‖

幽暗沉静的色调能够让读者沉浸其中，感受诗人情绪的波动，产生心灵共鸣。暗色调也能有效实现空间塑造中的“隔离感”，增强空间的私密性。这种私密性会在一定程度上给予体验者心灵的释放与超脱。

杜牧的诗时常让人产生一种锐利而透彻的感觉，如他的“咏史吊古”系列，好做翻案文章，且往往妙语破镝，自出新意。但是，这首诗收敛了锋芒，只在字里行间流淌出一种沉静、自持而且略带沉重的感慨。

诗从蟋蟀的吟唱声中发端。作为一种带有明显季节性暗示的昆虫，蟋蟀的歌声从《诗经》时代开始便响彻诗人的不寐之夜，以声音的强弱、

① [清]彭定求等编，《全唐诗》，第3275页。

悲喜昭示着夏秋之转换。在这首诗中，诗人便以一个“咽”字表明时序已至秋日，所以蟋蟀的吟唱变得断断续续，带着几分悲郁的意绪。夜已深沉，凉意如水，这时候最容易引起敏感的诗人纷纭的思绪。诗人说，露水打湿了旧麻布衣服，影影绰绰的灯火映在落满灰尘的帽子上。这一联虽然纯是物色描写，但很明确地将诗人落魄不得志的形象勾勒了出来。杜牧二十六岁中进士，有军事才能，却未得施展，半生辗转幕府，始终有一份抑郁不平的情怀无法消解。所以，诗的颈联直抒胸臆，魂牵梦萦长安城，心事如涛。秋虫声里，诗人不禁感慨仕途艰难，理想渐行渐远。

【名称】溪阁清言图

【作者】蓝瑛

【朝代】明末清初

【馆藏】台北故宫博物院

【说明】画面描绘文人山居生活的闲适恬淡，构图大胆，设色沉静。以山石、古松、屋舍构成的实景与瀑布河流构成的虚景交错出具有流动感的曲线，增强了空间的层次感与生动感。屋舍内有人闲话西窗，有人独坐读书，神态安闲，有出尘之感。

永遇乐[1]

【宋】苏轼

彭城夜宿燕子楼，梦盼盼，因作此词。

明月如霜，好风如水，清景无限。曲港跳鱼，圆荷泻露，寂寞无人见。紞如三鼓，铿然一叶，黯黯梦云惊断。夜茫茫，重寻无处，觉来小园行遍。

天涯倦客，山中归路，望断故园心眼。燕子楼空，佳人何在，空锁楼中燕。古今如梦，何曾梦觉，但有旧欢新怨。异时对，黄楼夜景，为余浩叹。

‖ 沉厚 | 明暗交锋 | 多元情绪 ‖

暗色的背景不仅没有弱化全词意象的丰富性，反而给予了意象更沉厚的情感铺垫，起到了统摄和渗透作用。通过明暗交锋，意境中澄明朗澈的一面被放大，给受众带来更为强烈而多元的情绪体验。这正是值得我们注意的色彩设置手法。

① 唐圭璋编，《全宋词》，第 302 页。

燕子楼为唐朝贞元年间武宁节度使张愔为爱妓关盼盼所建的一座小楼。张逝世后，盼盼矢志不嫁，张仲素和白居易为之题咏，遂使此楼名垂千古。因为这样一段故事，燕子楼成了徐州名胜。当苏轼来时，抚今追昔，感慨万端，留下了这首作品。

词的上片写梦醒于燕子楼，万籁俱寂，明月清辉如霜雪般莹洁，风缓缓吹过，带着水一般流动的感觉。这样的良夜，词人在一座充满历史记忆的名楼中醒来，心弦已经被周遭风物悄然拨动。在曲折幽静的池塘中，鱼儿跳出水面，露水晶莹圆润如珍珠，滚动在青青荷叶之上。这是一个简素静谧的空间。因而三更时分，连一片树叶落地，都能发出铿然的声响。词人以动衬静，在想象中放大了落叶的声音，也放大了这落叶带来的欢喜哀愁，体现了心物交感之美。

被这落叶惊醒的梦已经凋零，词人在夜色茫茫中踏遍小园，是为了寻梦，还是寻梦中的自己，我们无从知晓。唯一可以感知的是，这一夜，在幽谧的燕子楼中，词人的内心是不平静的，有一种百转千折、无处安放的畸零之感。

下片直抒胸臆，写尽“天涯倦客”在清幽的深夜因孤独的燕子楼而生发出的无限惆怅：远来徐州，故园望断，这种漂泊之感已经难以排遣，如今面对这燕子楼，面对故事里那个如春花般绚烂、如朝霞般消逝的女子，词人更是体悟到古往今来无数人的爱与哀愁都如梦境一般。有多少人沉溺其中，又有多少人从梦中醒来。“古今如梦，何曾梦觉”显示了词人内心的怀疑和迷惘，带有浓厚的对历史、对人生乃至对整个宇宙的忧患意识。词的最后，词人联想到日后有人凭吊他所建的黄楼，也会像今天的自己一样感慨人生如梦幻泡影，仿佛世事就是这样一种轮回。

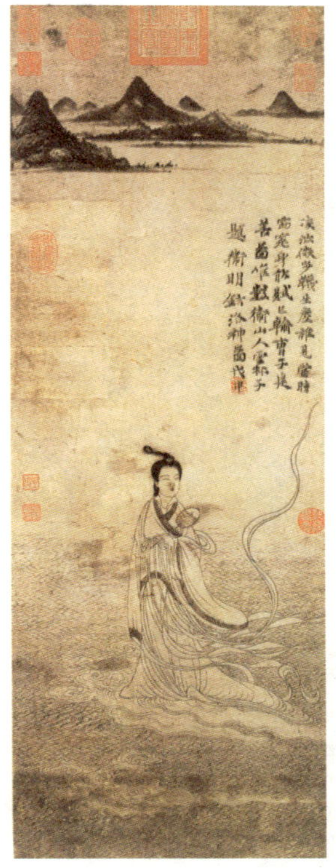

【名称】洛神图

【作者】卫九鼎

【朝代】元

【馆藏】台北故宫博物院

【说明】画面以人物为主，其神态娴静幽雅、空灵淡远。画家用白描手法勾画洛神的衣裙，飘逸隽秀，有流动感。背景用淡墨渲染，远处山丘若云霭缭绕，江面开阔空旷，有水静波澄之态。

【名称】白描仕女画

【作者】华喦

【朝代】清

【馆藏】故宫博物院

【说明】此画以白描的手法描绘了一位云鬓花貌、冰肌玉骨的仕女，娟秀、娴静，坐于藤榻之上，若有所待。身旁侍女正将书卷捧到她的面前。画面背景不着一物，通过留白的方式赋予观看者无限的想象空间。画面线条细劲流畅，连绵不绝。构图简洁，人物生动，清冷和孤寂之感扑面而来。

“艳”是鲜艳明丽、五色缤纷，是一种浓重而热烈的色彩表达，能够对人产生新鲜、强烈的刺激，提升人们的色彩记忆。在中国传统诗词中，丰艳的色彩搭配通常传递的是一种热烈、生动的情感。

忆江南[①]

【唐】白居易

江南好，风景旧曾谙。日出江花红胜火，春来江水绿如蓝。能不忆江南？

连接点

将“摹色”与“比色”之法用到极致，带来的结果是艳丽而温暖的色彩配置，可以极大地提升受众的心理愉悦度。色彩成为情绪与意象之间有效的连接点，给予接受者极大的情绪感染，使之目眩神驰。

宋代大诗人苏轼曾以“诗中有画”“画中有诗”来评价唐代诗人王维的作品，这句评语用在白居易的这首《忆江南》上也十分恰当。《忆江南》虽然是一首小令，但是诗人为我们展开的是一幅丰艳、明媚的江南春景图，日出皎皎、春水汤汤、花树生新的景象如在目前。

全词一共五句。起句直截了当，赞颂“江南好”定下了作品的基调。那么，“好”在何处呢？诗人没有直接讲，而是宕开一句“风景旧曾谙”。这说明诗人是亲历过江南之美好的。白居易曾在杭州任刺史两年，又转

① ［清］彭定求等编，《全唐诗》，第2846页。

任过苏州刺史。江南风物、三春好景是他心头挥之不去的情丝梦影。一个“旧”字写出了对往事的追念，也呼应了标题中的“忆”字。一个“谙”字则道出了诗人虽然身已飘然远去，却在心中深深烙下了属于自己的江南印记。

那么，江南对于诗人来说究竟是什么呢？“日出江花红胜火，春来江水绿如蓝”两句高度凝练出来。“日出”“春来”，属于互文：丽日暄阳，光华灼灼，花开万枝，鲜艳欲燃。春江水暖，绿波荡漾，这是何等明艳的景象啊。日光仿佛滤镜，提升了花的色彩饱和度；红花与绿水相互映衬，利用色彩的互补性，加强了鲜明度。春江因花色而生机勃勃，花色因日出而流光溢彩。虽然只有两句话，但读者眼前却呈现出一个生动、热烈的“大江南”。这个江南有带着诗性温柔的流水，有鲜艳明媚的夹岸花树，阳光温煦而透明，置身其中，如梦如幻。

在词的结尾，诗人感叹：“能不忆江南？”是啊，念兹在兹，无时忘之，江南已经成了诗人心头那颗殷红的朱砂痣。

【名称】江南春色图（局部）

【作者】文徵明

【朝代】明

【馆藏】首都博物馆

【说明】此画描绘了江南的湖山春色。用石绿、赭石染春山；远处山峦若生烟霭，近处林木疏密有致，层次感极强，山石勾勒皴擦多用干笔。亭台幽秀，水面波光粼粼，有春水汤汤之感，江南温柔于此可见。

诉衷情·芙蓉金菊斗馨香①

【宋】晏殊

芙蓉金菊斗馨香。天气欲重阳。远村秋色如画，红树间疏黄。

流水淡，碧天长。路茫茫。凭高目断。鸿雁来时，无限思量。

淡中生艳

淡而有味，如画中小品，着笔无多，自成气象。主色、辅助色按一定比例搭配：主色秾丽，确定了作品的情感基调；辅助色和谐雅致，作为主色的映衬，淡中生艳，增加其高贵清和的审美趣味。

词首两句，选择了木芙蓉、金菊两种能够在秋日中盛放的花卉来传达季节的特征，以“重阳”点明时令，写得颇为直接。描写秋景容易偏向萧瑟清冷，但是本词不然。一个“斗”字写出了芙蓉与菊花争奇斗艳、各不相让的景象，让画面变得丰盈而热闹。

“重阳”在中国传统文化中是一个重要的节日。九月初九，日与月皆逢九，是谓“两九相重”，故曰“重九”，同时又是两个阳数合在一起，故谓之“重阳”。古代诗人们在这个节日留下了丰富的诗句。例如李白

① 唐圭璋编，《全宋词》，第97页。

的“携壶酌流霞，搴菊泛寒荣”（《九日》[1]）和王维的“独在异乡为异客，每逢佳节倍思亲”（《九月九日忆山东兄弟》[2]）等。词人特意表明“欲重阳”，也在一定程度上唤起了读者内心的文化积淀与情感认知，不动声色间增加了词的厚度。

“远村秋色如画，红树间疏黄”正面写景。既然是重阳，临高远眺是常见的活动。词人看到远方村落仿佛展开的画卷，霜染枫红与秋草落叶相映衬，别有一种明艳。这种明艳与春景不同，不是喷薄欲出的热烈生机，不是目眩神迷的姹紫嫣红，而是一种内敛、含蓄的呈现，冲和、娴雅。

下片起九字皆写景，“流水淡，碧天长。路茫茫”，可以说包容了自然景观的各个层面。秋水与春水不同，少了汩汩滔滔的热情，澄净无波，倒映天容物色。虽然极“淡”，却至为丰富。秋高气爽，万里无云，自然天宇浩荡，境界开阔。一个“碧”字颇能写出秋空的爽朗干净。“路茫茫”，语带双关，既写眼前道路，又写内心之彷徨。这时候，天边鸿雁飞来，扑入眼帘，带出了秋空爽朗，也牵出了词人无尽的遐想。词在淡中作结，却丝毫不减明丽、清艳。

【名称】山水花鸟图册——五色菊花图
【作者】恽寿平
【朝代】清
【馆藏】故宫博物院
【说明】这幅画是以没骨法绘制的花卉，画出了菊花凌寒而开，却争奇斗艳的风姿，灵动传神，活色生香。画家采用“恽氏点花，粉笔带脂，点后复以染笔足之”[3]的方法，笔法透逸，设色明净，格调清雅。

① ［清］彭定求等编，《全唐诗》，第1003页。
② 同上书，第708页。
③ ［清］方薰撰，《山静居画论》卷下，北京：人民美术出版社，1959年，第130页。

素，本义是“本色的生帛”，后引申为本来的、不加修饰的颜色。在中国传统美学中，“素”被视为一种质朴自然的境界，是美的基础。《论语·八佾》记曰：“子夏问曰：‘“巧笑倩兮，美目盼兮，素以为绚兮。”何谓也？’子曰：‘绘事后素。’”[①] 意指有良好的质地才能“锦上添花”。《考工记》中的“凡画缋之事后素功”[②] 亦为此意。在诗词创作中，简素之美体现在以白描手法塑造意境，以最简单的语词搭配呈现自然景观或者生命状态。

① [春秋]孔子，《论语·八佾第三》，吴哲楣主编，《十三经》，第1265页。

② 《周礼·冬官考工记第六》，同上书，第305页。

清平乐·雨晴烟晚[①]

【五代】冯延巳

雨晴烟晚，绿水新池满。双燕飞来垂柳院，小阁画帘高卷。

黄昏独倚朱阑，西南新月眉弯。砌下落花风起，罗衣特地春寒。

‖ 白描 | 自由联想 | 少即是多 ‖

没有强烈的情感冲击，没有夸张的意象塑造，没有瑰丽的铺陈，以白描手法传递内心情绪，赋予接受者创造联想空间的自由。这与建筑界被尊奉为一代宗师的路德维希·密斯·凡·德·罗的名言“少即是多”乃异曲同工。

冯延巳的词有超越具体情事的深切与沉厚。词的上片以写景为主，通过对环境与物象的描写，烘托出暮春怀人的氛围。“雨晴烟晚，绿水新池满”，勾勒的是雨后新晴、残照烟笼、池塘春水盈盈的景象，这是静态的画面。“双燕”两句，由静转动。燕子飞来，在庭院杨柳之间穿梭盘旋，主人公高高卷起了画帘。这个出人意料的举动无论是为了更清楚地看到燕子，还是为了让燕子飞到室内，其内心的波动显而易见。“双

① ［清］彭定求等编，《全唐诗》，第5478页。

燕”这个意象在诗词中常常用于衬托独居的幽独感或时光流逝的零落感，如温庭筠《菩萨蛮·凤凰相对盘金缕》中的“音信不归来，社前双燕回”[①]。词人的这番动作描写隐含了女主人公自伤孤寂、渴望团聚的微妙情思。

词的下片由写景转向写人，描绘女子孤独凄冷的处境。“黄昏独倚朱阑，西南新月眉弯”两句极有画面感。“黄昏”与上片的“晚”相呼应，“朱阑”映衬“绿水”，做到了时间线上的贯通和物色铺陈的对照。“西南”为月落之方向，女子久久伫立，从黄昏时分到明月西斜，其期盼之殷切、相思之绵长不言而喻。然而，纵然望穿秋水，心心念念的那个人却始终不来。于是，女子从楼上跑到了台阶之下，在清寒的春风里，在落花之中继续等待。词人没有用一句抒情的语言，却将女子的相思与等待刻画得淋漓尽致。结句用一个“寒”字，语带双关地点出了主人公内心的寂寞萧索，为全词做了一个情感定格。

【名称】双燕鸳鸯图

【作者】周之冕

【朝代】明

【馆藏】故宫博物院

【说明】这幅画兼工带写，画家巧妙地把握了花卉、禽鸟的特点，双燕蹁跹、鸳鸯相依，体态神韵跃然纸上。画家笔法清秀，工细之处严谨，花叶之向背、枝干之褶皱生动逼真。全图设色丰艳，浓而不妖，一派宁和秀雅之气，春日佳秀，如在目前。

① ［清］彭定求等编，《全唐诗》，第 5428 页。

蓦山溪·清江平淡[①]

【宋】仲殊

清江平淡，疏雨和烟染。春在广寒宫，付江梅、先开素艳。年年第一，相见越溪东，云体态，雪精神，不把年华占。

山亭水榭，别恨多销黯。又是主人来，更不辜、香心一点。题诗才思，清似玉壶冰，轻回顾，落尊前，桃杏声华减。

遗貌取神｜烘云托月｜以意为先

采用写意手法，遗貌取神，离形得似。重点放在了对环境的铺陈和对时序的凸显上，烘云托月，笔触轻灵，使“物皆著我之色彩”。这种手法是中国艺术精神中以“意”为先的理念的体现。

梅在春先，凌寒而开，自有标格。故词之发端，词人铺垫出一番清冷的境界：以“平淡”来写江水，指春尚未至，江水寒冽、缓缓流动的状态。“疏雨和烟”隐隐带出寒意。词人说，春天仿佛仍在幽独的月宫中深锁，还未降临。句中用“广寒宫”的典故，出自柳宗元所作的《龙城录·明皇梦游广寒宫》，其中写唐玄宗于八月望日游月中，见一大宫府，榜曰“广寒清虚之府”，后因称月中仙宫为“广寒宫”。用典的目的是

① 唐圭璋编，《全宋词》，第544页。

为了唤起读者内心寂寞冰寒的情绪共鸣。

在这样的清寒世界里，江梅开放，“素艳”二字特别点明是白梅。所以词人用“云体态，雪精神”形容之，着力表现其清洁高傲，不与凡花同流的精神气质。

词的下片，从梅花写到了访梅之人。只有真正懂得梅花的人来了，才不辜负它傲寒而开的一番心意。梅花树下，题写佳句，真是如晶洁的“玉壶冰”一般，体现出词人高洁坦荡的襟怀。在结句处，词人说，与梅花相比，“桃杏声华减”，更是用衬托手法写出了梅花的高洁出尘。

【名称】双清图

【作者】恽寿平

【朝代】清

【馆藏】故宫博物院

【说明】此画以淡花青晕染绢地，烘托梅雪双清的意境，凛冽冰寒之中别有生机。画家所绘梅枝苍劲挺秀，疏影横斜，神清骨秀。花瓣采用了南宋扬无咎的画法，以墨笔圈线为瓣，线条雅秀雄健，趣味横生。

虚，本意是大山丘。《说文解字》释为“虚，大丘也，昆仑丘谓之昆仑虚”。大则空旷，故引申为空虚。当然，这个“空虚”并不是不着一物，或者内容枯寂。在中国传统诗词中，它往往意味着通过想象、联觉来拓展审美空间，摆脱现实时空维度的束缚，塑造虚景、虚境以及虚像，实现空灵之美。当然，“虚”也不是完全无中生有，它常常与实像、实景相映衬，或在这个基础上生发开去，达到虚实相生、情景交融的效果。中国传统绘画也常常借助笔墨的浓淡、粗细、远近以及留白等手法实现对“虚境”的表达，以及“虚”与“实”的和谐统一。

菩萨蛮·人人尽说江南好[1]

【唐】韦庄

人人尽说江南好，游人只合江南老。春水碧于天，画船听雨眠。

垆边人似月，皓腕凝霜雪。未老莫还乡，还乡须断肠。

虚实相生 | 适度留白 | 松弛

以虚带实，情意宛转，深得有余不尽之美。“虚实相生”这一中国艺术理念对我们有非常重要的启发：由实境引导的，通过适当留白来表达，且审美想象完整的虚境的塑造也能运用于空间环境的设计。“尚简”“尚纯”，抛弃过多烦琐的装饰和冗余的细节符合现代人期待空间设计能够满足在高压力生活状态下获取适度松弛的情感需求。

这是一首江南词，情感浓挚，婉约要眇。词的起句直接抒情，要言不烦，与白居易的《忆江南》颇为相似。但是，白居易将“江南”之美落实于“风景”，而韦庄则落实于“游人”的知觉：来到江南的人愿意在这一片山水之中老去。至于为什么，却没有明说。一实一虚，相互对比。

接着，诗人为我们勾勒了他心中的江南印象：春水荡漾，水波柔绿，

① ［清］彭定求等编，《全唐诗》，第 5434 页。

水色与天空相映，明净而澄澈，躺在游船画舫之中，枕着雨声入眠，任由这淅淅沥沥的雨打湿梦境。听雨而眠自然惬意，其中包蕴的美感空灵悠远。

江南印象里怎么可以不包括人呢？“垆边人似月，皓腕凝霜雪”一句道尽了江南女子的美与风情。“垆边”一句暗用典故。汉时蜀人司马相如琴挑卓文君私奔，文君之父卓王孙宣布与文君断绝关系，司马相如就与文君在成都当垆卖酒。汉代辛延年的《羽林郎》里也塑造了一位美丽的卖酒女子：“胡姬年十五，春日独当垆。长裾连理带，广袖合欢襦。”[①] 不管是卓文君也好，胡姬也罢，“垆边人”令读者联想起来的总是那样一类美好的女子。然而，自古以来，美人难写，因为美没有所谓放之四海而皆准的标尺。诗人深谙此道，他没有去写这位江南女子的衣、貌、体态，只抓住了一个突出细节，如霜雪一般的皓腕，神来一笔，其余不及，留给读者足够的想象空间去补足，去完善。“虚实相生”的技巧于此发挥得当。

词的结句“未老莫还乡，还乡须断肠”犹如一声叹息。诗人半生漂泊，功业未成，回到家乡，面对父老妻儿，徒增伤感。“莫还乡”是不忍还、不敢还，情思百结，柔肠寸断。词的起句说“只合江南老”，不仅是因为江南之美牵绊了诗人的脚步，更是因为他内心之中欲归不能的矛盾阻滞了行程。有了这样一个呼应，整首词有了更厚重的情感表达。

① 吴冠文等校，《玉台新咏汇校》，上海：上海古籍出版社，2014 年，第 61 页。

【名称】钱塘景物图

【作者】唐寅

【朝代】明

【馆藏】故宫博物院

【说明】这幅画取法南宋李唐、夏圭，用笔方硬细峭，刻画层峦叠嶂，林木繁荫，曲径栈道，草阁茅屋，渔舟游弋，细致精到。人物形态潇洒，远近层次分明，墨色浓淡相宜，过渡自然，体现了画家早期对南宋“院体”风格绘画技巧的吸收和熟练运用。

八声甘州·陪庾幕诸公游灵岩[①]

【宋】吴文英

渺空烟四远，是何年、青天坠长星。幻苍崖云树，名娃金屋，残霸宫城。箭径酸风射眼，腻水染花腥。时靸双鸳响，廊叶秋声。

宫里吴王沉醉，倩五湖倦客，独钓醒醒。问苍波无语，华发奈山青。水涵空、阑干高处，送乱鸦、斜日落渔汀。连呼酒，上琴台去，秋与云平。

‖时空错综｜造境｜景观层次‖

思维跳跃，把不同时空的情事、场景浓缩统摄于同一画面内，错综叠映，使意境扑朔迷离。虚者实之，实者虚之，以想象驱遣意象，以紧密勾连的意象组合出如梦如幻的境界。这种造境手法在岭南园林的空间设计中常常被用到。岭南园林的建筑与院落在采光上善用虚实荫翳的设计，利用布局上的曲折调节光的明暗过渡，使近处的“障景”与远处平远高亮的景观形成对比与映衬，通过明暗错落丰富了景观的层次感，延展了园林在视觉上的空间感，借助这种方式，让游赏者产生扑朔迷离、真幻相生的空间体验。

---

① 唐圭璋编，《全宋词》，第 2926 页。

这首词起句奇幻瑰丽。作者在灵岩山上，看到烟云四合，突发奇想：这灵岩从何而来，莫非是古时长星坠落，化为山川？这一问，穿越时空，仿佛要穷尽洪荒以来沧海桑田的变化，为整首词定下了奇特的梦幻基调。

接下来词人以一个“幻”字领起。灵岩山上，苍崖古木，云霭烟霞，美人的“藏娇”之金屋，霸主的盘踞之宫城，都在幻境中一一呈现，行云流水，虚境实写，毫无窒碍。

有了“境”的铺垫，词人的想象更加恣肆。他仿佛置身于吴越争霸的年代，以旁观者的视角注视着历史事件的发生以及场景的转换。一句一事，环环相扣。他看到了“箭径”之上，宫女如云，采摘香料。“箭径”，宋人周必大《吴郡诸山录》说：“故老言香山产香，山下平田之中有径，直达山头。西施自此采香，故一名採香，亦云箭径，言其直也。”[①]在这幻象中的女子欢声笑语，似乎从来没有想到会有“风流总被雨打风吹去”的那一天。宫中脂粉，流出宫外，以至溪流皆为之“腻”，草木也染上了脂粉的“腥气”。作为旁观者，词人仿佛从这欢愉之中感受到了萧瑟，“酸风射眼”，语出李贺《金铜仙人辞汉歌》“东关酸风射眸子”[②]，带着一种悲郁的意绪。真实的历史感与幻境相融合，时空界限十分模糊。

词人也仿佛听到了“响屧廊”上鸳屧的回声。“响屧廊”，相传为吴宫之中的一条特别的走廊。吴王筑此廊，令足底木空声彻，西施着木屧行经廊上，辄生妙响。立于秋山之上，万木萧萧，词人不辨这声响从何而来，在他的意念中，仿佛吴越宫中传出的余响，千载不绝。幻声与幻境重叠，不知今夕何夕。

下片笔势陡转，感慨系之，牢骚随之。吴越争霸，越王勾践复仇成功的真正原因，不在范蠡用美人计进献西施，而在于夫差沉醉于安逸享乐，沉醉于疏忽放纵，否则纵然西施貌倾天下，又怎能轻易覆亡吴国，泛舟五湖以终老。“沉醉”两字下得极重。这虽是对吴王夫差的批判，又何尝不是对南宋风雨飘摇的朝廷中当国者的一声棒喝。

---

① [明]杨循吉等著，《吴中小志丛刊》，扬州：广陵书社，2004年，第412页。

② [清]彭定求等编，《全唐诗》，第2393页。

词人说，这看尽了古今兴亡的苍波青山才知道，时局如此，覆水难收。他倚阑远眺，澄江之上，涵溶碧落，归鸦争树，落日映渔汀，这是秋日的黄昏，也是帝国的黄昏。词人只能强打精神，呼酒上琴台，看秋云纵横。至此，词人彻底将情绪从真幻交织中释放出来，寻求解脱。

【名称】汉苑图

【作者】李容瑾

【朝代】元

【馆藏】台北故宫博物院

【说明】画家采用俯瞰的视点，将景物布局层层展开。殿阁宏伟，水面开阔，远山云烟缭绕，各呈其趣。殿阁区以直线、横线、斜线绘成，楼台、廊柱、飞檐用笔严谨，刻画精到细密。建筑虽众多，但布置得宜，形貌生动。水景区波光潋滟，远山林木蔚然佳秀。整幅画面轻重配合恰当，虚实相间，结构严谨。

【名称】秋亭嘉树图

【作者】倪瓒

【朝代】元

【馆藏】故宫博物院

【说明】秋山如削，嘉木有荫，山石苍朴，苔痕点点，疏林坡岸，幽秀旷逸。画面静谧恬淡，境界旷远。山石画法带有明显的倪氏“折带皴”特色，侧锋干笔作皴，奇峭简拔。树叶点法富于变化。以浓墨点苔，干墨点叶，形成反差，为沉寂的画面融入了些许生气。

实，意为充盈。在传统诗词中，“实”这个概念常常用来指对现实景物、环境或者物象的描摹，采用铺陈的手法对描写对象本身做细致、鲜明的刻画，直面真实。

望海潮·东南形胜[1]

【宋】柳永

东南形胜，三吴都会，钱塘自古繁华。烟柳画桥，风帘翠幕，参差十万人家。云树绕堤沙。怒涛卷霜雪，天堑无涯。市列珠玑，户盈罗绮竞豪奢。

重湖叠巘清嘉。有三秋桂子，十里荷花。羌管弄晴，菱歌泛夜，嬉嬉钓叟莲娃。千骑拥高牙。乘醉听箫鼓，吟赏烟霞。异日图将好景，归去凤池夸。

繁而不乱

以“赋”体笔法曲尽杭州之美，繁而不乱，环环紧扣，几乎可以视为当时杭州城实景的再现。这一写法给我们的启示是：丰富的细节如果能够布置得宜、一线贯穿，能极大地提升空间布局的趣味性，并且增强与受众的情感联结。

一曲《望海潮》，写尽北宋时期杭州城的富贵与风流，俨然一幅城市生活与自然山水并存的巨型画卷。词之开头，采用总括的方式，“东

① 唐圭璋编，《全宋词》，第 39 页。

南”是其区位，地当要冲；“都会”点出其为人文荟萃、财货聚集之地；“自古繁华”则为杭州城加上了一个充满肯定意味的评语。“烟柳画桥，风帘翠幕，参差十万人家”，是对“三吴都会”一句进行铺展的描写。这个城市大而且美：西湖之畔，杨柳依依，与拱桥相映；家家户户罗幕轻扬，楼阁高低起伏，充满画意。钱塘江岸绿树环绕，浓荫似云，大潮来时巨浪滔天，翻卷的浪花犹如冰霜玉雪一般，吞吐日月，横无际涯。这一句写出了钱江大潮的恢宏气势，令人神移心折。如果说钱江潮是对“东南形胜”的最佳展示，那么“市列珠玑，户盈罗绮竞豪奢”就是对“自古繁华”的进一步说明。市场上罗列着奇珍异宝，商业的繁荣是一个城市财力和活力的象征；家家户户都有丝绸锦缎的衣服，这是对民众生活质量的展示，充分说明了市民的富庶。“竞豪奢”，一个“竞”字更将杭州市民争相夸耀财富的情景表现得惟妙惟肖，也展现出满满的都市活力。

城市繁荣至极，那么城市中人的生活状态又如何呢？词的下片就转向了对此的描写。西湖有内湖外湖之分，故词人称之“重湖”；三面环山，层峦叠嶂，谓之“叠巘”。而“桂子”与“荷花”则是西湖具有代表性的花卉，词人以此勾起了读者美好的西湖想象，串联起杭州城如诗如画的四时风情。杭州市民在天气晴好的日子悠然自得地吹笛，采菱女的歌声在宁静的夜晚轻轻飘荡。无论是采莲女还是渔翁，都能自得其乐，这是属于杭州百姓的快乐。杭州官员出游时随从众多，威势赫赫；宴饮时，开怀畅饮，醉后有箫鼓之声相伴，把快乐推向极致。词的结句说，日后把杭州美好的景色描画下来，等到去朝廷任职的时候，就可以向同僚们夸耀一番了，这更进一步反映出了词人对杭州的喜爱。

【名称】湖山春晓图

【作者】陈清波

【朝代】宋

【馆藏】故宫博物院

【说明】此图描绘西湖春晓，清润闲雅，虽是小品却意境深远。长堤之上，两个书童肩挑行囊，怀抱古琴。书生骑驴，挥扬手中短鞭，欣赏西湖景致，神态怡然自得，乐在其中。树丛用浓墨点和彩点加以强调，突出了层次关系。远山疏朗，山势舒缓，带着典型的江南丘陵特色。全画用简笔描绘，但简而能深，境生象外。

西河·金陵[1]

【宋】周邦彦

佳丽地。南朝盛事谁记。山围故国绕清江，髻鬟对起。怒涛寂寞打孤城，风樯遥度天际。

断崖树，犹倒倚。莫愁艇子曾系。空余旧迹郁苍苍，雾沈半垒。深月过女墙来，赏心东望淮水。

酒旗戏鼓甚处市。想依稀、王谢邻里。燕子不知何世。入寻常、巷陌人家，相对如说兴亡，斜阳里。

‖疏密｜圆转｜景观叙事‖

写景疏密相间，远景、中景、近景相结合，历史想象与现实景象贯通，结构紧密又不失腾挪之致，圆转流美，情理俱足。景象的铺排对受众心理的影响有直接的作用，如能采用合理的叙事手法巧妙布局，有助于人们接受景观环境传递的审美信息，形成物质景观与主体知觉融合的意象之境，强化了景观与主体情志的互动。

① 唐圭璋编，《全宋词》，第612页。

这首词以“金陵”为表现对象，以怀古为主题，围绕金陵的历史、风景以及与金陵城关系密切的意象一一道来。词的上片，起句便是一个断语“佳丽地”，这一句从谢朓《入朝曲》“江南佳丽地，金陵帝王州”[①]中来，既点明了地名，又给予描写对象一个概括式评语，体现出词人对金陵的钟爱之情。既然是“怀古”，词人很自然地将视线转向了“六朝”。这是金陵历史上最繁盛的阶段之一，然而，斗转星移，沧桑变化，到了今天，谁还能记起当年呢？此一问，发人深省，兴亡之感油然而生。

“山围”四句化用刘禹锡《石头城》的诗意，但是词人做了意象的增置。以女子髻鬟喻长江边相对屹立的山，十分形象，丰富了读者的视觉体验。而“风樯”一句更是以顺风扬帆、顺流而下，渐行渐远，寄寓江山依旧而六朝繁华早已消歇的兴亡之感。比起原诗，更增一唱三叹之曲折美。

中片用了一个倒装的写法：“莫愁艇子曾系。”此句从古乐府《莫愁乐》“艇子打两桨，催送莫愁来”[②]句中化出，也切合金陵的地理身份；这艘载着佳人而来的小船曾经系在已经倒伏在断崖的老树上。时光荏苒，树犹如此，当时风流，早已烟消云散，所以词人紧接一句“空余旧迹”。接着，词人化用刘禹锡“淮水东边旧时月，夜深还过女墙来”的诗境，这里的“淮水”指的是秦淮河，秦淮河是金陵的母亲河，见证了这个城市的风云变化。

写到了秦淮河，词的下片就很自然地过渡到了关于秦淮两岸的想象。当年长街上酒旗招展，鼓乐欢快，一片喧闹，这样的景象如今已不复可见。而旧日王谢堂前的燕子也早已飞入寻常人家，如白头宫女一样诉说着兴亡故事。这里词人将刘禹锡《乌衣巷》的诗意转化融合，实现了无缝对接。词的结句，点出了“斜阳里”，寄予无限萧瑟之感，与开头的“佳丽地”形成了对比。繁华如一梦，寂寞夕阳红，这是词人最沉痛的感慨。

---

① ［宋］郭茂倩编撰，《乐府诗集》，上海：上海古籍出版社，1998 年，第 248 页。

② 同上书，第 541 页。

【名称】金陵胜景图（局部）

【作者】邹典

【朝代】明

【馆藏】故宫博物院

【说明】画面表现的是秋天金陵一带的山水景致：山石挺秀险峭，风骨崚嶒；林木葱郁，枝叶繁茂。其间点缀庙宇、古塔、宫殿、民居、舟船等，体现出古都物阜民丰的特点。接近卷尾的古城墙凸显了金陵的地理特点，颇有重城雄都的气象。

在表达空间意识的概念中，尺度在当代人看来是最容易客观化的。然而在中国传统美学与传统艺术形式中，“尺度”的表达却在很大程度上受到主观意识的影响，以心灵考察空间万象，而并非通过具体的计算；以心观物的方式，笼盖全景，实现对环境整体性的把握。因而在中国诗词中，尺度的表达往往带有创作者主观的认知与情感的烙印，对其进行放大或缩小，或者打破时间与空间界限，通过跳跃与转换，实现空间尺度与时间维度的融合。

高

在人类发展过程中，认识自然与崇拜自然的过程几乎合二为一。人们将自然物神格化，认为这些自然存在的现象表现出生命、意志、情感、灵性和奇特的能力，具有至高无上的灵性，这种灵性往往能主宰人类的命运，改变人们的生活。这其中就包括对山的崇拜。《山海经》就包含了人们对山的崇拜，认为它是物产的起源，神灵的居所，通天的阶梯。而对山之崇拜引申出来的就是人们对于“高”的敬畏。高处被认为接近于神灵的居所，因而具有神秘而庄严的美感。

夜宿七盘岭[1]

【唐】沈佺期

独游千里外，高卧七盘西。
晓月临窗近，天河入户低。
芳春平仲绿，清夜子规啼。
浮客空留听，褒城闻曙鸡。

高绝 | 超离 | 天人合一

居于幽独高绝之处会有不同寻常的体验，容易产生隔绝尘世、神观飞越的超离之感，在更大程度上体验主体生命情怀与自然万物的交融，体验宇宙之永恒，符合“天人合一”的中国艺术哲学的核心观念。

“七盘岭”在今四川广元东北，又名五盘岭，有石磴七盘而上，岭上有七盘关，号称西秦第一关，沈佺期这首诗是他在被流放驩州（辖境相当于今越南河静省和义安省南部）的途中写的。

首联说诗人远行千里，此刻夜宿七盘岭。“独游”暗暗点明了流人的身份，勾勒了一个孤独凄凉的远行者的形象；“高卧”则是点明了空

① ［清］彭定求等编，《全唐诗》，第564页。

间位置，在高山之上，更增添了一份孤绝之感。同时，这首诗也有“北窗高卧”之意，将流放的无奈转化为隐居的自适，这也是诗人心情的自我调节。

颔联是诗人“高卧”之所见：月亮仿佛就在窗前，伸手可及，银河低垂，随时要流进房门。这一联非常精妙地写出了诗人身在“高处”的视觉体验。当诗人仿佛可与明月星辰相往来时，他的内心世界一定充满了壮阔豪迈之感。

颈联写周边的物象，“平仲”是银杏的别称，这里写南方异乡树木，兼有寄托自己清白之意。“子规”又叫杜宇、杜鹃、催归，它总是朝着北方鸣叫，六月、七月鸣叫声更甚，昼夜不止，发出的声音极其哀切。诗人看到银杏树转为绿色，听见杜鹃的悲啼声，愁思离情顿时涌上心头。

尾联承上而来，写诗人正在杜鹃悲啼声中满怀愁绪，忽然鸡鸣不已，又要上路了。诗人这一去，离关中故乡越来越远，不知何时才能回归。“浮客”一词，体现出身若浮萍不自由的深长忧思。

【名称】秋山万重图

【作者】王翚

【朝代】清

【馆藏】故宫博物院

【说明】秋气清和，烟云四合，虞山（今江苏常熟）秋初，林木依旧葱郁，瀑布泻玉飞琼。走近细看，茅屋、水榭掩映在层峦之下，有高士临流远眺、快何如哉之感。红叶数点，增益“秋”之妩媚。虞山素有“十里青山半入城”之名，山势绵延曲折，画家通过对比与渲染的手法将其表现得幽深高峻，令人神往。

与高适、薛据登慈恩寺浮图[①]

【唐】岑参

塔势如涌出，孤高耸天宫。登临出世界，磴道盘虚空。
突兀压神州，峥嵘如鬼工。四角碍白日，七层摩苍穹。
下窥指高鸟，俯听闻惊风。连山若波涛，奔凑似朝东。
青槐夹驰道，宫馆何玲珑。秋色从西来，苍然满关中。
五陵北原上，万古青蒙蒙。净理了可悟，胜因夙所宗。
誓将挂冠去，觉道资无穷。

壮美 | 立体造型 | 视觉冲击

慈恩寺塔又称大雁塔。玄奘法师为供奉从天竺带回的佛像、舍利和梵文经典，在长安慈恩寺的西塔院建造了一座五层砖塔，后此塔被加高至九层。登上高塔，长安风貌尽收眼底，烟云四合，壮阔之美震动人心。从空间立体造型的角度而言，此塔与周围环境的风格相吻合，具备强烈的视觉冲击力，其在比例、形式等的构成方面具有独特的艺术性是吸引人的关键。这首诗的空间表达便是很好的说明。

① ［清］彭定求等编，《全唐诗》，第 1114 页。

这首诗详细描绘了大雁塔高耸入云的姿态，以及诗人登塔之后眺望四周，看到雄奇壮观的风景而产生的内心震动，并且在诗中表达了突然领悟佛理后产生的出世之念。

诗的首两句是定调：写诗人自下而上仰望，看到宝塔仿佛从地下涌出，直冲云霄，迫近天宫；用一“涌”字，将宝塔的气势表露无余。它仿佛有生命和性灵，傲然出世，气势逼人。这两句把宝塔高绝危耸之貌以一种生动的方式表达出来。

接下来四句，诗人继续在“高”字上做文章。他采用了体验式描写的手法，通过登塔人的所思所感表现宝塔带给人们的视觉和心理冲击。登上宝塔，仿佛远离尘世，进入了另外一个带着神性光芒的世界。石阶蜿蜒，盘旋而上，似乎可以直达天空。登顶之后，感受到宝塔傲然遗世，气势磅礴，神工鬼斧，令人目眩神迷。诗人略带夸张的笔法将大雁塔的孤高绝世之美清晰地传递出来，让读者不知不觉之中获得了壮美的体验。

接下来的四句写塔顶所见，注重对视野变化的刻画：塔的四角仿佛已经遮天蔽日，七层塔体已经上接苍穹；低头下望，飞鸟在脚下；俯身倾听，风从下方吹来。这里两句正面描写，用夸张手法表现了塔势高绝；两句侧面描写，借助“鸟”和“风”两个意象位置的改变，反衬宝塔其高无比。对比手法在尺度表达中是一种常见手法，能够给予读者直观的感知。诗人没有过度铺陈，将塔的“高度”摹写极致，而是举重若轻，让读者在对比中产生认同。

立于塔顶的诗人产生了一种“高峰体验”，心胸豁然开朗，内心激情涌动，仿佛世间万物尽收眼底。他从东南西北四个方向描写了眼前的景色：东面，山势起伏，如浪涛汹涌，向东奔流，静态的山势用动态的波浪作比拟，山势顿生飞扬流动之感；南面是长安城的精华所在，宽阔的道路两旁槐树青青，枝繁叶茂，华美辉煌的宫殿就在这里；西面视野开阔，秋色苍茫，使人感受到节候的变化；北面，渭水北岸，是前汉高帝、惠帝、文帝、景帝、武帝五位君王的陵墓，大汉雄风、赫赫功业都付于一抔黄土，萧瑟长杨，令人思之喟然长叹。四面风景，各有特色，或雄奇或苍茫，或华丽或空旷，诗人的情绪也随着这景物的变化而起伏，虽然是景物描写，但景中含情，景中有思。

末尾四句写诗人登览之后内心世界的变化，我们也可以视其为佛塔的孤高壮美给诗人带来的情绪濡染。在登临大雁塔的一瞬间，他仿佛进入了一个更开阔而自由的境界，渴望得到心灵的解脱。

【名称】山水楼阁图
【作者】袁江
【朝代】清
【馆藏】故宫博物院
【说明】群峰叠嶂，嵯峨险峻；林木参差，佳秀繁荫。山间有麓道回转，连通楼台亭阁，显现出庄严而堂皇的气象。山间时有人来，或行或观，或驻足评点，情态各异，笑语欢声似可亲闻。画面层次感强，笔触工细，设色典雅，山石多鬼面皴，楼台工整严密，颇有宋人特点。雄伟壮阔的山色与富丽堂皇的楼阁，很好地融为一体，既精细入微，又气势磅礴，是袁江山水画的代表作之一。

如果说“高”给人的是一种具有崇高感和神性色彩的审美体验，那么“低”给人的感觉更多是平和与真切，带着一种慢慢释放的朴素和不张扬的美感。

题龙阳县青草湖[1]

【元】唐温如[2]

西风吹老洞庭波，
一夜湘君白发多。
醉后不知天在水，
满船清梦压星河。

陌生化 | 五感互通 | 视觉化

一首好诗，即便诗人的声名低到尘埃里，也能放射出明亮的光芒。这首诗中充满了奇特的想象，意境塑造的方式灵动新颖，达到了出人意料的表达效果。“五感互通”和想象视觉化是很好的路径。

这是诗人在游览洞庭湖之后的兴感之作。因为屈原《九歌·湘夫人》中的一句“袅袅兮秋风，洞庭波兮木叶下”[3]，洞庭秋色中所蕴含的忧

① ［清］彭定求等编，《全唐诗》，第 4739 页。诗题中的“龙阳县”，在三国之吴国时属武陵郡。晋、南北朝因之。隋唐属朗州。“青草湖”，即今洞庭湖的东南部，因湖的南面有青草山而得名。

② 此诗最初被收录在《全唐诗》中。陈永正先生《〈全唐诗〉误收的一首七绝——唐温如的〈题龙阳县青草湖〉》考订，作者为元代诗人唐珙，字温如。文见《中山大学学报（哲社版）》1987 年第一期。

③ ［清］胡濬源撰，《楚辞新注求确》，南京：南京大学出版社，2017 年，第 78 页。

郁之美在中国诗歌中反复被表现和传达。诗的首二句，便不同凡响。秋风萧瑟，洞庭波翻，这本是前代诗歌中常见的意境，但因为一个“老”字，在诗人笔下，洞庭湖仿佛成了一个生命体，时光荏苒，渐渐失去了曾经的容颜；“湘君白发”形象地传达了秋的衰飒和浓厚的悲秋意识。多情而美丽的湘君一夜之间白发如雪，将极致的美好以极端的手法打碎，从而产生出深厚的悲剧意识，这是一种富有戏剧感的写法。诗人略过了对秋景的实体描写，采用新奇的构想，加重了洞庭秋色给人心灵的压迫感。这不仅仅是融情入景，更是心造万物。

如果说第一、二句让人有透不过气来的压抑感，那么第三、四句笔势陡转，变得轻灵、美好、安详。入夜时分，风停了，波静涛息，明亮的银河倒映在湖中，星光渐渐渗透进诗人的醉梦，将他带入了光芒璀璨的星空。恍惚之间，诗人分不清自己是在洞庭舟中，还是在浩渺玉宇。银河本是至高宇宙的象征，现在却仿佛触手可及。梦境打破了实景与虚景的界限，舟行水中，如行天上；极低之处，却成了至高之境；清梦如尘，本无行迹，一个“压”字却写出了梦境的深厚沉酣，至轻化为至重；这样的翻转带来了巨大的陌生化的审美体验，使读者被其惝恍迷离、缥缈奇幻所吸引，无法自拔。这样的梦充满诱惑，落入其中，一切肉身所感受到的苦痛都烟消云散。这首诗对于梦境的成功塑造是其流传至今的主要原因。

【名称】重江叠嶂图（局部）

【作者】赵孟頫

【朝代】元

【馆藏】台北故宫博物院

【说明】该画是赵孟頫的代表作，很好地体现了赵氏书画双绝，以书法之意入画，画中兼带文人韵致的特点。画面上江水辽阔，横无际涯；岸边群山逶迤，起伏有致；江上舟楫往来，水清波澄，若无所依。全画笔法简逸，意境清旷，造境与写意、诗性与书艺在作品中会通。

采桑子·画船载酒西湖好[1]

【宋】欧阳修

画船载酒西湖好，急管繁弦。玉盏催传。稳泛平波任醉眠。

行云却在行舟下，空水澄鲜。俯仰留连。疑是湖中别有天。

诗性想象

诗性的想象带来灵动而多元的视角，突破了虚实、高低的界限，别致奇妙，兼具感性之美与理性之悟。涵容万物、恬然自适也是在中国艺术精神中接受度很高的审美法则。

这是欧阳修十首吟咏西湖的《采桑子》之一。词的上片，开宗明义，一个“好”字表明了游湖之乐。船中丝竹齐鸣，嘈嘈切切，声闻于外；酒杯频传，酣畅淋漓，笑语不绝。当是时，清风徐来，水波不兴，即便醉去，也可以一枕安眠。词人心情舒畅，饱览湖光山色，有登仙之感。

如果只有上片，这首词毫不出彩，只不过是平铺直叙了一次游乐而已。及至下片，境界始出。词人放眼湖中，忽然间流云投影湖中，仿佛舟在云上，云伴舟行，进入了另外一个神秘而幽眇的世界。欧阳修没有写梦境，他只是将眼前景象通过虚实结合的方式进行了意境拓展，达到

① 唐圭璋编，《全宋词》，第 121 页。

了与梦境类似的艺术效果。“空水澄鲜”一句境界极美，因为天空澄清，所以倒映于同样明澈的水中，空若无物；云在天上，云在水中，舟行于水，舟浮于天，仿佛如一。水天之间的界限已经模糊，那么人天之间的界限呢？下一句，“俯仰留连”接得自然无痕，我们固然可以说，这是词人在仰首看天，俯首观水，感受水天一色之美；我们是不是也可以联想，词人仿佛贯通了天人、物我的界限，在这样一个瞬间，体悟到了更为深厚而博大的生命境界？所以结句，既表达了诗人倾倒于自然之美，为这奇妙而空灵之美所陶醉，也传递出他终于了悟天人合一、“别有世界”的意趣吧。

【名称】平湖秋月御题图

【作者】董邦达

【朝代】清

【馆藏】台北故宫博物院

【说明】湖上秋来，波平如镜，明月清辉，水天相映。这幅画取西湖胜景而绘，采用俯视角度取景，一湖清景一览无遗。画面一半的篇幅用于表达湖水，宁和平静，微簇波纹，用笔轻柔，水墨疏淡。另一半篇幅用以表达湖岸台榭，远山峰峦，笔触细腻，皴法松秀。这幅画为董邦达《西湖图》组画之一，清乾隆皇帝有《董邦达西湖图》诗赞曰：“既得其秀忘其筌，呼吸湖山传神髓。此图岂得五合妙，绝妙真教拔萃矣。”对其画给予了高度评价。

《说文解字》说："轻，轻车也。"指装载少量物品的车。由此，引申为分量少。与"轻"相关的概念总不脱两层意思：微小或随性。在此基础上我们发现"轻"在审美层面常与灵动、淡泊、微细相关。但是值得注意的是，"轻"不是可有可无，不是无足轻重，在一定程度上，它其实代表着举重若轻，是艺术作品表达"节奏感"不可或缺的一环。

谒金门·风乍起[①]

【五代】冯延巳

风乍起，吹皱一池春水。闲引鸳鸯香径里，手挼红杏蕊。

斗鸭阑干独倚，碧玉搔头斜坠。终日望君君不至，举头闻鹊喜。

意在言外 | 期待视野 | 干预

有余不尽、意在言外的表现手法能够为设计师所汲取和借鉴：借助受众的“前接受视野”，即调动他们的审美经验和文化积淀，同时满足他们未知的“期待视野”，在两个视野之间用多元、多向度的“意象”进行贯穿勾连，引领和干预受众主题认知是这一手法的要义。

这是一首有故事的词。因为一句“风乍起，吹皱一池春水”，宋人马令读出了君臣相得，李清照读出了“亡国之音”，杨亿读出了对不务

① ［清］彭定求等编，《全唐诗》，第5477—5478页。

正业的批评，可见其影响深远，同时意蕴深长，“形象大于思想”。[①]

从文本上看，这是一首闺情词，起句写女子盼望归人，内心寂寞彷徨。用以起兴，语带双关。春风吹来，本来水波不兴的池塘有了微澜。这春风也吹进了女主人公的心里，让原本平静的情绪产生了波动。

紧接着，我们可以看到女子因这春风春水的感发而来到花园中，以红杏的花蕊引逗鸳鸯。这句话的意象非常饱满。春花正盛，女主人公揉搓花瓣是一个很自然的动作，词人何以要特地标明“红杏”呢？除了点出时令、点染画面色彩以外，是否还因为杏花娇艳热闹、生机勃勃，是青春与生命的象征，暗喻风华正盛的女主人公在孤独的等待中只能任光阴渐逝，红颜凋零？鸳鸯是水鸟，雌雄成双成对，女主人公见鸳鸯成双成对，而自己形单影只，更起了对心上人的思念。

过片“斗鸭阑干独倚，碧玉搔头斜坠”两句继续写女子百无聊赖之情状。“斗鸭”是汉初以来流行的一种活动，以鸭相斗为戏，唐代李邕作有《斗鸭赋》。因为这项活动的流行，所以庭院阑干上也雕饰着这样的纹样。女子独倚其上，头上的碧玉簪随便斜插着，一派慵懒的模样，这显然是因为所盼望的人久久不归而无心装扮，慵懒之中别有深情。

词的结句说，从早到晚盼望归人，却不知他何时才会回到自己身边。喜鹊的再次鸣叫，又勾起她的期待。灵鹊送喜，教人充满希望，纵然希望不一定成真，却总是一份安慰。至此，我们可以看到，女主人公的思念之情如春水涟漪，绵绵不尽。

---

① 宋人马令所撰《南唐书·冯延巳传》中记曰：“延巳有‘风乍起，吹皱一池春水’之句，元宗尝戏延巳曰：‘吹皱一池春水，干卿何事？’”这段记载通常被视为南唐中主李璟与宰相冯延巳君臣相得，以词句游戏为乐的轶事。然而，李清照《词论》却不以为然，她说：“五代干戈，四海瓜分豆剖，斯文道熄；独江南李氏君臣尚文雅，故有‘小楼吹彻玉笙寒’‘吹皱一池春水’之词，语虽奇甚，所谓‘亡国之音哀以思’也。”可见，在对答的词句中她感受到了一种大厦将倾的悲剧意味。杨亿《杨文公谈苑》有“江南成幼文为大理卿，好为歌词，尝作《谒金门》曲，有‘风乍起，吹皱一池春水’之句，后因奏牍稽滞，中主曰：‘卿试与行一池春水，又何缺于卿哉！’”马令虽然搞错了作者，但是其中透露出来的信息是李璟非但不欣赏这句词的精微高妙，还以此责备作者将精力用在了政事以外。

【名称】桃潭浴鸭图

【作者】华嵒

【朝代】清

【馆藏】故宫博物院

【说明】这幅画明艳动人，意趣盎然，生机弥漫，和暖春意扑面而来。画法上吸收明代陈淳、周之冕及清代恽寿平诸家之长，兼工带写，用小写意手法描绘了虬曲的桃树枝干上，桃花俯仰生姿，柳枝绵长，垂落潭上，随风轻扬。野鸭羽毛有茸毛感，正是初生之状，红掌柔波，自在舒缓。画家把自然生物中天趣和人真切细腻的体验融为一体，给人灵动悦目之感。

采桑子·轻舟短棹西湖好[①]

【宋】欧阳修

轻舟短棹西湖好，绿水逶迤。芳草长堤。隐隐笙歌处处随。

无风水面琉璃滑，不觉船移。微动涟漪。惊起沙禽掠岸飞。

随物赋形

在轻快闲适的氛围中创造空灵、淡远的意境，诗情画意出于自然，令人赏心悦目。这种“随物赋形”、率真自然的意境塑造方法在空间环境设计领域往往表现为师法自然、模山范水的空间布局、植物景观和环境小品。

词的上片，首句沿用这一组《采桑子》的惯例，以“西湖好”为主旨，以“轻舟短棹”为修饰，明确告诉读者，词人赞美的是自己乘轻舟缓慢而悠闲地漂荡在湖面上所见风景。春水凝碧，曲折绵长，一直连着芳草萋萋的长堤，水、草、堤岸形成了一个有机整体，构成了一幅由近及远的画面。远处，隐约有笙歌传来，画面越发生动，我们似乎可以感受到舟中人与岸上人共有的欢乐。

词的下片，主要写湖水给人的感觉。因为无风，所以水面清澈而平滑，

① 唐圭璋编，《全宋词》，第121页。

故词人以“琉璃”作比。“琉璃”在古代被认为是珍贵的玉石，在诗词作品中常见以其为喻体来表现水的明净透彻。琉璃不仅清透，而且滑润，在此处欧阳修紧紧扣住喻体的特点，紧接一句“不觉船移”，合乎逻辑，自然贴切。结句写水面细微的涟漪惊动了水鸟，它们蓦然飞起，掠过天空，打破了湖面的平静。与上片的结句一样，这句词也以动态入词，所不同者，前者借助听觉，而后者借助视觉。视线由低处向高处延伸，呈现出富有立体感的西湖。

【名称】苏堤春晓图

【作者】董邦达

【朝代】清

【馆藏】台北故宫博物院

【说明】“苏堤春晓”为西湖十景之首，每到春来，杨柳烟笼，画桥如虹，垂影湖上，美不胜收。这幅画表现的就是这样一幅胜景。画面布局严谨，远近比例得当，隐含曲折蜿蜒的视线变化，展现了苏堤逶迤绵长的特点。全画设色清雅，柔和淡远，不失董画文人气息浓厚的特点。

“重”从字源上来说，最早见于甲骨文，构型像一个弯着腰的人正用背驮着一个上下袋口捆扎着的、包裹状的东西，吃力地前行。许慎《说文解字》云：“厚也，从壬东声，凡重之属皆从重。”可见，这是一个与巨大的重量有关的词，引申到审美领域，通常指气格深沉、厚重端严之美，更是融合了历史感与创作者真实主体生命体验的美。

浪淘沙·帘外雨潺潺[1]

【五代】李煜

帘外雨潺潺，春意阑珊。罗衾不耐五更寒。梦里不知身是客，一晌贪欢。

独自莫凭阑，无限江山。别时容易见时难。流水落花春去也，天上人间。

厚重｜持久｜砥砺心灵

沉厚凝重之美带有一种直击心灵的力量，它不是给予人瞬间的情绪激荡，而是缓慢但持久地打动人心。中国艺术根植于指向心灵之美，讲求对人心性的磨砺，体现对人性的自我完善，其价值超越了纯粹的感官刺激。

李后主词以悲为美，给人厚重之感。作为一个具有独特生命经历的词人，后主词明显分为前后两期，各有特色。这一首词是他作为亡国之君，在饱受凌辱的中年时光回忆前尘往事的感伤之作。

上片，帘外风雨，春光已老。五更梦回，遍体生寒。这是词人醒来后真切的感受。或许是因为梦过于美好，让他回到了“凤阙龙楼连霄汉，

① ［清］彭定求等编，《全唐诗》，第5417页。

玉树琼枝作烟萝，几曾识干戈”（李煜《破阵子·四十年来家国》）[1]的宫廷岁月，重温了“车如流水马如龙，花月正春风”（李煜《忆江南·多少恨》）[2]的富贵温柔，所以一旦醒来，听雨听风，意识到自己形同阶下囚的身份，倍感凄凉。一个“寒”字从心底蔓延出来，如冰凉的藤蔓萦绕周身，使之疼痛而悲伤。梦中梦后，今昔对比，感慨深沉。

下片首句“独自暮凭阑”是词人的自我告诫。也许是因为无数次的凭栏远眺，江山满目，物是人非让他痛彻肺腑，所以他说不要再去看那些山河了，因为再也回不到当时。“流水落花春去也”，与上片“春意阑珊”相呼应，春已走到末梢，生命也将走到尽头，所有的美好随流水而去，那么这尘世还有什么值得留恋呢?

结句“天上人间”为全词做了一番情感的收结。既然身世已经如此，往事不可追，前路无望，那么让尘土归于流水，在天地之间等待最后的命运吧。全词带有深厚浓重的悲剧感，以不加修饰的方式自然道出，使读者产生强烈的情感共鸣，摆脱了对一己之遭遇进行书写的狭小语境，通向对普遍人生悲剧性的体验与审视。

【名称】幽人燕坐图

【作者】唐寅

【朝代】明

【馆藏】故宫博物院

【说明】这幅画很能反映唐寅早年师从周臣学习宋“院体”山水技法而形成的刻画精微、缜密雅秀的特色。画面之中峰峦幽秀，烟霭缥缈、溪涧深流，汩汩之声似可听闻。水阁之中，一人静坐无语，旁列书籍茶具，一派闲淡，仿佛禅定。另一人面山临流，独立苍茫，身姿萧瑟。画中树石多用干笔细皴，雅致疏朗。

① ［清］彭定求等编，《全唐诗》，第5418页。

② 同上书，第5417页。

满庭芳·山抹微云[1]

【宋】秦观

山抹微云，天连衰草，画角声断谯门。暂停征棹，聊共引离尊。多少蓬莱旧事，空回首、烟霭纷纷。斜阳外，寒鸦万点，流水绕孤村。

销魂。当此际，香囊暗解，罗带轻分。谩赢得青楼，薄幸名存。此去何时见也，襟袖上、空惹啼痕。伤情处，高城望断，灯火已黄昏。

典型意象

意象营构对意境塑造有非常重要的意义。对艺术创作而言，选取带有深厚文化内涵的典型意象能够含蓄而富有感染力地表达创作者的主题情志。典型意象的选用既带有创作者独立情感个性，又反映出时代文化的审美共性。所以，恰当地选择“典型”可以让设计作品呈现出设计师的精神追求和文化认同。

作为秦观词中的代表作，这首词的起句，便是佳构。“山抹微云”，这个“抹”字尤为新巧。“抹”有装点涂色之意，虽前人诗句中并不少见，

① 唐圭璋编，《全宋词》，第 458 页。

但秦观用这个字来写远山云遮的景象，隐隐然带出了烟云四合、苍茫朦胧的气息，有水墨画境。紧接一句“天连衰草”将视线拉得极远，写足了秋之荒寒气象。这句词几乎成为秦观的代表。苏轼曾戏称其“山抹微云秦学士”[①]。

“画角”一句既点明时间，又作为引出词人离绪的引子，起到上下连贯的作用。画角一般在黎明和黄昏之时吹奏，发音哀厉高亢。声音传来，似在警示词人到了告别的时候。接下来“暂停”两句就说到了离别，前尘往事涌上心头，如梦幻泡影，似烟霭茫茫。

在这个时候，词人内心百感交集，他只能极目四望，而眼前的情景是“斜阳外，寒鸦万点，流水绕孤村”。此句一出，倾倒众生。宋代吴曾称：“虽不识字人，亦知是天生好言语。”[②] 词人连用四个典型意象“斜阳”“寒鸦”“流水”“孤村”来写自己内心沉痛的恨别之情。夕阳西下，暮鸟投林，寒鸦尚有归处，而“我”却被抛向了不可知的远方；孤独的山村被缓缓流过的溪流温柔环抱，这流水似也不愿意离去；意象的巧妙组合构成了具有典型意义的画面，把词人内心的伤痛用沉重而凄美的方式呈现出来。

如果说上片写离情已经情辞俱足，那么转到下片，词人还要如何传情呢？我们看到，他的笔触由风景转向了人情。过片“销魂”如一记重锤敲击在读者心上。词人说，这个时候与情投意合的佳人也到了分别的时刻。佳人怨恨他“薄幸”，词人无从辩解，只能一声长叹。词的结句呼应首句，从薄暮初起到万家灯火，离别的酒终于喝完了，再依依不舍，也终究要独自上路。灯影中，词人留下了萧瑟的背影。

---

① 宋叶梦得《避暑录话》记曰：“首言‘山抹微云，天粘衰草’，尤为当时所传。苏子瞻于四学士中最善少游，故他文未尝不极口称善，岂特乐府然？犹以气格为病，故尝戏云‘山抹微云秦学士，露花倒影柳屯田’。”

② ［宋］吴曾，《能改斋漫录》卷十六《乐府》，唐圭璋编，《词话丛编》，北京：中华书局，1986 年，第 125 页。

【名称】空山结屋图

【作者】查士标

【朝代】清

【馆藏】故宫博物院

【说明】这幅画描绘了空旷山峰的起伏中，一屋舍悄立于中；线条洗练，构图聚散结合，笔墨疏简，气韵荒寒，有元人气象。画面上山石尖峭，风格枯寂生涩，厚实的山体聚成石壁。作者先以直线勾出轮廓，再以侧锋作疏朗而清晰的竖式皴擦，然后以清淡古朴的赭石等色晕染，有倪瓒之特色。山间水边树下，散布屋舍房宇，其中一屋内有二人对坐而谈。干笔皴擦，萧疏有致，一派高旷清幽之景。

“长”是空间或时间的延伸，在传统诗词的创作中，它通常包含两层意思。一指用充沛的笔势来表达深远的情志。正如刘勰《文心雕龙·时序》里对建安文学的评价那样：“并志深而笔长，故梗概而多气也。”[①]二指不用直白发露的语言，而通过意象组合，营造一种偏重于心理体验的意境空间，沟通读者与作者的情绪，获得“不着一字，尽得风流”的表达效果。如沈义父《乐府指迷》所说：“用字不可太露，露则直突而无深长之味。”[②]

① [南朝]刘勰，《文心雕龙》卷九，范文澜注，《文心雕龙注》，第674页。

② 唐圭璋编，《词话丛编》，第277页。

苏幕遮·碧云天[1]

【宋】范仲淹

碧云天，黄叶地。秋色连波，波上寒烟翠。山映斜阳天接水。芳草无情，更在斜阳外。

黯乡魂，追旅思。夜夜除非，好梦留人睡。明月楼高休独倚。酒入愁肠，化作相思泪。

心造万物

阔远而深长的意境，来源于情景交融的表现手法，因而作品具有体物于微、情理俱足之美。创作者以自由的心灵感悟自然的变化，以情、理、景、象构筑出饱含主体情感的境界。这一手法在中国古典园林的造景中得到了充分运用。中国园林在构建时重视对自然万物的体察与感悟，善于利用隔景、应景、借景等手法丰富空间层次，使园林不论规模大小都尽量呈现出“师法自然”却高于自然，“心造万物”而物我相合的状态。

① 唐圭璋编，《全宋词》，第11页。

范仲淹，一代名臣，铁骨铮铮，在写作这首词时却百炼钢化绕指柔，深情绵邈，充分展现了“词别是一家”的文体特征。

词的上片，首二句“碧云天，黄叶地”就显现出了深长感伤之美。俯仰之间，天地苍茫，无边秋色，充塞其中，寥廓而萧瑟。这样的场景充满了情绪感染力，故而元代王实甫《西厢记》“长亭送别”一折直接化此以用，作为写莺莺与张生依依惜别的情节的背景铺垫。

如果说首二句是总写秋色，那么次二句是在此基础上的发挥。秋江浩渺，带着秋色寒意的烟气笼罩波涛，水天相接。接下来，词人继续延续着宏大的全景式视角，夕阳余晖满山，水天无痕，芳草绵延，直到天边。在这里，值得我们注意的是两个意象：“斜阳”和“芳草”。“山映斜阳”点出了时间，秋日黄昏，薄暮渐起，光线的变化最容易引起人情绪的波动。“芳草”在诗词作品中常常用来表述离别之情，而词人却说“芳草无情”，这其中颇有深意。草色连绵，虽至秋日，尤尚青青，似乎它并没有感受到词人满怀离情别绪。草之无情正体现出人之多情，这是一句“无理而妙”的句子，将眼前实景转化为心中情境，为下片转入抒情做好了铺垫。

下片“黯乡魂”二句，直接道出词人心上挥之不去的怀乡之情和羁旅之思。接着他说，只有在美好梦境中才能暂时泯却乡愁。“除非”二字下得十分恳切，有一种“华山一条路”的决绝。然而，天涯孤旅，欲求“好梦”而不得，词人只能登楼远眺，以遣愁怀。明月清辉朗照，茕茕独立的词人越发感到孤单寂寞，他意识到独自登楼并不是排遣愁绪的好方法。结句写词人试图借饮酒来消释胸中块垒，但这一努力显然付诸东流。低回婉转中不失简洁爽直。

【名称】山水图（望山垂钓）

【作者】赵左

【朝代】明

【馆藏】故宫博物院

【说明】该画表现晚秋湖山景色。远处孤峰挺秀，山势幽峭；中景湖面波静，小舟之上，一士独坐；近处丛林掩映，茅舍人家。取势布景，交错而不繁乱；景物布置，自然合理。笔墨方面，用浓、湿、浅、淡的墨色染出山峦向背；树木等的刻画立体感强，层次繁复，工整处细笔如丝；人物造型简单，遗貌得神。

八六子·倚危亭[①]

【宋】秦观

倚危亭。恨如芳草，萋萋刬尽还生。念柳外青骢别后，水边红袂分时，怆然暗惊。

无端天与娉婷。夜月一帘幽梦，春风十里柔情。怎奈向、欢娱渐随流水，素弦声断，翠绡香减，那堪片片飞花弄晚，蒙蒙残雨笼晴。正销凝。黄鹂又啼数声。

返璞归真

炼字炼句，精粹绝伦，却以平淡面目出之。浑化自然、返璞归真是这首词语言的特点。这是中国古代艺术亲近自然、崇尚和谐的精神体现。无论是中国古典园林的因地制宜、与自然环境水乳交融，还是中国雕塑的随形赋意、重视自然肌理，乃至中国装饰纹样的自然象形都体现出这种理念——“极炼如不炼”，值得当代设计师借鉴。

这是一首情深意长的怀人之词。上片，“倚危亭”三句，词人将无

① 唐圭璋编，《全宋词》，第456页。

形之“恨”以有形之意象“芳草”加以比拟，“恨如芳草”，虽尽力根除，却旋剪旋生，很生动地表达出了离恨的绵绵无尽。这一写法令人联想起白居易的“野火烧不尽，春风吹又生”，同样是以芳草的生生不息写离别之恨，不过，秦观用“刬尽还生”，较之白诗，更多了一层挣扎之苦：无论如何努力剪除，这离恨思念仿佛根植于生命之中，非人力可为。沉痛之情，力透纸背。接下来，词人回忆起分别时的情景：柳外水边，是一个非常传统的分别场景，而“怆然暗惊”四个字却是耐人寻味。“怆然”，自然是因分别之痛。“惊”的是什么呢？是在这别离之时突然感受到生命自此多了一块无法弥合的伤口？是蓦然发现红颜依旧，自己却年华蹉跎？是感叹美好的时光总是短暂，继而陷入巨大的迷惘与虚空？词人没有明言，留给了读者足够的想象与回味空间。

词的下片回忆佳人的美好，“天与娉婷”是对她风姿的高度概括。词人回忆起两人相处的时光，那是月色中你侬我侬的甜梦，那是春光里眼角眉梢的柔情。虽然回忆总是甜蜜而美好，但离别迫近，却令人无可奈何，欢情逐水，弦歌声断，舞袖香消。为了加重这种悲凉意绪的表达，词人还特地为之设置了一个场景：暮春花飞，微雨初晴，惝恍迷离的景致倍增凄楚。结尾，词人正在凝神暗想时，黄鹂的鸣叫一声声传来。这鸣叫声打破了岑寂，也打破了词人短暂而刻意的对现实的疏离。

【名称】元机诗意图

【作者】改琦

【朝代】清

【馆藏】故宫博物院

【说明】这幅画以唐代女诗人鱼玄机为表现对象。画中，玄机倚坐展卷，姿容秀美，而身形单薄，容色憔悴，隐隐流露出一丝忧郁凄凉的情态。此图无背景刻画，人物落墨洁净、设色妍雅、用线劲挺飘逸，营造出一种清淑静逸的氛围。在这幅画中，我们明显可以看到改琦对明代唐寅的“婉丽雅致”与仇英的“工细秀逸”风格的吸收，将清代纤秀柔婉的仕女画风格推向了顶峰。

作为与“长”相对的尺度概念，“短”指两端之间距离小，也引申为时间接近。在中国传统文艺理论中，“短”有节制、善于收放的意思。如张怀瓘《论用笔十法》说：“尺寸规度，谓不可长有余而短不足，须引笔至尽处，则字有凝重之态。”[①] 李嗣真《书后品》论王羲之的“飞白”曰：“既离方以遁圆，亦非丝而异帛，趣长笔短，差难缕陈。”[②] 包世臣《艺舟双楫》之“历下笔谭”评北碑体说：“北碑画势甚长，虽短如黍米，细如纤毫，而出入收放、俯仰向背、避就朝揖之法备具。”[③] 这里注重的都是这层含义。另外，“短”也有含蓄之意。沈谦《填词杂说》论“各调作法”云：“小调要言短意长，忌尖弱。”[④] 沈德潜《清诗别裁》评吴定璋《见雁》诗曰：“言短韵长。”[⑤] 均是佐证。

---

① 华东师范大学古籍研究整理室编，《历代书法论文选》，上海：上海书画出版社，1979 年，第 216 页。

② 同上书，第 135 页。

③ 同上书，第 653 页。

④ 唐圭璋编，《词话丛编》，第 629 页。

⑤ [清] 沈德潜选，《清诗别裁》下册卷三十，上海：商务印书馆，1937 年，第 134 页。

浣溪沙·风落芙蓉画扇闲[1]

【宋】朱敦儒

风落芙蓉画扇闲。凉随春色到人间。乍垂罗幕乍飞鸾。

好把深杯添绿酒，休拈明镜照苍颜。浮生难得是清欢。

小而美

“小而美”，在空间设计中表现为在有限空间范围内融入设计对生活的理解和需求的认知，用精细化的手法，通过细节勾勒和氛围营造满足受众的精神向往。

这首小令笔势含蓄，写出了一派悠闲雅致的生活情趣。它的时间设置很微妙，“风落芙蓉”，这里的芙蓉指木芙蓉，因为木芙蓉花开于仲秋，这时天气已凉，所以扇子也就“闲”了下来。那么后一句，词人何以说“凉随春色到人间”呢？分明已到秋日，但词人故意用“春色”来表达，是因为江南秋意未浓时有所谓“小阳春”的说法，此时风光和煦，与春日接近。同时，“春色”一词在读者心中积累了盛景丽色的体验，这种体验会丰富文本内涵，牵引出更多美好的联想。接下来一句，词人写时

① 唐圭璋编，《全宋词》，第864页。

而垂下罗幕，时而看飞鸟远去，动静得宜，体现出了独处之时闲适自在的趣味。

词的下片一组对句，略有牢骚之感：在酒杯中斟满酒，忘却镜中之人容颜已经苍老，这是词人对光阴流逝的感慨。然而，他并没有沉溺其中，而是找到了在孤独之中与自己、与时光和解的方式，词人将这种体验称为“清欢”。这是一种清雅恬适之乐，带有浓厚的文人气息；是人与自然、与生活、与一切美好事物的和谐共处。在这首词中，词人享受独处，让心灵平静而宁和，这是对“清欢”最恰当的诠释。

【名称】芙蓉鸳鸯图

【作者】李因

【朝代】清

【馆藏】上海博物馆

【说明】该画采用竖向构图，表现池畔一隅，景致于深阔中见清逸。画的下方，几缕淡淡的游丝线勾出透明的水域，一对鸳鸯仿佛边游边聊，营造出花开季节游禽恬淡安闲的状态。花是用白描法淡墨勾勒而成的，线条流畅，叶子大小、浓淡适宜，层次分明，叶筋勾勒得劲健挺拔。花叶相映，疏密有致。水面上，两只鸳鸯相拥，神态温柔，造型生动，羽毛勾勒后用淡墨晕染，笔触细腻。陈维崧在《妇人集》称李因：“作水墨、花鸟，幽淡欲绝。”此画可当之。

卜算子·我住长江头[1]

【宋】李之仪

我住长江头，君住长江尾。日日思君不见君，共饮长江水。

此水几时休，此恨何时已。只愿君心似我心，定不负相思意。

日常化

日常化表达的合理应用能够以细腻的方式推动情感流动，在看似平常的场景中洞见人性，建构血肉丰满的意象，使作品具有感染力和亲和力。“真实感”是设计最持久的力量。

这首词带有质朴的民歌风情，传世以来得到了很多读者的认同。词以长江为背景。开头两句，设置了“我”与“君”两个角色，如话家常般说出了双方空间距离之悬隔：江头和江尾。这万里长江如一条丝带串联起两人的相思之情。天高地远，虽身不能相见，这滔滔江水却能将彼此的牵挂带给对方。

三、四两句，从前两句直接引出。“日日思君不见君”道出了情感的悠长和现实的无奈；然而，同住长江之滨，“共饮长江水”，却把两人的距离一下子缩短了。

上片看起来非常简单，仔细品味却意味深长。词人在浅白的文本之

① 唐圭璋编，《全宋词》，第 343 页。

中包含了曲折深致，把相思不相见的苦痛借助共饮长江之水的信念加以化解。似乎，在这一江奔涌之中，地理意义上的空间感已经不复存在。

过片“此水几时休，此恨何时已”仍紧扣长江水而来，一个“恨”字把“思君不见”的痛苦再一次明确表达出来。流水悠悠，昼夜不舍，思念之情，逐水奔流。尽管在词的上片，词人用“共饮长江水”安慰了彼此，但是内心依然充满感伤，仿佛江水永不停息，相思之恨也永无消歇之时。“几时休”“何时已”这样的口吻，带着祈愿与盼望，虽然明明知道这样的愿望近于无稽之谈，但依旧忍不住吐露出来。

最后两句，词人道：“只愿君心似我心，定不负相思意。”这是滚烫的期待，也是火热的誓言。

“我心”如江水滔滔，相思无已，如果“君心似我心”，我们彼此都不会辜负相思之意。指江水为誓，以江水为盟，个体情感放在山河浩荡的大背景中，愈发显现出磅礴的力量。空间上的阻隔只能加深思念的力度，隔绝不了心灵的相通。这样的表达，给读者以强烈的带入感和冲击力，不知不觉中，我们和长江一起成了爱情的见证。

【名称】潇湘图

【作者】董源

【朝代】五代南唐

【馆藏】故宫博物院

【说明】董源为南派山水画开山鼻祖，与李成、范宽并称北宋三大家。此画以江南真山实景入画，不为奇峭之笔。疏林远树，平远幽深，皴法状如麻皮，人称为“披麻皴”。画面以平远的构图方式结合近景中的大片水域，构建出很强的空间感。山水之中又有人物渔舟，赋色鲜明，趣味横生。

宽，指横向距离大，引申为广阔、面积大、度量宽宏。在中国传统文艺理论里，“宽”通常有两层含义：舒缓和包容。前者如姜夔《续书谱》云：“当行草时，尤宜泯其棱角，以宽闲圆美为佳。”[①] 后者可参考周济《宋四家词选目录序论》中评价辛弃疾与姜夔词的差异说：“白石脱胎稼轩，变雄健为清刚，变驰骤为疏宕。盖二公皆极热中，故气味吻合。辛宽姜窄，宽，故容秽，窄，故斗硬。”[②]

① ［宋］姜夔，《续书谱·用笔》，卢辅圣主编，《中国书画全书》第2册，上海：上海书画出版社，1992年，第173页。

② 唐圭璋编，《词话丛编》，第1644页。

江南春[1]

【唐】杜牧

千里莺啼绿映红，水村山郭酒旗风。
南朝四百八十寺，多少楼台烟雨中。

包容性

“包容性”是这首作品最大的特点。千里江南，百年风云，地域特征和历史感尽在其中，从横向与纵深两个维度完型了读者的“江南想象”。在设计领域，提倡“包容性”也是个非常重要的理念，设计师突破思维局限，考虑受众需求的多样性，满足受众偏好，并逐渐从单一维度的产品创新设计过渡为设计系统的更新。

杜牧这首绝句勾勒了千里江南草长莺飞、烟雨迷蒙的诗意景致，也抒发了对历史的深沉感慨。首句境界十分开阔，“千里莺啼”给人以江南春日到处有啁啾鸟鸣、到处生机勃勃的印象。“绿映红”三字则写出了花树色新、锦绣绚丽的景致。次句写临水的村庄、依山的城郭到处都有迎风招展的酒旗，这是区域繁华、物阜民丰的典型写照。这两句合在

① [清]彭定求等编，《全唐诗》，第 3252 页。

一起，犹如电影中的全景式扫描，渲染了江南春景的丰富多彩。

如果说前两句中的江南是色彩明艳、动静皆宜的江南，那么在后两句，诗人为我们摹写了一个烟水迷离、深邃悠远的江南。“南朝”两字，耐人寻味。当年的晨钟暮鼓还在江南大地上回响，而当年来往其中的高门大族、文人雅士、名娃佳人却早已风流云散。诗人用了一个数词“四百八十”极言寺庙之多，越发增强了读者内心对南朝风流的向往，引发对历史的深沉感慨。“烟雨楼台”则写出了这些堂皇古朴的寺庙掩映于迷蒙的烟雨之中的景象，这就更增加了一种朦胧迷离的色彩，丰富了江南春景的色彩层次。

【名称】桃花渔艇图

【作者】王翚

【朝代】清

【馆藏】台北故宫博物院

【说明】此图颇有《桃花源记》之意境，夹岸桃花，落英缤纷，一叶渔舟，缘溪而来，青山幽秀，绿树苍古，时有白云相往来，令人忘俗。全画以青绿为主，雅中带艳，布局远近得宜，疏密有致。

八声甘州[①]

【宋】柳永

对潇潇、暮雨洒江天，一番洗清秋。渐霜风凄惨，关河冷落，残照当楼。是处红衰翠减，苒苒物华休。唯有长江水，无语东流。

不忍登高临远，望故乡渺邈，归思难收。叹年来踪迹，何事苦淹留。想佳人，妆楼颙望，误几回、天际识归舟。争知我、倚阑干处，正恁凝愁。

反面映衬

中国美学有注重含蓄的传统，在艺术创作中喜欢以曲折委婉、反面映衬、含而不露等手法表达主旨，借助接受者的审美经验以及情感积淀实现与艺术作品的互动，进而理解创作者的主旨。这种手法运用在空间设计中表现为“含藏”，如在园林设计中将要呈现的景物故意用“障景”进行遮罩，避免一览无余的肤浅与浮夸。

作为一首羁旅行役题材的作品，这首词既描绘了雨后清秋、关河冷落、夕阳斜照的景致，又抒发了漂泊江湖、欲归不得的愁思，融情入景，

① 唐圭璋编，《全宋词》，第 43 页。

首尾相照，具有感发人心的力量。

词的上片写词人登高临远，写出了秋色的悲郁苍凉。起句一个“对”字领起，写风雨潇潇之后江天晴朗。语势跌宕，与意境配合贴切。接下来，词人写在高处四顾眺望，感受到秋风凄冷，关山江河一片寥落，夕阳余晖洒在高楼之上。一个“渐”字写出寒意一点点渗透出来，光线变得越来越暗淡，内心的迷茫与孤独感也逐渐强烈。“渐”是一个“领字”，也是一个传递情感的关键字。接下来两句写花叶凋零，万物萧条，这是秋色描写，也是词人内心悲伤意绪的流露。面对滚滚东去的江水，词人越发感受到时光无情，“无语”二字既是写长江的奔流不息，似乎不近人情，又是写自己面对岁月蹉跎却无可奈何。

词的下片由写景转入抒情，抒发词人对故乡故人的思念。词人在过片处直接说不忍心登高，因为怕远眺引起思乡之情。“不忍”二字，道出了词人内心情感的辗转反侧。故乡遥远，思念之情一发不可收拾。词人不禁自问：“叹年来踪迹，何事苦淹留。”青衫飘零，落魄江湖，这并不是他的本心。一个“叹”字道尽词人的怨悱伤感和四顾茫然。词人饱受离别之苦，但又真的甘心放下所有回归故土吗？这个问题其实他自己也无法回答，所以百转柔肠，千种情思，不过付与一声叹息。“想佳人”四句，写得含蓄缠绵。词人不肯直白地道出相思之情，故意做了一个转折，设想“佳人”正在凭栏眺望，等待自己的归去。在中国传统诗词中，这种反面映衬、曲折委婉的写情方式并不少见，有助于增强抒情的力度与厚度，给人更强烈的带入感。词的结句，他从意念中的“佳人”写回自己，说：佳人因等待而生幽怨，可是她又怎么知道我是如此地思念她。笔势灵动飞扬，虚实转化无痕，步步转进，一腔愁思肝肠寸断。

【名称】山水楼阁图

【作者】袁耀

【朝代】清

【馆藏】故宫博物院

【说明】此画为袁耀中年时的力作，从画风中不难看到其父袁江的风格。山峦高峻，岩石形状怪奇，层次分明。亭台工细，最得家法。江上小舟轻扬，增加了画面的动感，延展了画境空间，给人更开阔的视野。

窄，本义为两端之间距离小。在传统文艺理论里，“窄”通常被视为范围小，限制严格，如“窄韵”；也会被引申为狭深、逼仄，如陆时雍《诗镜总论》评价西汉诗云：“西京崛起，别立词坛，方之于古觉意象蒙茸，规模逼窄，望湘累之不可得，况《三百》乎？”[①] 但是，窄也并不只有贬义，它可以被引申为峭拔生新，在看似狭窄的境界中腾挪出更大的心理空间，周济《宋四家词选目录序论》中说：“辛宽姜窄，宽，故容秽；窄，故斗硬。”[②]

① 丁福保编，《历代诗话续编》，北京：中华书局，1983 年，第 1401 页。

② 唐圭璋编，《词话丛编》，第 1644 页。

端居①

【唐】李商隐

远书归梦两悠悠，只有空床敌素秋。
阶下青苔与红树，雨中寥落月中愁。

深美闳约

在狭窄、逼仄之处做文章，以情绪流为导引，以精妙的手法拓展境界，实现了似浅实深、以小见大、以平淡意象包蕴深美闳约之旨趣的表达效果，这种手法可以为空间设计中环境小品的设置所借鉴。

这是一首思亲怀人之诗，简净清淡，如空山灵雨，不染纤尘，是境界虽窄而神思飞跃之作。首句写很久没有收到亲人的书信了，对于漂泊异乡、沉郁下僚、境遇坎坷的诗人而言，这书信是他与故乡、爱情、温暖以及生命中一切美好的联结。久等不至的“远书”增强了他的寂寞与凄凉之感，也使得敏感的他内心充满了对生命不确定性的恐惧。诗人辗转难眠，那归乡之梦与书信一样难以觅得。“悠悠”给人以虚空缥缈之感，诗人怅然若失的情绪清晰可见。

① ［清］彭定求等编，《全唐诗》，第3358页。

次句与上句勾连紧密。上句写到了“梦”，诗人自然将视线转向了“空床”。“只有”写出了室内的简陋以及诗人无所依傍的孤独；“空床”透露出诗人深宵无眠，独自徘徊，无可消解的寂寞之感扑面而来；“素秋”给人的感觉是寒意沁人、萧瑟冷冽的。诗人用一个“敌”字来形容“空床”与“素秋”的对峙，精妙入神，仿佛诗人是在尽力抵挡秋的凄冷，尽管如此，这冷意还是侵袭了他的心境，使他从心底里生发出怆然神伤的感觉。

三、四两句，诗人的视线从室内转向室外。诗人用“青苔”与“红树”对举，给全诗增加了一抹亮色。而这刻意的提亮更加反衬出诗人居所的幽寂。青苔苍郁，显然人迹罕至。“红树”是暮秋特有的景象，与点点青苔相映，月色之下无端笼上了一层索寞迷离。末句极为飞扬跳脱，诗人采用了“互文”的手法，面对长夜漫漫，面对一庭秋色，诗人内心的思念之情缓缓流动。无论明月如水，又或者烟雨微茫，那个远在异乡的人，那个不知何时才能归去的故乡总在他心上荡漾。这两句将眼前实景与意念中的虚境融为一体，拓展了时间与空间，呈现出一种回环往复、虚实相映的流动美。

【名称】仙馆澄秋

【作者】金廷标

【朝代】清

【馆藏】台北故宫博物院

【说明】金廷标是清乾隆年间著名画家，供奉内廷，以白描著称，最被世人称道的作品是《秋山行旅图》，后被制成大型玉山，得到乾隆多次题咏。《仙馆澄秋》虽名气逊色于《秋山行旅图》，但笔触工细，线条清秀，充分体现了金氏的画风特色。画面上门户洞开，一人在室中面对庭中秋色，独坐默想，风神散淡。庭院中竹树丰茂，姿态各异。叶间似有风吹过，墨色浓淡变化之中蕴含着流动感。

好事近·梦中作[1]

【宋】秦观

春路雨添花，花动一山春色。行到小溪深处，有黄鹂千百。

飞云当面化龙蛇，夭矫转空碧。醉卧古藤阴下，了不知南北。

▌诗性叙事｜奇观感｜声景▐

淡化现实，虚构情节，以“奇观”感调动受众兴趣，注重氛围营造，这种创作手法使作品获得了叙事节奏和诗性感染力。此手法广泛运用于园林设计，如用漏窗、植物、假山、流泉等营造不同的“声景”，借助声音体验传达园主人或闲淡或隐逸的内心情志，并且塑造独特的空间氛围，引发情感共鸣。

这是一首纪梦词，词人写得逸兴遄飞，塑造了一个丰艳奇瑰的境界。因为这首词写于秦观被贬至监处州（今浙江丽水）酒税时，距离其卒年不远，所以有人认为词中的“古藤”是其最终卒于藤州的“谶语”，为全词增加了几分神秘色彩。[2]

① 唐圭璋编，《全宋词》，第 469 页。

② 宋人胡仔《苕溪渔隐丛话》引惠洪《冷斋夜话》：“秦少游在处州，梦中作长短句曰：‘山路雨添花……醉卧古藤阴下，杳不知南北。’后南迁久之，北归，逗留于藤州，遂终于瘴江之上光华亭，时方醉起，以玉盂汲泉欲饮，笑视之而化。”

上片词人写梦境之中的一次山行。春雨化生万物，草木滋长，山路上花开正好，生机烂漫。一个“添”字写出了春雨的多情和春花的应时而开，雨、花、路、山构成了一幅层次分明、色彩明丽的画卷。词人说，缘溪而行，直到源头，听见了数以百计的黄鹂婉转啼鸣。从视觉到听觉，令人心醉，目眩神迷的春山意境得以完整，展现了繁盛热烈的知觉之美。

词的下片，更添奇幻色彩。词人通过“梦中之醉”这样一种双重虚幻的描绘，借助变化莫测的物象，营造了一个奇瑰神秘的境界。他描绘流动的云彩，云朵聚合，天气逐渐阴晦，突然，这些云幻化为蛟龙，直上天际，腾挪伸展之间，碧空重新变得清澄。以“龙蛇”写云，奇谲飞扬，隐隐有风雷之势，震动人心。末两句，词人仿佛为风云变幻之景所倾倒，他在古藤之下醉去，出离尘世，神与物游，写出了他对超脱世事、化解心灵痛苦的向往和物我齐一的生命观。

【名称】十万图册——万横香雪

【作者】任熊

【朝代】清

【馆藏】故宫博物院

【说明】此画为“海上画派”开山之祖任熊代表作。以苏州“香雪海”为主题，图中山势轻缓，流水蜿蜒，青绿的山石映衬着洁白的梅花林，沿着山势、溪流蔓延开去，镂玉雕琼，宛如仙境。全画笔法细腻，构思精微，意境深邃，并富有装饰趣味。

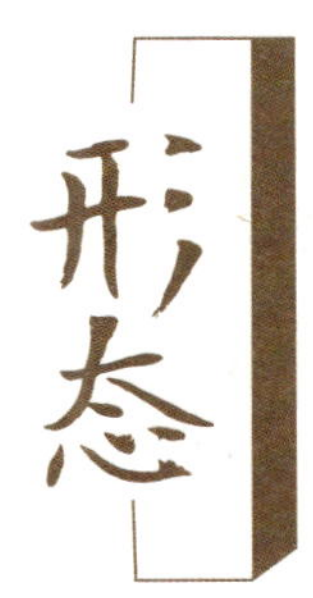

“形”是事物存在的外在样貌，是最容易被感知和理解的部分，是对客观物象的描述。《周易·系辞上》曰：“在天成象，在地成形，变化见矣。”[①]当然，形也并非纯客观的存在，它在一定程度上受到人主观认知与情感的影响。在中国传统美学的基本体系中，“形”与“神”相对立，构成基本范畴。这组范畴来源于古代中国人的自然观与生命观，是物质世界与人精神追求的对峙与贯通。先秦时期，关于“形神”问题的探讨主要集中于个体生命的存在方式，如《荀子·天论》说“形具而神生”[②]；而后范缜的《神灭论》讨论“形神”关系，认为人的精神离不开形体，“形神相即”，“形存则神存，形谢则神灭”[③]；形与神不是两个东西；合在一起，“形者神之质，神者形之用”，通过这样的讨论，对于“形神”问题的研究成为当时比较受关注的论题。魏晋时期开始，关于“形神”问题的探讨进入艺术领域，顾恺之在绘画上要求“以形写神”（《魏晋胜流画赞》）[④]。王僧虔在书法上讲“书道之妙，神采为上，形质次之”（《笔意赞》）[⑤]。在中国的“形神”理论中，把艺术作品分为实与虚两部分，形的部分为实，神的部分为虚，可以意会，难以言传；神在形先，形为神之载体。清人宋曹《书法约言》说：“传

---

① 《周易·系辞上》，吴哲楣主编，《十三经》，第 51 页。

② 北京大学《荀子》注释组，《荀子新注》，北京：中华书局，1979 年，第 271 页。

③ [清]严可均编，《全上古三代秦汉三国六朝文》第 7 册，《全梁文》卷四十五，台北：世界书局，1961 年，第 6 页。

④ [唐]张彦远，《历代名画记》卷五引，卢辅圣主编，《中国书画全书》第 1 册，第 141 页。

⑤ 华东师范大学古籍研究整理室编，《历代书法论文选》，第 62 页。

神者，必以形，形与心手相凑而忘神之所托也。今人患在空竭心力，总不能离本来面目，以言乎神，乌可得乎？”[①]

那么如何来表达“形”呢？我们通常有三种方式：摹形、写形和离形得似。摹形，指对物象形态进行真实描摹，细致刻画，用以传达情意旨趣。北齐刘昼《刘子·言苑章》中说：“妙必假物，而物非生妙，巧必因器，而器非成巧。是以羿无弧矢不能中微，其中微者非弧矢也；倕无斧斤不能善斫，其善斫者非斧斤也；画以摹形，故先质后文；言以写情，故先实后辩；无质而文则画非形也；不实而辩则言非情也。”[②]指的就是摹形对于表达情志的重要性。写形，与摹形相比在物象细节的表达上专注度有所降低，但更注重借助创作者的主观认知和体悟裁剪物象，将客观真实转化为主观真实。《历代名画记》说：“夫理绝于中古之上者，可意求于千载之下，旨微于言象之外者，可心取于书策之内，况乎身所盘桓，目所绸缪，以形写形，以色貌色也。且夫昆仑山之大，瞳子之小，迫目以寸，则其形莫睹，迴以数里，则可围于寸眸。诚由去之稍阔，则其见弥小。”[③]即是此理。至于“离形得似”，看似摆脱了对“形”的拘泥，实则要求创作者在对形已经有了宏观把握的基础上进一步追求气韵和神采，刻画出更高层次的“真实”。司空图《二十四诗品》论“形容”说：“绝伫灵素，少回清真。如觅水影，如写阳春。风云变态，花草精神。海之波澜，山之嶙峋。俱似大道，妙契同尘。离形得似，庶几斯人。”[④]其中所说的“水影”“阳春”“风云变态”“花草精神”“波澜”“嶙峋”等都属于形态，但是，只有把握了物象的精髓和物象所带来的心理体验才能够将这些无形而有形的东西表现出来。

① 华东师范大学古籍研究整理室编，《历代书法论文选》，第 564 页。

② 傅亚庶撰，《刘子校释》，北京：中华书局，1998 年，第 510 页。

③ ［唐］张彦远，《历代名画记》卷六，卢辅圣主编，《中国书画全书》第 1 册，第 143 页。

④ ［清］何文焕辑，《历代诗话》，台北：艺文印书馆，1956 年，第 26 页。

方，本意为两船并行，后借用字形，表示方正，由此也被借以形容人的品格端正。在文艺理论领域，“方”通常用来形容创作对象的棱角或者作品中体现出来的“气骨”。朱履贞《书学捷要》称：“书之大要，可一言而尽之。曰：笔方势圆。方者，折法也，点画波撇起止处是也，方出指，字之骨也；圆者，用笔盘旋空中，作势是也，圆出臂腕，字之筋也。故书之精能，谓之遒媚，盖不方则不遒，不圆则不媚也。”[①]

① 华东师范大学古籍研究整理室编，《历代书法论文选》，第603—604页。

旅夜书怀[1]

【唐】杜甫

细草微风岸，危樯独夜舟。
星垂平野阔，月涌大江流。
名岂文章著，官因老病休。
飘飘何所似，天地一沙鸥。

内核

文学作品能够真正打动人心之处并不仅在于语言精妙、声律和谐，而在于作者赋予作品的气格和骨力。有了坚实的“内核”，作品才能神完气足。对设计作品而言，内核同样非常重要。这“内核”指的是设计师基于对用户需求的认知与理解，结合自己的审美判断和价值认定形成的设计原则。失去了这一切，作品就失去了独立性与生命力，或盲目屈从流行，或拼凑元素，或炫耀技术，这样的作品难免沦于“失格”和“失范”。

这首诗是杜甫在离开四川顺长江东下的旅途中所作。诗的前四句以描写旅途中情景为主，围绕“旅夜”展开。首联写近景：微风吹拂，江

① ［清］彭定求等编，《全唐诗》，第1360页。

岸上细草轻轻摇曳；桅杆高耸，小船在月夜孤独地停泊。这两句很清晰地勾勒出了诗人孤寂的心境，为全诗进行了情绪铺垫。颔联写远景：繁星低垂，旷野辽阔；月照大江，逝水东流。这两句写景雄浑阔大，广为流传。天涯孤旅，晚岁漂泊，诗人的内心注定是苦寂悲凉的。当他面对苍茫天宇，浩荡长江，感受到天地之无垠，内心一片荒芜。在辽远宏阔的背景衬托下，诗人倍增畸零之感。

诗的后四句围绕“书怀”展开。颈联是自伤身世之语：薄有名声，却并非从诗人自负的文章而来；为官，时日不长因老病而被迫退休。杜甫一生有“致君尧舜上，再使风俗淳”的远大志向，虽然受尽颠沛流离，长年沉郁下僚，却终不改其志，所以诗人内心一腔郁勃之气无处宣泄，尽付诗中。但是杜甫的高明之处在于，他不直陈其事，而是故作“反语”，将牢骚蕴含于平淡叙述中，诗中有骨，外圆内方。读到这里，我们方能理解原来诗人前两联里所传达出来的深刻的寂寞皆来源于诗人对于生命境遇的感慨。

尾联，诗人自比广阔天地间的一只沙鸥，这是即景抒情之语。沙鸥，即江鸥，飞于水天之间，自由而孤独。诗人想象，水天浩渺间，沙鸥独翔；这沙鸥与人一样，不知去向何方。这一联情景交融，感人至深。

【名称】芦花寒雁图
【作者】吴镇
【朝代】元
【馆藏】故宫博物院
【说明】这幅画墨法雄厚，气质苍朴。画面主体渲染开阔水面，水波舒缓，间或露出沙渚乱石，让画面的中部饱满却不滞重；近处随意点染芦苇，似有风过，摇曳飞扬。渔舟荡漾在芦苇丛中，渔父遥望长天，目送归鸿，闲淡之中隐约带出几分怅惘。全画布局转接严整如绝句，有余不尽之意趣亦如之，深得董源、巨然南派山水画风影响。

沁园春·再到期思卜筑[1]

【宋】辛弃疾

一水西来，千丈晴虹，十里翠屏。喜草堂经岁，重来杜老，斜川好景，不负渊明。老鹤高飞，一枝投宿，长笑蜗牛戴屋行。平章了，待十分佳处，著个茅亭。

青山意气峥嵘。似为我归来妩媚生。解频教花鸟，前歌后舞，更催云水，暮送朝迎。酒圣诗豪，可能无势，我乃而今驾驭卿。清溪上，被山灵却笑，白发归耕。

想象力

飘逸豪迈、雄奇瑰丽的境界来源于充满想象力的比喻和拟人手法，使作品呈现出不同寻常的艺术感染力。对设计师而言，想象力的意义从来不容忽视，特别是在这个新技术、新媒介、新生活状态不断涌现的年代，传统文化与现代工艺、传统技艺与高新科技、传统美学与时尚生活之间的碰撞形成的火花需要在想象力的推动下创造新产品、新艺术、新空间。

① 唐圭璋编，《全宋词》，第 1895 页。

这首词为辛弃疾罢居带湖时所作，词人将重回田园的欣喜之情借期思卜筑的所见表达得妙趣横生，也将自己的牢骚不平用看似轻松、不动声色的方式表达了出来。

词的上片，首三句气势便已不凡。一道泉涧从西边流出，在山间形成巨大的瀑布，日射水光，千丈虹霓仿佛从天而降，群山如屏风般青翠，蜿蜒十里。瀑布、晴虹、翠屏构成的意象组合如游龙飞舞，吞吐磅礴，写出了环境的奇秀壮美。与寻常作品描写隐居之地多喜欢塑造清幽宁和的意境相比，体现出了明显的差别。接下来，词人以一“喜”字领起一组对句，借杜甫历经磨难重回草堂时的喜悦和陶渊明隐居柴桑对斜川美景的赞美来比拟自己对期思的钟爱。当然，这其中也引逗出词人作为一个失意者些许的牢骚。杜甫与陶渊明的隐居也是迫不得已的选择，那么，词人何尝不如是呢？然而，词人心境比较豁达。他用“老鹤高飞，一枝投宿”来表明自己有着闲云野鹤一样的出尘之思，功名利禄不萦心田。他还以“蜗牛”嘲笑了那些始终不肯放下名利束缚的人。嬉笑怒骂式的议论进一步表现出词人归隐之心的坚决。上片的结句，词人说等自己筹谋好了，就在这山水绝佳之处建个茅屋，居住下来。这是对前文铺垫的总结，正式道出“卜筑”之心。

下片采用了稼轩十分喜欢的拟人手法，把山水人格化、有情化。高峻的青山，本来是意气峥嵘，现在为了欢迎自己回来，竟然显出一副妩媚的样子。在词人看来，山水有情，足以安慰失意者的心灵，物象与人情相互贯通。接下来数句，词人将“妩媚”的情态写足写透，他说青山驱使花鸟歌舞相待，驱使云水朝暮迎送，足见其殷勤之意。山水多情令词人生出无限豪情，他自诩“酒圣诗豪”，想要驱策风景，体现了词人一贯的英雄豪迈之气。然而，词的结尾，词人却说自己被山灵嘲笑，一事无成，只落得白发归耕的下场。这与前文的欢快与自信形成了鲜明的反差，通过一个出人意料的跌宕，把词人胸中的不平之气传递出来。

【名称】曲港归舟图

【作者】文徵明

【朝代】明

【馆藏】故宫博物院

【说明】烟云缭绕，山林葱茏，新雨初霁，蔚然深秀之境如在目前。画法上，文徵明山水细笔取法赵孟頫、王蒙，讲究布局规整，构图丰满绵密，有生拙之趣。从此图中，我们可以看到画家笔下山石厚重，转折之处棱角分明，林木点染浓淡得宜，层次感很强，从中颇见画家之文人襟怀。

与“方”相比，“圆”给人的视觉印象是柔和且不带刺激性的。在中国传统地理观中，“天圆地方”是人们普遍的认知，所以“圆”长久以来被赋予了和谐中正的审美认知。在传统中式建筑中，圆形元素无所不在，月洞门、花窗、铺地……比比皆是。在传统文艺理论中，“圆”包含这样几层意思。首先是气势流畅。《书学捷要》引颜真卿语，并解释道：“史传颜鲁公十二笔法，其最要云：‘第一执笔，务得圆转，毋使拘挛。’……书贵圆活，圆活者，书之态度流丽也。”[①] 其次，圆融。清人黄钺《二十四画品》有“圆浑”一节：“槃以喻地，笠以写天，万象远视，遇方成圆，画亦造化，理无二焉。圆斯气裕，浑则神全，和光熙融，物华娟妍。欲造苍润，斯途其先。”[②] 此处表达的正是对境界圆融的追求。其三，灵动不拘。宋人胡仔《苕溪渔隐丛话》卷三十八：“王直方《诗话》云：谢朓尝语沈约曰：‘好诗圆美流转如弹丸。’故东坡《答王巩》云：‘新诗如弹丸。’又《送欧阳季弼》云：‘中有清圆句，铜丸飞柘弹。’盖诗贵于圆熟也。余以谓圆熟多失之平易，老硬多失之枯干，能不失于二者之间，则可与古之作者并驱耳。”[③]

① 华东师范大学古籍研究整理室编，《历代书法论文选》，第609页。

② 《续修四库全书》编委会编，《续修四库全书》第1068册，上海：上海古籍出版社，2002年，第849页。

③ [宋]胡仔纂集，《苕溪渔隐丛话》卷三十八，北京：人民文学出版社，1962年，第259页。

清平乐·别来春半[①]

【五代】李煜

别来春半，触目愁肠断。砌下落梅如雪乱，拂了一身还满。

雁来音信无凭，路遥归梦难成。离恨却如春草，更行更远还生。

宛转之美

宛转之美来源于创作者内心情感的细腻和深秀，呈现为含蓄朦胧的体貌。在空间环境设计中，景墙的设计往往会以此为主导性审美原则。优秀的设计既会考虑到分隔空间的需求，又会满足“似断实连”、意脉相通的内在联系，或采用透光、磨砂材料，通过光影反射使空间流畅；或结合中国元素，在景墙上开设漏窗来连通内外，提升空间活跃度。

① ［清］彭定求等编，《全唐诗》，第5416—5417页。

这是李煜的怀人之作。开宝四年（971 年），李煜弟从善入宋不得归，从善为中主李璟第七子，与李煜年龄相近，雅好文学，志趣相投。李煜思弟情苦，兼感国势衰微，故有此作。

词的开头，词人就直接进行了情绪濡染和铺垫。“春半”，正是花团锦簇、草长莺飞的好时节，然而因为离别，所有的美好都化作了凄凉。“触目”一词有急促之感，词人对弟弟思念缠绵，所以任何风景都会引发他内心的愁思，一往情深一笔道出。其后，词人塑造了一个鲜明的视觉形象来表达内心无法言说的哀伤：伫立“砌下”，落英缤纷，他将身上的花瓣轻轻掸去，然而不知何时，身上又落满了花瓣。“拂了一身还满”，极为细腻、形象地表达了词人伫立之久，同时，这拂之不尽的落花也让人真切地感受到了思念之深，剪不断理还乱。

过片紧承“别来”二字，词人希望雁能传书，带来远人的消息，但是雁已归来，人无音讯，这样的落差让人顿生幽怨。“路遥归梦难成”则转进一步，相隔千里连梦中也无法归来，这是代李从善立言，构思巧妙。诗词中写梦，表达的通常是梦对现实的超越、对绝望的救赎。但是李煜反其道行之，以梦中尚不得归，表达出一种深切的无奈和难以消解的悲苦。结尾二句以碧连天涯、无处不生的春草，来比喻离愁别恨，将无形之“愁”化为有形之“草”，极为生动。结句的“春草”又与首句“春半”相呼应，形成了一个完美的闭环。

【名称】兴福庵感旧图

【作者】吴历

【朝代】清

【馆藏】故宫博物院

【说明】画名“感旧”，点出此画不是写实图景，而是出于画家的意念，因此可见此画采用了对比烘托的手法。画家把大篇幅用在表现寺外杂树丛竹之上，以青绿敷色表现真实自然之感。庵内孤松白鹤偏处一隅，令人倍感凄清与萧凉，颇有“三径就荒，松菊犹存”的意趣。因画家熟悉西画技法，故远近布局、明暗表达都有自己的风格，而草木工细之处又能见王鉴秀润之风格。

一剪梅·舟过吴江[①]

【宋】蒋捷

一片春愁待酒浇，江上舟摇，楼上帘招。秋娘渡与泰娘桥，风又飘飘，雨又萧萧。

何日归家洗客袍？银字笙调，心字香烧。流光容易把人抛，红了樱桃，绿了芭蕉。

‖流动感‖

这首词首尾照应，转折之间行云流水，毫无窒碍；笔法圆熟，境界圆融，是一首具有“流动感”的作品。在空间设计中，“流动感”同样非常重要。在传统园林设计中，空间在水平和垂直方向常常采用回廊、漏窗、叠石等进行象征性的分隔，保持最大限度的交融和连续，使整个园林与自然环境呈现较小的阻隔性，更使园林内部空间圆融连贯。

① 唐圭璋编，《全宋词》，第3441—3442页。

此词开宗明义，以“春愁”为主旨，层层渲染，步步回环，抒发了词人久客思归的情绪，且表达了他对光阴流逝的感叹。

首句节奏急促。舟行江山，两岸风物佳秀，正是适合流连光景的时候，然而词人却春愁如涌，难以抑制。“待酒浇”写出了他内心的急迫，也引起了读者的好奇，到底为何愁深如海呢？接下来五句，词人却并没有解惑的意思，他只是平静地描绘了一路所见：船在江中游荡，江边酒楼上酒旗招展，似乎在等待客人随时停泊。

“秋娘渡”和“泰娘桥”是吴江的地名，“秋娘”和“泰娘”都是唐代歌女的名字，此句带着江南女子与小桥流水共同叠加出来的温柔想象。两个让人充满联想的地名，一方面将行舟之动态表现出来，另一方面也引逗出词人“春愁”深厚的一个因由——思家怀人。上片结句，“飘飘”和“萧萧”写出了风雨如晦的感觉，加深了词的惆怅意绪。两个“又”字，则点明了词人的无奈。

果然，词人在过片一句直白的感叹脱口而出：“何日归家洗客袍？”这表明了词人内心的忧急，也进一步回应了词的开头，那亟待酒浇的愁思从何而出。对漂泊已久的词人而言，结束客游，回到能听到镶有银字的笙弹奏的曲子、点燃了心字形熏香的家中是一件无比快意的事情，所以他才显得如此急迫。同时，因为常年漂泊，词人也表达了对年华流逝的感叹。他用“流光容易把人抛”来表述时间的迅忽，“抛”这个字用得很沉重，让人有一种无法抓住光阴的巨大失落感。然后，词人又用“樱桃”和“芭蕉”两种植物颜色的变化来写时令的变迁，把无形之流光变得可视化，给予读者直接的心理冲击。

【名称】山水图

【作者】邹喆

【朝代】清

【馆藏】故宫博物院

【说明】此画结构工稳古朴，用笔爽利挺劲，墨色浓淡富于变化，很见特色。画面上山峰高耸，山脚下屋舍杂树；树枝挺秀，生机勃勃；屋中高士临窗共话，意态悠闲；江水蜿蜒山下，一叶扁舟悄然驶过，为清寂的画面中平添了几分生动之美。

“曲”和“由”是一对相关字，前者从后者改变而来。“由”指庄稼地边界被打破，所有权不固定。“曲”指庄稼地边界体系进一步解体，所有权面临大范围调整，相应的社会基层组织处于半解体、需要重组的状态，引申为松散、松弛、懈怠，再引申为弯转的状态。在中国传统艺术理论中，“曲”有宛转、曲笔、转折致意的意思。明董其昌《画禅室随笔》卷二说：“画树之窍，只在多曲。虽一枝一节，无有可直者。其向背俯仰，全于曲中取之。或曰，然则诸家不有直树乎？曰：树虽直，而生枝发节处，必不都直也。董北苑树，作劲挺之状，特曲处简耳。李营丘则千屈万曲，无复直笔矣。”[①] 那么，为什么要重视“曲”呢？宋邓椿《画继》中说：“画之为用大矣。盈天地之间者万物，悉皆含毫运思，曲尽其态，而所以能曲尽者，止一法耳。一者何也？曰：‘传神而已矣！’”[②] 中国传统建筑有尚“曲”之特色。清钱泳《履园丛话》说：“造园如作诗文，必使曲折有法，前后呼应。”[③] 中国古典园林有崇尚自然，追求“曲径通幽”的空间意境。线条的曲折变化，能丰富空间层次，达到引人入胜的效果。

---

① 卢辅圣主编，《中国书画全书》第 3 册，第 1014 页。

② [宋] 邓椿，《画继》卷九，同上书，第 722 页。

③ [清] 钱泳撰，《履园丛话》卷二十，北京：中华书局，1979 年，第 545 页。

踏莎行·雾失楼台[1]

【宋】秦观

雾失楼台，月迷津渡。桃源望断无寻处。可堪孤馆闭春寒，杜鹃声里斜阳暮。

驿寄梅花，鱼传尺素。砌成此恨无重数。郴江幸自绕郴山，为谁流下潇湘去。

无理而妙 | 打破范式 | 非常规材料

“反常合道”“无理而妙”在诗词创作中是拓展意境、引发读者深层联想的有效方法。在设计中，这种手法也有其独特价值。“无理”指的是打破常规表现范式和正常逻辑结构，跳出事理拘囿，听从内心情感的驱遣而进行的设计表达。比如，在室内设计中非常规材料的应用可以突出空间氛围、营造独特主题、增强装饰的趣味性以及环境与人的互动性。

这首词是秦观被贬谪郴州时在驿馆中所写。词的起句：夜雾笼罩之下，恍惚朦胧；楼台、渡口都在雾与月的合力之下变得缥缈。这里的雾可以视为实景的描绘，同时，这升腾的雾气让景物朦胧迷离，恰如词人

① 唐圭璋编，《全宋词》，第460页。

茫然未卜的前途，因而，这雾也是他心理状态的投射。“桃源望断无寻处”一句出自词人的联想，因为郴州与陶渊明当年《桃花源记》中的“武陵”相去不远。对中国文人而言，“桃花源”是一个“理想国”，“桃源望断”的背后暗喻梦想的破碎。

词人独坐孤馆之中，杜鹃声声啼归，残阳如血，配合眼前景象，愈觉凄凉。“杜鹃”意象在中国诗词中通常与思乡怀归的意绪相关联。词人用了一个转折，从“眼前景”转换成“情中景”。词人用了一个“闭”字来写驿馆独处、春寒料峭的感受。在他心中，自己仿佛被幽禁其中，家山迢迢，前路茫茫，子规声里，辗转无家。这样的挣扎让阅读者产生了强烈的同理心。

过片连用两则友人投寄书信的典故，极写思乡怀旧之情。收到书信，本应该是一件快乐的事情，然而词人却觉得“此恨无重数”。这是一个翻转。这些来自亲友的善意越发让词人感受到了孤旅之寂寞，归思越发沉重。他用一个“砌”字来写恨，与上片之“闭”字形成隐隐的呼应。结句“无理而妙”。词人为“郴江”“郴山”赋予了人的思想感情。他问郴江，你原本生活在郴山脚下，究竟为了谁而径自离乡背井，“流下潇湘去”呢？这一问，是对郴江，也是对自己。郴江自然无法回应，词人也无法给自己一个满意的答案，这汩汩滔滔的郴江水象征着词人无可奈何的命运，也寄予了他难以消解的苦痛和不平。

【名称】蓬莱仙岛图

【作者】袁江

【朝代】清

【馆藏】故宫博物院

【说明】“忽闻海上有仙山，山在虚无缥缈间”，这幅画将蓬莱仙山的意境表现得精微而磅礴。画面云雾缭绕，似真似幻，楼阁富丽堂皇，最见袁江特色。山石厚重，海面隐隐有波涛起伏之感，令人几乎难以辨别这是画家想象中的理想世界还是真实存在的景致。

青玉案·碧山锦树明秋霁[1]

【宋】曹组

碧山锦树明秋霁。路转陡、疑无地。忽有人家临曲水。竹篱茅舍，酒旗沙岸，一簇成村市。

凄凉只恐乡心起，凤楼远、回头谩凝睇。何处今宵孤馆里。一声征雁，半窗残月，总是离人泪。

乡土情结

乡土情结是这首作品最打动人心之处。作为一个安土重迁的民族，在我们的文化心理中，“原乡”意识始终炽烈。把握这一内在情感点，在设计中将乡土文化元素进行提炼，融入乡思、乡情、乡恋，打造符合当代生活理想的“新乡土”文创设计是值得深耕的领域。

这是一首抒写旅愁乡思的词。词的上片，首句点染秋山明净之色，让人心旷神怡：秋雨初晴，长空如洗，山映枫红，色彩明亮。行走于如画的秋色之中，诗人的心境无疑也是欢快的。次句“路转陡、疑无地”

---

① 唐圭璋编，《全宋词》，第 803 页。

写出了山行的特点：山势曲折，山路转陡，几疑路穷。正在惊疑之间，眼前豁然开朗，竹篱茅舍的临水人家、迎风轻扬的酒旗、人间烟火的村市，给了词人莫大的慰藉，让他感受到了生活的温暖与美好。一颗半悬空中的心陡然落到实处，其中饱含惊喜之情，透露出微妙的心理变化，与陆游《游山西村》“山重水复疑无路，柳暗花明又一村”境界相似。同时，我们也注意到，词人在着力描绘山村景象的温情与安闲背后，悄然埋下伏笔。宁和而充满烟火气的村落正是引发思乡之情的载体。

过片，词人以“乡心”为转折点，领起了下片的主题，用“只恐”一语强调这思乡之情是不经意间发生的，回应了上片写景中的情绪铺垫。然而，既然此念已生，词人便围绕它层层铺写：回首来时路，凤楼已远，目力难及。词笔由实入虚。词人想象今宵孤宿在外的场景：雁声凄清，萧索之境油然而生；残月斜照，更增清冷。写到这里上片中的明快欢愉逐渐被下片中的惆怅伤感所取代，然而在情感联系上流畅自如，毫无违和，由此可见词人“曲径通幽”的写作功力。

【名称】负担图轴

【作者】金廷标

【朝代】清

【馆藏】故宫博物院

【说明】这是一幅很有“人情味”的作品。画面上一树红枫惹人注目，说明已经是秋日，远山苍翠，明月初上，山间树木影影绰绰。这时樵子归来，屋中妇人持灯应声而出，喁喁之声如在耳际。整幅画工整明丽，轻柔娟秀，令人亲近。

许慎《说文解字》说："直，正见也。"《左传·襄公七年》说："正直为正，正曲为直。"[①] 其中，"直"被解释为"不弯曲"。在视觉感受中曲线显得柔娟，直线显得刚硬。在中国传统文艺理论中，"直"一般被解释为直接、不加修饰的质朴美或是展现与坦荡心性、端正品格相关的人性美。前者如徐大椿《乐府传声》评元曲所说："若其体则全与诗词各别，取直而不取曲，取俚而不取文，取显而不取隐，盖此乃述古人之言语，使愚夫愚妇共见共闻，非文人学士自吟自咏之作也。……但直必有至味，俚必有实情，显必有深意，随听者之智愚高下，而各与其所能知，斯为至境。"[②] 讲求的是直白朴素的美。后者如苏轼《荀卿论》评价荀子的文章："夫子以为后世必有不能行其说者矣，必有窃其说而为不义者矣。是故其言平易正直，而不敢为非常可喜之论，要在于不可易也。"[③]

① 吴哲楣主编，《十三经》，第 780 页。

② 俞为民、孙蓉蓉主编，《历代曲话汇编》清代编二，合肥：黄山书社，2006 年，第 57 页。

③ 高海夫主编，《唐宋八大家文钞校注集评》，西安：三秦出版社，1998 年，第 5228 页。

临江仙·夜饮东坡醒复醉[1]

【宋】苏轼

夜饮东坡醒复醉，归来仿佛三更。家童鼻息已雷鸣。敲门都不应，倚杖听江声。

长恨此身非我有，何时忘却营营。夜阑风静縠纹平。小舟从此逝，江海寄余生。

质朴之美

质朴自然之美来源于道家“天人同构”的思想，也受到禅宗文化理念的影响。在设计中，隐去浮华，剥落繁缛，回到单纯和简朴自然状态的理念备受重视。日本著名设计师原研哉就提倡“简单”的意念，主张设计源于生活，追求本质。

这首词最明显的特点是吐属慷慨，明白如话。词人用几乎不加修饰的语言描绘了自己在东坡雪堂酩酊大醉之后返回寓所的经历，表达了自己想要摆脱世俗羁绊、追求解脱和自由的意念，也传递出词人旷达洒脱的心性。

上片首句“夜饮东坡醒复醉”点明了夜饮的地点和纵酒之乐。醉而

① 唐圭璋编，《全宋词》，第287页。

复醒，醒来又醉，可见饮酒时间之长，以及词人纵情豪饮、不在意余事的潇洒态度。因为喝酒的时间长了，所以“归来仿佛三更”。“仿佛”二字，生动地体现出词人恍惚迷离、半梦半醒的醉酒状态。词人记录了这样一个情景：童子酣睡，鼻息如雷，因为无人开门，词人只能靠着手杖，独立中宵，听江水汤汤。无疑，在上片的结束部分，词人塑造了一个旷达、自然的自我形象。

如果说词人上片将浩茫心事付诸看似平淡的记叙中含而不露的话，那么下片则是直抒胸臆，将自己对生命、对社会的感叹以及渴求解脱的心思和盘托出。“长恨此身非我有，何时忘却营营。”这句喟叹震动人心，表达出无法解脱而又想要解脱的人生困惑与感伤，也表达出对自我存在意义的叩问。静夜长思之后，词人认识到一个人的形体精神是天地自然所赋予的，此身非人所自有，所以人要珍惜自己的生命，不因世事而思虑百端，忧劳伤神。在厘清思绪之后，词人说“夜阑风静縠纹平”，仿佛天地之间归于宁和，这显然是借景语来抒发内心重获平静之后的解脱之感。词人继而想象：驾一叶扁舟，随波流逝，从此逍遥于天地之间。孔子《论语·公冶长》中有“道不行，乘桴浮于海”[①]，这句话成了历代文人在面对痛苦打击和直面无望时世时的自我安慰。苏轼这首词的结句表达的正是他渴望心灵的超越，故而感叹深长。

① 杨伯峻译注，《论语译注》，北京：中华书局，1980 年，第 46 页。

【名称】横塘曳履图

【作者】石涛

【朝代】清

【馆藏】故宫博物院

【说明】全画笔意放恣，墨色淋漓，线条变化多样，通过画面中拽杖独行的高士视角，描绘出远山空蒙、近水幽曲、花树繁茂的江南水景。画面布局以S形湖堤为分割，虚实相映，湖面水气饱满，融融泄泄；树木以写意手法显现其动态与生机，潇洒秀丽；山石圆润流畅，房舍布置井然，界画工细，可见画家博采众长而自成一体之风格。

沁园春·带湖新居将成[1]

【宋】辛弃疾

三径初成，鹤怨猿惊，稼轩未来。甚云山自许，平生意气，衣冠人笑，抵死尘埃。意倦须还，身闲贵早，岂为莼羹鲈鲙哉。秋江上，看惊弦雁避，骇浪船回。

东冈更葺茅斋。好都把轩窗临水开。要小舟行钓，先应种柳，疏篱护竹，莫碍观梅。秋菊堪餐，春兰可佩，留待先生手自栽。沈吟久，怕君恩未许，此意徘徊。

植物配置 | 文化内涵 | 文人情怀

植物配置是环境设计中非常重要的环节。通常我们在选择植物时会考虑适生性、多样性以及色彩搭配，但是我们更应当注意植物本身所具有的文化内涵与空间环境的契合度。这也正是中国古典园林在植物配置中往往挑选符合文人审美情趣、表达雅士人格操守的植物品类的原因。

① 唐圭璋编，《全宋词》，第1868页。

词写于宋孝宗淳熙八年（1181 年），辛弃疾在江西安抚使任上。他选中了上饶的带湖一带修建新居，作为将来退隐之处，取名为“稼轩”，并自号为“稼轩居士”。

上片发端，词人化用陶渊明《归去来兮辞》中“三径就荒，松菊犹存”[①]的句子，写新居落成后栖身有所的欣慰。“鹤怨猿惊”，则从侧面写出他期待归去的心境。词人牢骚自嘲，既然想归隐，为何还要混迹尘世，受人嘲讽呢？说出这样的话，我们可以知道，稼轩内心是充满不平之气的。对于以抗金复国为己任的词人而言，他自然不会像西晋张翰那样因想起了家乡味美的鲈鱼鲙、莼菜羹而弃官还乡，只是不堪反对派对他的毁谤和打击。“秋江上”三句，表明了自己离政归田的真正原因是避祸，就像鸿雁听到了弦响而逃，航船见到了恶浪而避一样。他是别无他途，不得不如此。

下片主要写对未来生活蓝图的设想。竹篱茅舍，钓鱼种柳，一派宁静安详。竹、梅、菊、兰，不仅表现了词人的生活情趣，更喻指词人的为人节操，既要“疏篱护竹”又要“莫碍观梅”，既表示词人玩花弄草的雅兴，更可以看出他对竹、梅坚贞品质的热忱赞颂和向往。至于菊、兰，都是在《离骚》中反复出现的具有鲜明人格化色彩的花，菊花可餐，兰花可佩，所以一定要亲手把它们栽种起来，明讲种花，实言心志。末三句流露出词人始终不忘复国的用世之心。“徘徊”是稼轩真实心境的写照。

① [东晋]陶潜著，郭维森、包景诚译注，《陶渊明集全译》，贵阳：贵州人民出版社，1992 年，第 283 页。

【名称】对菊图

【作者】石涛

【朝代】清

【馆藏】故宫博物院

【说明】这幅画体现出石涛打破传统构图方法，寻求新变的努力。画面描写秋天赏菊的场景，采用对角线取景法，为了避免画面过于刻板，又借助房屋、院墙等作横向展开。近景饱满，远景疏秀，细密处纤毫不失，恣意处信手点染，清气满纸，匠心独具。

在象形文字中“大”是一个张开手脚顶天立地的人的形象。《说文解字》说：“天大，地大，人亦大。故大象人形。”“大”的本义，是在数量、面积、容积等方面与“小”相对的概念，后来才引申出范围程度深广的含义。在先秦时代，中国人的审美观中以大为美是一种常态。《诗经·陈风·泽陂》：“彼泽之陂，有蒲与蕳。有美一人，硕大且卷。”[①] 这就是以大为美的典型特征。在传统文艺理论中，“大”有深远博大之意。空海《文镜秘府论》中说：“孔宣有言：‘小子何莫学夫《诗》？《诗》可以兴，可以观。迩之事父，远之事君。’‘人而不为《周南》《邵南》，其犹正墙面而立也。’是知文章之义，大哉远哉！”[②] 即做此解。

① 吴哲楣主编，《十三经》，第 164 页。

② [唐]遍照金刚撰，《文镜秘府论》，北京：人民文学出版社，1975 年，第 1 页。

春江花月夜①

【唐】张若虚

春江潮水连海平，海上明月共潮生。
滟滟随波千万里，何处春江无月明。
江流宛转绕芳甸，月照花林皆似霰。
空里流霜不觉飞，汀上白沙看不见。
江天一色无纤尘，皎皎空中孤月轮。
江畔何人初见月，江月何年初照人。
人生代代无穷已，江月年年望相似。
不知江月待何人，但见长江送流水。
白云一片去悠悠，青枫浦上不胜愁。
谁家今夜扁舟子，何处相思明月楼。
可怜楼上月裴回，应照离人妆镜台。
玉户帘中卷不去，捣衣砧上拂还来。
此时相望不相闻，愿逐月华流照君。
鸿雁长飞光不度，鱼龙潜跃水成文。
昨夜闲潭梦落花，可怜春半不还家。
江水流春去欲尽，江潭落月复西斜。
斜月沉沉藏海雾，碣石潇湘无限路。
不知乘月几人归，落月摇情满江树。

---

① ［清］彭定求等编，《全唐诗》，第643页。

‖ 自然意象 | 人格化 ‖

全诗情景兼融，通贯上下。伴随着月色，春江图景徐徐展开，画面朦胧梦幻却又充满哲思底蕴，写意与工笔搭配错落，虚实相生，呈现出深宏博大的艺术境界。诗中“明月”这一自然意象具有人格化的特征，为作品主题的展开铺垫了深厚的情感与文化内涵。自然意象人格化的做法在设计中也经常被使用，比如，在新中式家居设计中经常用到的中国传统自然纹样，其中就包含着对自然意象中人格精神的认同。

这首诗被称为“孤篇压全唐”，是一首充盈着生命哲思的诗。

全诗围绕“春”“江”“花”“月”“夜”这五种事物展开，连缀出温柔又不失壮美的江南春夜图景。江潮连海，月明海上，诗一开篇，就气势不凡。浩瀚大江，波涛汹涌，月光如练洒在江上，晶莹而潋滟的江面顿时变得波澜生动，这世间的一切皆因这月色而庄严堂皇。

接下来诗人将目光从“江上明月”转向了“花林月照”。江水曲折，蜿蜒绕过芳草鲜美的原野，月光如轻雪洒于花树之间，透明而柔和。因为月色皎洁，银辉满地，所以在它的调和之下，世间所有的景物都笼上了梦幻般的恬静。这样的夜色带着诗性的唯美，也带着神性的庄严。八句诗由远及近，写足了春江之夜月的光影变化。这月，让天地澄澈而清明。

接下来四句，是全诗最为人称道的句子。“江畔何人初见月？江月何年初照人？”这样的追问是从人类离开了蒙昧时代开始就有的、对宇宙生命的好奇与探索。张若虚的追问表达了他开阔飞扬的哲理之思、生命之思。而这一番思索的最终结果是诗人悟到：“人生代代无穷已，江月年年望相似。”与个体生命的短暂相比，宇宙是广大无垠和恒久的。因而，人只有体悟到大化流行的真正含义，将个体存在视为宇宙生命的一部分，将个体“人”的生命意义放大到“人类”存在和绵延的价值层面，才能获得与天地日月一样的“无限”和“永恒”。

“不知江月待何人，但见长江送流水”，这是紧承上一句的“望相似”而来的。一个“待”字将江月人格化、情感化了。孤月中天，若有所待，亘古长明，却只能一次次目送江水汩汩滔滔。这样深刻而孤独的寂寞无法言说，也无从消解。借助对明月的情感化描绘，诗人将笔触从自然风物转向了有情人间，把游子思妇的相思之情作为了下半部分的表达重点。

“白云”四句是作者想象中的思妇与游子的两地思念之情。白云飘浮不定，与一叶扁舟中的游子何其相似。“青枫浦”为地名，但非实指，仅以其名指代离别之地。“谁家”“何处”二句互文见义，诗人似为普天之下怀有离愁别恨的人代言，这也正是这首诗打动人心之处。诗人不是拘囿于一己之情，而是以同理心写人类共有的痛苦，道出了时空阻隔带来的无奈与感伤，这跳出了寻常诗歌的格局而体现出宽阔的襟怀。

“可怜”以下八句承“何处”句，写思妇对离人的怀念。诗人回到了对“明月”意象的描写，用“月”来烘托她的怀念之情。“月”被拟人化，“裴回”二字写出了思妇的复杂情绪。明月似乎不忍见其孤独，所以流连不去；而这无所不在的月光恰恰又将这份孤独映衬得无所遁形。

接下来，诗人又从游子角度叙述他的情感，用“落花”“春半”这样带有明显时光变迁意味的词写其离家已久，归心切切，以流水、残月来烘托他绵绵不绝的相思之情。继而，为了进一步抒发自己的孤寂感，诗人用沉沉的海雾隐遮了落月来渲染氛围，极力塑造一种压抑沉重的感觉；又用碣石、潇湘天各一方，来表达空间距离的遥远，产生一种苍茫无措的情感状态。诗的结句，诗人感慨不知道有多少人能踏月而归，而欲归不得者只能将一缕思念随同月光洒在江树之上。走笔至此，情致宛然。这无远弗届的月光仿佛穿越了时空，同样洒落在读者心上，牵动起心底那些隐秘的疼痛与忧伤。

【名称】汉宫春晓图

【作者】袁耀

【朝代】清

【馆藏】故宫博物院

【说明】此画出于画家之想象，具有汉赋堂皇富艳之美。画面上近处宫殿线条严整，设色明艳，布局一丝不苟；远处，虽仅具轮廓，但比例得当，繁简合宜，体现了画家深厚的“界画”功底。背景之中群山峭拔，交错叠起，山石坚厚，与宫殿之精细形成对比。

念奴娇·过洞庭[①]

【宋】张孝祥

洞庭青草，近中秋、更无一点风色。玉鉴琼田三万顷，著我扁舟一叶。素月分辉，明河共影，表里俱澄澈。悠然心会，妙处难与君说。

应念岭海经年，孤光自照，肝肺皆冰雪。短发萧骚襟袖冷，稳泛沧浪空阔。尽吸西江，细斟北斗，万象为宾客。扣舷独笑，不知今夕何夕？

有容乃大

全词意象缤纷，千变万化，涵容万物，成豪迈超绝之境界。由此可见，在创作中对色彩、符号、形态元素进行提炼和广泛吸收，使之有机融合到设计作品的风格表达之中，可以拓展作品的包容度和丰富性。但是“涵容”并非杂糅，不是各种元素的简单拼接，而是将具有文化关联性的元素进行嫁接组合。例如，日本设计师青山周平在对苏州贝氏家族旧园“嘉园”进行改造时就将日本的侘寂美学与江南古典园林的隐逸文化相结合，从而成就了既满足当代休闲度假需求又有文化感染力的民宿设计。

① 唐圭璋编，《全宋词》，第1690页。

这首中秋词是词人泛舟洞庭湖时即景抒怀之作，境界阔朗，有吞吐风云之气概。

词的上片，起首三句干净利落，直接点明了地点、时间以及气候。洞庭湖与青草湖相连，词人舟过洞庭，时在中秋，难免有所感怀。词人在写气候时特地强调了“更无一点风色”，有双关之意：一是实写湖面平静无波；二是隐约道出了词人内心的平静。这首词写于乾道二年（1166年），词人因受谗毁被罢官，对于年少高第、志在恢复中原的词人来说，这是一个不小的挫折，但是词人却不因得失而挂怀，坚持了冰雪高洁的人格。在这里，他写湖面无风，也正是借此传达出“不以物喜，不以己悲”的心志操守。接下来一句，词人用了一个新颖的比喻，以“玉鉴琼田”来形容洞庭湖水的一碧万顷、澄明透亮，出离人间烟火气，有琼台玉宇的仙境之感。当此佳辰，美景如斯，一叶扁舟悄然划过，这是何等的逍遥与惬意。

“素月”三句，是词人在湖上所见。明月将银光洒向湖面，原本澄净的湖水越发透亮，里外都显现出至清至洁。这是写湖光月色之美，也是词人借助景物描写进一步展现自己光明坦荡的人格。在词人看来，湖上所见与自己内心所追求的境界形成了奇妙的呼应，这是一种可以意会难以言传的境界。所以，词的上片以“妙处难与君说”作结。

下片的起句是对上片“表里俱澄澈”的进一步解说。词人回顾了自己在岭南任职一年的经历，尽管被谗落职，词人却对自己的节操和行为颇为自傲。“孤光”一语是对明月孤悬中天的描写，词人借用这个意象既映射了自己的人格，也隐含着不被世人所理解的寂寞萧瑟之感。以“冰雪”写肝胆，借其莹白清洁表达词人磊落而纯净的内心以及不愿与世浮沉的操守。

“短发”两句，回到当下。词人独坐舟中，风吹短发，凉意顿生，萧瑟之感在所难免。但词人不牢骚，不怨尤，他用一个“稳”字写出了自己在烟水浩渺、波涛万顷的洞庭湖上安闲沉稳、不为外物所扰的形象和气度。

“尽吸西江，细斟北斗，万象为宾客”是全词的精华所在。词人将自己化身为能够驱遣万象、摘星揽月、翻江倒海的神人，以天地万物为客，以北斗七星为酒器，舀尽西江之水供狂饮，这是何等宏大的气魄和瑰丽的想象，非才高如岳、襟怀如海者不能道，表达了超脱现实束缚，与星辰日月相往来的浪漫情怀。词的结句，词人“扣舷独笑”，则说明词人已经忘情于天地之间，体悟到了天人合一的至高境界。

【名称】洞庭渔隐图

【作者】吴镇

【朝代】元

【馆藏】台北故宫博物院

【说明】此画采用传统的“一河两岸”构图方式。近景，两株苍松挺秀瘦劲，松根虬曲，紧抓土石，枝干秀美；一枝枯树横斜而出，逼近水面，突兀却无违和之感。远景群山朗润，墨色挥洒自如，水面上一叶渔舟直插而入，动态毕现，非常简练。整个画面意境淡远，有峭拔之气、忘俗之趣。

《说文解字》云："小，物之微也。"形容事物在体积、面积、数量、力量、强度等方面不及一般的重物或不及比较的对象，又有狭隘的意思。《尚书·仲虺之诰》曰："好问则裕，自用则小。"[①]在中国传统文艺理论中，"小"虽然通常指"短小""细小"或者"境界狭窄"，但是也常被引申为"精细"，姜夔《白石道人诗说》云："小诗精深，短章蕴藉，大篇有开阖，乃妙。"[②]"以小见大"也是中国古典艺术表达的一个常用手法。以建筑艺术为例，其在空间组合方面体现最为显著。两个毗邻空间，大小悬殊，当由小空间进入大空间时，会因相互对比作用而产生豁然开朗之感。中国古典园林正是利用这种对比关系获得小中见大的效果。

① 吴哲楣主编，《十三经》，第 78 页。

② ［清］何文焕辑，《历代诗话》，第 439 页。

宿王昌龄隐居[1]

【唐】常建

清溪深不测，隐处唯孤云。
松际露微月，清光犹为君。
茅亭宿花影，药院滋苔纹。
余亦谢时去，西山鸾鹤群。

有趣的细节

物象表达精细入微，境小旨远，妙想物外，意蕴景中，诗情画意，跃然纸上。在设计中，有趣的细节常常打动人心。例如，澳大利亚维多利亚州的 Cabrini 医院在儿科病房入口处设计了一面可以通过运动激活的互动墙，以激发孩子们的想象力，从而打造了一个可爱的多媒体童趣空间，减少了医院固有的冰冷、恐怖感。

首联，诗人说清溪“深不测”，给人一种强烈的好奇感：这湾溪流来自何方，去向哪里？这溪流深处，只见白云孤独地出没。“云”的意象与隐逸的关联起于齐梁时代的隐士陶弘景。古代诗人写到隐居时，常常会将“云”作为表现对象。常建此处写“孤云”，亦有此意。同时，

① ［清］彭定求等编，《全唐诗》，第 792 页。

"孤云"还有一层潜在的含义是，当常建来访之时，王昌龄并不在山中，所以他愈发觉得孤独，连云都染上了"孤独的色彩"。

颔联写夜宿王昌龄隐居处所见所感。屋前有松树，明月升起，清光泠泠，尽管王昌龄不在，但这明月依旧有情，仍在诗人的居处徘徊。这其中也隐约道出常建对王昌龄的思念之情。夜已阑珊，流连不去的除了月光，还有诗人自己。不动声色之间，情意自现。

颈联为全诗精华所在，"茅亭宿花影，药院滋苔纹"，"宿"和"滋"两字的应用可见诗人炼字功深。夜宿茅屋，而抬眼看见窗外屋边有花影映来，人在影中，独得佳趣。"宿"写出了人与花影之间的和谐默契。到院里散步，看见药草长得很好，小径无人，药草仿佛有情，特意照料青苔。这样的写法令无人空寂的茅屋生机郁勃，情致深厚，空而不孤，钟灵毓秀。

尾联便写自己的归志，表示将与鸾鹤为侣，隐逸终生，同时包含了召唤王昌龄一同归隐的用意。

【名称】九峰读书图

【作者】王鉴

【朝代】清

【馆藏】故宫博物院

【说明】这幅画取景高阔，却能从小处落笔，善用各种"点法"，简洁中蕴含大气象。画面中山势高峻，画家以线造型，山顶处以浓墨戳点，寥寥数笔，境界全出。山下树木枝条委婉、秀美，茅舍掩映其间，雅洁有出尘之致。一个高士独坐舍中，展卷而读，仿佛乐在其中。江南山水明秀，人物雅俊，于此毕现。

水龙吟·次韵章质夫杨花词[1]

【宋】苏轼

似花还似非花，也无人惜从教坠。抛家傍路，思量却是，无情有思。萦损柔肠，困酣娇眼，欲开还闭。梦随风万里，寻郎去处，又还被、莺呼起。

不恨此花飞尽，恨西园、落红难缀。晓来雨过，遗踪何在，一池萍碎。春色三分，二分尘土，一分流水。细看来，不是杨花点点，是离人泪。

轻盈

轻盈之美让人摆脱现实生活的重负与压力，回归心灵自由的状态。在景观设计中，“轻盈”代表着一种绝离烦琐、惬意舒展的设计理念。其表现手法多样化，如以透明的材质实现室内外空间的沟通，让整体建筑空灵通透，或以自由的曲线表现屋顶轮廓和墙体的流畅生动，等等。

① 唐圭璋编，《全宋词》，第 277 页。

“杨花”乃至轻至小之物，苏轼却借此写出了深厚感慨之辞，成为咏物词中不可多得的佳篇。上片首句有一种“定调”的意味，“杨花”轻盈，春来之时，与百花同放，自然占定“花”的身份；然而它细小，不引人瞩目，无色无香，又与人们对“花”的期待格格不入。所以“似”与“非”同在，恰是杨花的特征。而“似”与“非”同在，也正是杨花的“为难”，让它显得格格不入。这又何尝不是作者刻意营造的一种“畸零”形象呢？次句写杨花之飘落。“无人惜”，写出了杨花的寂寞，不入世人之目，也反衬出词人对它的同情与怜惜。

“抛家傍路”三句，承上句“坠”字而来，以拟人手法写杨花飞离枝头的形象。“抛家”给人一种无情之感，但词人仔细思索杨花的状态，从其“无情”中解出了它的情非得已，是以“有思”称之，使“人”“物”合一。“萦损柔肠”三句，由杨花写到柳树，把柳树当成一位深闺思妇来写，写其柔肠百转，情思慵懒，出离了对物象本体的执着，咏物而不滞于物，要眇深情。“梦随”数句由杨花飞扬，想到了思妇绵长的春梦，并且一气联想到梦醒之后的失落无依，写足了因“杨花”而滋长的情思。

上片从杨花入手，因物生情，而下片则以情及物，以落红陪衬杨花，写出对春光流逝的遗憾，间接抒发了对于杨花的怜惜。“晓来雨过”是问询杨花遗踪，烘托春光流逝的感慨。“一池萍碎”是回答杨花的遗踪，又何尝不是表达词人的心碎神伤。“春色三分，二分尘土，一分流水”，用极度夸张的手法传达出词人的一番惜花伤春之情，有一种“尘归尘，土归土”的怆然和决绝。结句总收上文，将杨花的飘零与人类普遍的“离愁”相关联，使之出离了物象本身的局限，这朵兼具“似”与“非”的杨花最终成为一滴落在心上的泪珠，遗其貌，得其神。

【名称】桐阴昼静图

【作者】仇英

【朝代】明

【馆藏】台北故宫博物院

【说明】清乾隆帝弘历有诗题此图曰："日长山静绿梧稠，坐听沿阶活水流。一室萧然惟四壁，片言得意足千秋。心将太宇同寥阔，意与闲云共去留。掩卷匡床高卧处，蝶原是我我原周。"诗虽不高妙，但却能体会到画中人于桐荫幽绿处、春醪如酒时，独坐赏景、内心安闲之境。全画笔触细腻，精丽绝逸，温雅之气流动其间。

《说文解字》说："多，重也。从重夕，会意。重夕为多，重日为叠。""多"表示数量大，后又引申为"超过""胜出"，参见《礼记·檀弓》："曾子曰：多矣乎，予出祖者。"[①] 基于其本意和引申义，"多"在文艺理论中常常指"繁"。"繁"则褒贬并存。贬之者曰："诗人一叹三咏，感寤具存，庞言繁称，道所不贵。"（陆时雍《诗镜总论》）[②] 褒之者云："前人评韩、柳文者曰，韩如静女，柳如名姝。殊觉未称。独元虞伯生、萨雁门二家词，则极相类。虞词幽蒨，萨词繁丽，殆有别耳。"（张德瀛《词征》）[③] 无论褒贬，注重的都是文辞的繁密、意象铺陈的丰富。如此，呈现出来的作品内涵丰盈，题旨深远。

① 吴哲楣主编，《十三经》，第 430 页。

② 丁福保编，《历代诗话续编》，第 1415 页。

③ 唐圭璋编，《词话丛编》，第 4170 页。

把酒问月[1]

【唐】李白

青天有月来几时，我今停杯一问之。
人攀明月不可得，月行却与人相随。
皎如飞镜临丹阙，绿烟灭尽清辉发。
但见宵从海上来，宁知晓向云间没。
白兔捣药秋复春，嫦娥孤栖与谁邻。
今人不见古时月，今月曾经照古人。
古人今人若流水，共看明月皆如此。
唯愿当歌对酒时，月光长照金樽里。

宇宙意识

宇宙意识植根于心灵深处，代表人们对世界本源和生命本根的思索、追问以及感知。在景观设计中，它是左右环境景观布局的显著力量。人们对自然环境的审时度势以及对生活的实际体验凝结而成的潜在心理意识，驱使人们寻找理想的空间环境模式。设计师如果能够感知这种潜意识需求，在设计作品中通过人工景观增置和自然环境梳理达成符合受众心理的空间范式，就能取得事半功倍的效果。

① [清]彭定求等编，《全唐诗》，第1001页。

对于人与自然、“有限”与“无涯”的关系，李白有超越性的思考。诗的开头，如一声棒喝，开启了人们对那一轮亘古长存的明月的关注与思索。时空无垠，那悬挂长天的明月带着与生俱来的神秘意趣，这一问，问出了人类共通的疑惑。

继而诗人描绘了一个细节——“停杯”，这表示出他郑重其事的提问状态。诗人问月与人的关系。他从远近关系的表述入手，以回文的修辞手法表达了自己在看月亮时内心奇妙的感觉：明月在上，让人欲攀不能；无论人在何处，月光始终相伴。诗人用人格化的方式写月亮，明月与人似远似近，若即若离，无情而有情，缠绵若有待。

“皎如飞镜临丹阙，绿烟灭尽清辉发”两句铺陈绮丽，色彩鲜明，将月出之状态勾画生动。“飞”写出了月出的转态，迅忽直上，周行中天；“临”写出了明月的气势，仿佛君临天下，光满人间。下一句写云烟散去，清光漫天，是对上一句的承托与发挥。“丹阙”“绿烟”点染丰艳；“飞镜”“清辉”转接自然。月色之美跃然纸上。

如果说，前两个问题还是诗人借提问形式来烘托月光之美的话，那么后三个问题愈变愈奇：月亮从海上升起，可是清晨为何消失在白云中？玉兔捣药年复一年，它为谁而捣？嫦娥幽居月宫，她有没有邻居？这样的问题与屈原《天问》高度类似，问题背后是诗人对宇宙生命的起源与归宿的探寻，也是他独立苍茫、内心孤寂的写照。

在提出问题后，诗人敢于给出自己的思索与答案，表现出了一个思想者的气度和哲思高度。他说今月与古月实为同一，而古今人世代更迭。后两句在此基础上进一步把明月长在而人生短暂之意渲染得淋漓尽致。结尾照应开头，体现了诗人对当下生活积极乐观的一种状态。

【名称】山路松声图

【作者】唐寅

【朝代】明

【馆藏】台北故宫博物院

【说明】此轴右上有画家的题诗，其中“试从静里闲倾耳，便觉冲然道气生”两句可以作为全画的主题说明。画家用柔软流畅的线条描绘山间瀑布流淌，汇成深渊，以细笔勾出水面涟漪，增加生动感。山间松树枝干遒劲，墨色浓淡之间仿佛生气流动，松涛阵阵似在耳畔。小桥之上，一老者昂首伫立，似在静听松声；携琴童子紧随其后，从体态上看，似乎在急忙赶路，与老者的闲淡相映成趣。整个画面流畅自然，山石、藤萝点染随心，体现出画家豁达、平畅的胸襟。

清平乐·金风细细[①]

【宋】晏殊

金风细细。叶叶梧桐坠。绿酒初尝人易醉。一枕小窗浓睡。

紫薇朱槿花残。斜阳却照阑干。双燕欲归时节，银屏昨夜微寒。

极繁主义

重设色、密铺陈，繁密缤纷之美具有极强的视觉冲击力。在极简主义流行的年代，“极繁主义”的设计卷土重来。强对比的色块，填满整个块面的布局。重复元素的密集应用，具有极强装饰性的多层次构图，“有序的混乱”带给受众高饱和度的情绪体验和戏剧化的心理激活。

词的上片，写词人酒醒之后所见的景象。秋风细微，梧桐叶落，这是典型的秋日景象。词人用“细细”和“叶叶”两个叠词写出了景象的悠闲，似乎也在表达词人内心的淡定安详。虽然秋日多衰飒，但词人丝毫没有这种感觉，他似乎在体会秋的静美。下一句似乎是前一句的补充，词人是在什么情形下欣赏秋景的呢？正是薄醉醒来，一枕“浓睡”之后，身心俱得舒展，略有蒙眬迷离之感，因而眼前景象格外宁和。词人非常

① 唐圭璋编，《全宋词》，第 92 页。

善于选词和设色，“金风”出自张协《杂诗》“金风扇素节”，李善注曰：“西方为秋而主金，故秋风曰金风也。”[①]“绿酒”指新酿成的酒，古代酿酒过滤技术不佳，酒糟并没有彻底过滤掉，自然能看见细碎的淡绿色泡沫浮现在酒面上，故称“绿酒”或“绿蚁”；“绿”象征着干净、清澈，充满勃勃生机，常用于形容流水，因为酒也是透明液体，所以用“绿”形容也代表了一种美好。词人用这些带有鲜明色彩的词着意点染氛围，不动声色地透露出玉堂富贵的气息。

词的下片继续写酒醒睡起后的景象。紫薇，夏季开花；朱槿，盛于夏秋之间。上片说金风吹得梧桐叶坠，分明是秋季了，所以词人从小窗望出去，此刻这两种花都已凋残。这是眼前景象，词人体察入微，于其中体悟时序之变化。同时，这两种花也别具深意。“紫薇”花期长，色彩明艳，且其名应和天上“紫微星”，所以常被官宦人家或宫廷清贵之地选为庭院花。“朱槿”又名扶桑、佛槿。《山海经·海外东经》云：“汤谷上有扶桑，十日所浴，在黑齿北。”郭璞注：“扶桑，木也。”[②]其中，扶桑被视为神树。这两种花不仅色彩丰艳，而且被赋予了深厚的文化底蕴，所以词人特意标举其名，也暗含了功名难久、富贵易逝之感慨。“斜阳却照阑干”，紧承前句，描写静景。用一“却”字，是说抬头望去，一抹斜阳正照着阑干，目遇神合，似寓有无可奈何的心境。秋日，双燕欲归，是对景之语，也引起了词人的孤寂之感，昨夜醉后原是一个人独宿，“银屏微寒”，凄凉意绪不言自明。全词景中有思，有着对物候节序细致入微的体察和清雅舒徐的表达。

① ［南朝］萧统编，［唐］李善注，《文选》，上海：上海古籍出版社，2016年，第1379页。

② ［清］永瑢、纪昀等编纂，《文渊阁四库全书》第1042册，上海：上海古籍出版社，2003年，第61页。

【名称】紫琅仙馆图

【作者】钱杜

【朝代】清

【馆藏】故宫博物院

【说明】《紫琅仙馆图》原为赵孟頫所作，钱杜擅画山水，宗法赵孟頫、文徵明等，这是他在见过赵氏真迹后背临之作，所以清新秀逸处可见赵氏之特色，而细密工整处又带有画家自身的特点。画面意境清幽，近景之处古木参天，小桥上一人策杖而行，似远客到访。中景置茅屋数间，屋中主客对坐神态悠闲，琴童侍立一侧。远景山岚叠嶂，萧寺隐隐。画面布局层次分明，寓巧密于朴拙，设色浅雅，温厚蕴藉。

作为与“多”相反的概念，“少”表示数量稀缺。在中国古代文艺理论中，“少”除了用其本意之外，通常引申为“简”。“简”代表着一种崇尚自然朴素的艺术观，故《礼记·乐记》曰：“大乐必易，大礼必简。”[①]“简”也指意象疏朗，修辞简单。杨载《诗法家数》云：“绝句之法，要婉曲回环，删芜就简，句绝而意不绝。”[②]强幼安《唐子西文录》评陶渊明诗：“唐人有诗云：‘山僧不解数甲子，一叶落知天下秋。’及观陶元亮诗云：‘虽无纪历志，四时自成岁。’便觉唐人费力。如《桃源记》言‘尚不知有汉，无论魏、晋。’可见造语之简妙。”[③]但是，“简”并不意味着底蕴稀薄、内容短少，而是注重以简御繁，“少即是多”。

---

① 吴哲楣主编，《十三经》，第514页。

② [清]何文焕辑，《历代诗话》，第473页。

③ 同上书，第263—264页。

渔翁[①]

【唐】柳宗元

渔翁夜傍西岩宿，晓汲清湘燃楚竹。
烟销日出不见人，欸乃一声山水绿。
回看天际下中流，岩上无心云相逐。

隐逸趣味

在中国文化中，隐逸文化具有悠久的历史和广泛影响力，是中国知识阶层保持内心独立、追求精神自由、彰显超越心性的重要表现。中国古典园林作为隐逸文化的重要载体，无论在空间布局、亭台楼榭的题名或叠石理水的造景手法中都可以发现以隐为美、以退为乐的观念表达。苏州拙政园即是一个典型例证。

自从屈原的《渔父》流传以来，在中国诗学中“渔翁”的形象便被赋予了深厚的文化内涵，成为诗人表达高洁人格、闲淡生活、隐逸之思、豁达心境的典型意象。小说《三国演义》的开场引用明代诗人杨慎的《临江仙》“白发渔樵江渚上，惯看秋月春风”，带出了苍茫的历史感，为读者做了极好的心理铺垫，更充分地诠释了“渔翁”意象给予人们的文

① ［清］彭定求等编，《全唐诗》，第2147页。

化认知。柳宗元这首诗以《渔翁》为题，也意在借此意象表达自己的情怀志趣。

全诗开篇即美，人物形象鲜活。“渔翁”晚上宿在永州城外西岩之下，依山枕水，自由而具赤子之心。他汲取清澈晶莹的潇湘之水，以浸透了湘妃泪水的斑竹生火。这样一位具有出尘意趣和潇洒诗性的“渔翁”凝聚了诗人的美化与想象，类似屈原《离骚》中所说的“扈江离与辟芷兮，纫秋兰以为佩”[1]“朝饮木兰之坠露兮，夕餐秋菊之落英”[2]。

次句有声有色。风烟消散，日出江上，万顷碧波之中却看不见渔翁的影子。正在疑惑时，忽然听到欸乃一声，渔歌从青山绿水之间传来。诗人有没有见到这位渔翁呢？显然没有。正因为不见，在这片青绿山水之中，澄澈碧空之下，诗人可以自由地想象渔翁的形象，赋予他缥缈的仙灵之气，带着超然物外的神秘之美。

结句“回看天际下中流，岩上无心云相逐”，写诗人驻舟中流，回望渔翁居处，仿佛如在天际，唯有白云自由来去，越发增添了渔翁形象飘然出尘的气象。“无心”两字用得绝妙，表达出不以名利萦怀、无心争竞的傲世风骨。

① [清]胡濬源撰，《楚辞新注求确》，第5页。

② 同上书，第13页。

【名称】渔父图

【作者】吴镇

【朝代】元

【馆藏】故宫博物院

【说明】湖山清幽，木石清朗，流水潺湲，一派江南水乡之景。渔父驾一叶扁舟优游其间，山光水色都到眼底，快意逍遥。画家借助墨色浓淡和远近层次，让清幽远俗的情趣跃然纸上。

临江仙[①]

【宋】陈与义

夜登小阁，忆洛中旧游。

忆昔午桥桥上饮，坐中多是豪英。长沟流月去无声。杏花疏影里，吹笛到天明。

二十余年如一梦，此身虽在堪惊。闲登小阁看新晴。古今多少事，渔唱起三更。

历史感

在设计中融入历史感能够唤起人们的“时间记忆”“文化记忆”以及归属感，是非常有价值的一种设计理念。这也正是近年来“新四合院”“新石库门”“美式工业风”等设计概念在空间设计领域大行其道的原因。如何体现历史感？典型形式、典型配色之外最关键的是典型的细节——细微之处见精神。

这首词用对比手法，借回忆洛阳旧游的相聚之乐来反衬南渡以后河

① 唐圭璋编，《全宋词》，第1070页。

山凋零，抒发对世事的沉痛与深切感慨。

词的上片忆旧。“忆昔”两字将读者的思绪拉回曾经的欢乐时光。“午桥”是指唐代宰相裴度的午桥别墅。因皇帝信任重用宦官，打击排斥正直的朝臣，裴度产生了退隐之念，于午桥创别墅，种植花木万株，中起凉台暑馆，起名“绿野堂”，又引伊洛之水贯其中，映带左右。每当闲暇，裴度便与诗人白居易、刘禹锡等酣宴终日，高歌放言，以诗酒书琴自乐。当时名士皆从之游。词的发端两句，既是追忆自己年轻时代的欢乐，也包含着对洛阳先贤的追慕。

“长沟流月”三句是承上而来，“杏花”点明在春天的夜晚，笛声此起彼伏，大家已经忘记了时光的流逝，不知不觉之间黎明已经到来。明月清辉，杏花清影，笛声清响，三者糅合，组成了一幅声色俱佳、动静得宜、风雅流美的画面，这样的情景不仅在词人，也在读者心里留下了深深的烙印。

词的下片以感怀为主。“二十余年如一梦，此身虽在堪惊”一句堪比白居易《长恨歌》“渔阳鼙鼓动地来，惊破霓裳羽衣曲”[①]，瞬间转折，石破天惊，将读者的思绪一下子从乐境带入哀境。靖康之变，饱尝颠沛流离、国破家亡的痛苦的词人回忆往事，当年的友人风流云散，自己年华老大，有家难归，这怎么能不“惊心”呢？为了排遣情绪，词人闲登小阁，当是时，雨后初晴，月色仍佳。人在高处，四顾苍茫，易生思乡念远之绪。结句“古今多少事，渔唱起三更”大大地拓展了感慨的内涵，超越了自身的经历和友情的范围，而转向对历史的思考。有此“冷语”，这首词才摆脱了主题陈旧、境界褊狭的弊端，具备简明俊爽、意深韵长的特质。

① ［清］彭定求等编，《全唐诗》，第 2634 页。

【名称】高山流水图

【作者】梅清

【朝代】清

【馆藏】故宫博物院

【说明】此画笔墨粗犷，气象森然。山石陡峭，瀑布飞泻，尽显画家傲岸的人格。画家运墨酣畅淋漓，取景奇险，线条曲折却不柔媚，动感十足。款题虽言系仿“石田老人（沈周）笔意”之作，但体现出的完全是梅氏晚年粗笔皴擦、焦墨点苔的画风。

《玉篇》说："软，柔也。"[①]软，本义为物体内部的组织疏松，受外力作用后，容易改变形状，如柔软，也引申为柔和。"柔"，深契道家哲学的精神。老子说："天下之至柔，驰骋天下之至坚。"[②]他看到了以柔克刚的力量。在中国古代文艺理论中，对于"柔"之美也颇为重视。张彦远在《法书要录》中评价殷钧的字时就说："文机纤润，稳正利草。软媚横流，姿容美好。"[③]中国园林建筑艺术也讲求柔软之美，长廊接曲径、屋檐连树枝，给人一种幽深、穿越之感。身处其中，令人觉得温润、沉稳和寂静。

① ［南朝］顾野王，《玉篇》卷十八，《摛藻堂四库全书荟要》本第4册，北京：故宫博物院图书馆，1933年，第15页。

② 蒋锡昌编著，《老子校诂》，成都：成都古籍书店，1988年，第284页。

③ ［唐］张彦远，《法书要录》卷五，卢辅圣主编，《中国书画全书》第1册，第72页。

临江仙·梦后楼台高锁[1]

【宋】晏幾道

梦后楼台高锁，酒醒帘幕低垂。去年春恨却来时。落花人独立，微雨燕双飞。

记得小苹初见，两重心字罗衣。琵琶弦上说相思。当时明月在，曾照彩云归。

物哀

深婉柔和的词境源于悲剧美的力量，这与日本传统美学中"物哀"之美意念相通。物哀之感来源于人心在接触外界环境后形成的沉厚幽深的情感，包含对人性、对自然、对世相的深切同情与感动，进而成为一种审美观。在日本设计中物哀之美得到了淋漓尽致的展现。三宅一生和安藤忠雄共同设计的21–21Design Sight博物馆，整个建筑如一块折起来的铁板，建筑内部大量采用原生态水泥作为装饰立面，灯光幽暗，并使用大面积的玻璃隔断，整体空间呈现出阴暗、晦涩的"物哀"美学。

① 唐圭璋编，《全宋词》，第222页。

这首词是怀人之作，词的起句，通过“锁”和“垂”塑造了一个幽晦、封闭的环境。词人梦醒之后，心头的甜蜜与迷惘还未散去，抬眼望去，伊人曾在的楼阁已经锁闭；酒意散去，空寂的卧室中只有低垂的帘幕相伴。这两句表面看起来是普通的环境描写，实则别有深意。因为梦中两情缱绻，梦醒之后才会格外失落；想要寻觅芳踪，却发现重楼深锁。“相思相望不相亲”的况味灼伤了词人纤细的内心。独居寂寞，帘幕割断了视线，词人在幽昧静谧之中独自咀嚼往事，品味悲凉。这悲凉因梦而起，因人而生，也因词人的体验而变得纷繁深细。

紧接这两句，“去年春恨却来时”，将眼前景象与梦境进行了贯通。“春恨”源于梦境的破碎，以“去年”修饰之，说明词人并不是偶然梦见，而是伊人在词人的心念之中，久久难忘，这思念之苦时时泛滥心上。所以词人会说“春恨却来时”，道尽情思反复缠绵之意。同时我们也看到，因为词中有梦境，有回忆，有现实，时空多变，词人需要有一些语句进行提挈和贯穿。“春恨”照应了梦境，“去年”为下片的回忆进行了铺垫。“落花”两句刻画了词人的孤独形象，犹如电影镜头中的中景，为受众提供了有纵深感、有细节的人物刻画，鲜明而真切。

下片开头三句，是词人回忆中的“小苹”，有南朝乐府语带双关的情致。小苹身着“心字罗衣”，这是词人借着装来渲染自己与小苹之间的情感：两重罗衣，两重心字，两心交叠，相知相思。因为是歌女，所以词人也写了“琵琶”，琴声之中传递出思念之情，令人心醉神驰。最后两句可以用电影镜头中一组中景转接远景的空镜头来予以比拟。这两句照应了上片的结句“落花人独立”。词人站在明月之下，这轮明月与当时小苹离去时投射在她身上的并没有什么两样，然而，月明人不归，空照旧亭台，其中的怅惘和失落不言自明。

【名称】夏五吟梅图

【作者】王翚

【朝代】清

【馆藏】故宫博物院

【说明】此画生趣盎然，清幽灵动。画面景物的配置自然写实，梅枝老劲，竹枝清秀，苍松怪石各尽其态。溪水汩汩而下，小桥之上，雅士独立，似对景吟哦。亭台严整，亭中老者神态怡然，童子恭谨肃立。一行燕子飞过天空，更增画面辽远空阔之感。画风细润明快，融合了众家笔法之长，虽是画家晚年之作，却丝毫不显老境颓唐。

水龙吟·春恨[1]

【宋】陈亮

闹花深处层楼，画帘半卷东风软。春归翠陌，平莎茸嫩，垂杨金浅。迟日催花，淡云阁雨，轻寒轻暖。恨芳菲世界，游人未赏，都付与、莺和燕。

寂寞凭高念远。向南楼、一声归雁。金钗斗草，青丝勒马，风流云散。罗绶分香，翠绡对泪，几多幽怨。正销魂，又是疏烟淡月，子规声断。

隐喻主义

中国诗学中有“香草美人”的比拟传统，以纷菲柔美的意象寄托坚韧贞刚的人格理想。这种隐喻手法在建筑设计中也广泛存在。罗伯特·斯特恩1977年所著的《现代主义运动之后》一文中把后现代建筑分为三类：文脉主义、隐喻主义、装饰主义。后现代隐喻主义是把符号当作重要的手段和工具来创造隐喻，强调建筑要表现人文、地理和历史的延续性，反映文化的积累而不是文化的解体，是历史文化的丰富体现，而不是对过去传统的排斥和对民俗的歧视。后现代隐喻一般多采用装饰的方法，或引用传统建筑作为典故，以唤起人们对过去的回忆。

① 唐圭璋编，《全宋词》，第2108—2109页。

词的上片首句新警动人。“闹花深处”，写春花之热闹繁盛、生机盎然，颇似宋祁《玉楼春》“红杏枝头春意闹”的用法，但概括更为洗练。接下来，词人对春景进行了铺叙，炼字炼意，精粹细致。他以“软”写东风之柔和温煦，以“嫩”写春草之萌芽新生，以“浅”形容柳枝刚刚生发的娇嫩之色。因为初春，太阳升起的时间偏晚，所以称“迟日”。春雨纤绵，春云幽淡，薄寒微暖，“春色”应有的样子在词人笔下展现得精细入微，生动传神。这样美好的时光，正该得到游人的欣赏。然而，上片结拍之处，词人却说：“恨芳菲世界，游人未赏，都付与、莺和燕。”大好春光如空谷幽兰无人欣赏，只能留给莺和燕，一个“恨”字道出了词人的无奈与遗憾。美好的毁灭容易感发人的情绪，引起人的悲悯，从而产生强烈的同理心，形成对苦难、伤痛、无奈等的共鸣与理解。

过片，词人写登高念远，希望归雁为他托寄情思。“鸿雁传书”是传递游子思乡之情、恋人相思之意的经典意象。因为鸿雁牵动乡愁，词人想起了昔日光景。“金钗”三句，写相聚时的乐事，情致缱绻，慨叹如今已经风流云散；“罗绶”三句，言别时的凄苦，缠绵悱恻，思之，至今犹使人动容。下片的写法与上片颇为相似，也是铺叙为主，但是值得注意的是，上片以炼字增加景物描写的真实感，下片却多用传统意象，有意拉开与具体情事的距离，暗示词人借闺情之思寄托怨悱之情的真意。陈亮一生以恢复中原为己任，连续上书朝廷，反复奔走天下，饱受挫折与牢狱折磨，虽九死其未悔。结句“正销魂”三句，词人看到了与昔年离别之时一般的疏烟淡月、子规声断的情形，借景抒情，将胸中未尽意气进一步吐露发挥。

【名称】桃花渔隐图

【作者】蓝瑛

【朝代】明

【馆藏】故宫博物院

【说明】“桃之夭夭，灼灼其华”，这样的意趣可以在此画中感知。画家长于用浅设色之法，画中溪水柔净，桃花灿然，艳而不妖。小舟之上，红衣人与高士两船相错，隔水而谈，颇得自然旨趣。全画稳重之余亦见风流别致。

硬，本义为石头被砸掉一层又露出一层，指坚固、结实，与“软”相对。在传统诗学理论中，硬有多种用法，如“瘦硬生新”“盘空硬语”等。“硬”通常指句法拗折，词汇搭配方式“陌生化”。如欧阳修《水谷夜行寄子美圣俞》：“近诗尤古硬，咀嚼苦难嘬。初如食橄榄，真味久愈在。”就是形容梅尧臣诗歌自铸新辞，句法生新。魏庆之《诗人玉屑》中的“评韩诗”“横空盘硬语，妥帖力排奡”，也是表彰韩愈诗歌骨力沉厚，不同于圆熟俗烂。在传统艺术理论中，“硬”通常用来形容有力度或讲究方折和棱角。前者如清人梁巘《评书帖》云：“执笔论书大字，笔锋须瘦硬。盖笔锋瘦硬，落纸时极力揉挫，沈着而不肥浊，否则肥浊矣。”后者可见宋人黄休复《益州名画录》评黄居宝画：“画性最高，风姿俊爽。前辈画太湖石，皆以浅深墨淡嵌空而已，居宝以笔端揍擦，文理纵横，夹杂砂石，棱角峭硬，如虬虎将踊，厥状非一也。”在中国传统建筑中，美学意义上的“硬”体现为因尊崇礼制而形成的平衡方正的建筑法则。特别是在中国北方，无论是宫殿建筑还是民居，都注重建筑物本体厚重端方，布局轴线分明。

水调歌头·金山观月[①]

【宋】张孝祥

江山自雄丽，风露与高寒。寄声月姊，借我玉鉴此中看。幽壑鱼龙悲啸，倒影星辰摇动，海气夜漫漫。涌起白银阙，危驻紫金山。

表独立，飞霞珮，切云冠。漱冰濯雪，眇视万里一毫端。回首三山何处，闻道群仙笑我，要我欲俱还。挥手从此去，翳凤更骖鸾。

刚健之美

真气涌动，驱遣万物，端庄丰华，气格沉雄。刚健之美，蕴积了强盛的力量和磅礴的气势，展示了宏大壮阔的境界。这种美学风格在中国古典建筑的宫殿和宗教建筑中较为常见，体现了传统礼制观、宇宙观对建筑形制的影响。

这首词写于乾道三年（1167年）三月中旬，词人舟过金山之时。“江山自雄丽”，写出了词人登临金山，所见的山河壮美，气象雄伟。江天

① 唐圭璋编，《全宋词》，第1687页。

万物尽收眼底，让词人襟怀开朗。春夜风露清寒，更令人心神泠泠，神观飞越。

“寄声月姊”二句，词人置身于金山之中，对月倾吐心声；欲借用她那珍贵的玉镜来瞭望这美妙的景色。这既写出了圆明澄澈的明月在天的景象，也写出了人与月之间的“亲密”。词人仿佛脱离了现实世界的束缚，置身仙灵之境。“幽壑鱼龙”三句，词人仿佛获得了穿越性的视角，不仅可以看到江面上星辰倒影，恍惚如梦，还能够在弥漫的雾气中看到水中鱼龙带着幽愤之气呼啸，充满奇幻的色彩。

“涌起”二句，由长江转写山景。“白银阙”与“紫金山”对举华美而端严。“涌起”一词给人波涛如簇、金山寺仿佛从水中涌出的画面感。白银阙，借用了《史记·封禅书》说海山三神山“黄金银为宫阙”[①]的典故，后人也多以此指宫阙之华美；紫金山指金山，为了增益对仗色彩之明丽，特意称“紫金”，“危驻”则写出了金山寺雄踞山上的不凡气势。

上片写足登临金山所见胜景，大气磅礴，下片转入词人在山头观月的遐想，由自然景象的描写转而抒发富有浪漫气息的感情。词人塑造了一个潇洒出尘、与仙灵相往来的自我形象。其中，我们可以看到屈原辞赋的深切烙印。“表独立”化用屈原《九歌·山鬼》“表独立兮山之上”[②]句意，表现词人在金山之巅傲然物外、意气飞扬的姿态。“霞珮”和“切云”都是服饰之名。词人借用这些服饰的名称来表达自己不与世俗和光同尘的操守，进一步丰富自我形象。“漱冰濯雪”二句，写词人沐浴在冰雪一样的月光之下，心性更加明净，视野更为开阔，仿佛在万里之外的细微景物也能看得清楚，以澄明的内心去洞察自然之本相。

“回首”三句，承上所塑造的不凡形象而来，有一种身在高处，俯瞰人寰的姿态。词人想象自己已经进入一个仙气缥缈的境界，神山群仙邀他同往。最后两句表示词人欲跨凤乘鸾而去，飘飘欲仙。词人内心的旷达、贞刚之气于词中发露无疑。

---

① ［汉］司马迁著，《史记》卷二十八，北京：中华书局，2013年，第1674页。

② ［清］胡濬源撰，《楚辞新注求确》，第99页。

【名称】千岩万壑图

【作者】吴彬

【朝代】明

【馆藏】故宫博物院

【说明】《画史会要》称吴彬："善山水，布置绝不摹古，皆对真景描写。"这幅画便可见其胸中丘壑。画面雄奇险峭，千岩万壑，更有林泉飞瀑，楼阁亭台隐于其中。构图之难可见一斑。画家却能以严整之构图，层次分明地表达出山之嶙峋峭拔、阴阳向背，树木枝蔓，纤毫不乱，虽是纸上笔墨，却有自然山河雄奇博大之气概。

破阵子·为陈同甫赋壮词以寄之[1]

【宋】辛弃疾

醉里挑灯看剑，梦回吹角连营。八百里分麾下炙，五十弦翻塞外声。沙场秋点兵。

马作的卢飞快，弓如霹雳弦惊。了却君王天下事，赢得生前身后名。可怜白发生。

节奏感

设计作品与诗歌同样注重节奏感。这种节奏感在室内空间的软装设计中或通过图案大小疏密、色彩轻重的对比与依存来实现，或通过远近虚实的视觉层次来表达。当有一定的韵律和节奏感之后，空间体验的舒适度会大幅提升。

本词作于公元1188年，辛弃疾与陈亮在铅山瓢泉会见，即第二次“鹅湖之会”。两人意气相投，故分别之后，有此一作。全词酣畅淋漓，一气呵成，虽为小令而有大境界。词人将眼前事、梦里事、意中情熔为一炉，写出了沙场之壮气浩烈、猛士之忠义昭昭。“醉里挑灯看剑”，起句已是不凡，醉眼惺忪，孤灯独照，词人取出宝剑来察看，这个行动直接说

① 唐圭璋编，《全宋词》，第1940页。

明了稼轩无时无刻不是心系疆场。下一句用一个“梦”字让时间倒转，词人仿佛回到了那些热血沸腾的峥嵘岁月，回到了属于他的军营与战场，这是稼轩一生中最牵挂的场景，是他离梦想最近的地方。

转到下片，词人用了一组对仗，骏马飞奔，弓弦雷鸣，这让人想到他在《鹧鸪天·有客慨然谈功名因追念少年时事戏作》中枪林箭雨的战场实景：“燕兵夜娖银胡簶，汉箭朝飞金仆姑。”足见稼轩毕生追忆尽在于此。写至结句，词境陡然翻转，梦境与现实形成巨大落差，词人心之所系，唯在恢复中原，但如今白发萧萧，却一事无成。少年壮志翻成泡影，一腔幽愤，无处可托，唯有长叹长恨。全词以壮景与哀情相映衬，骨力丰沛，笔势奇崛，节奏跌宕。

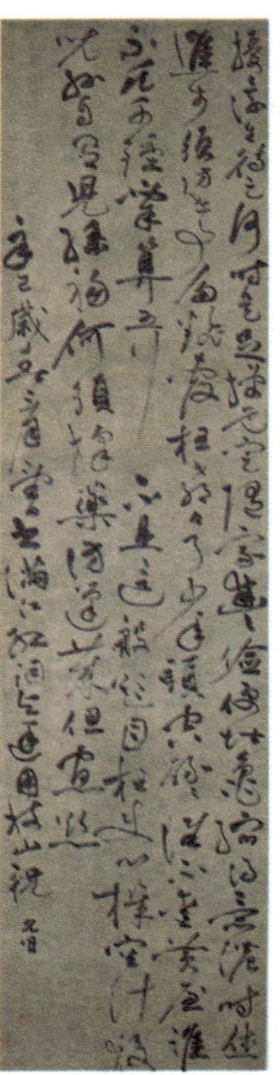

【名称】行草书词

【作者】祝允明

【朝代】明

【馆藏】故宫博物院

【说明】祝允明草书师法李邕、黄庭坚、米芾，功力深厚，晚年尤重变化，风骨烂漫。这幅行草笔法凌厉，元气弥漫，线条如刀，顿挫雄逸，放而不野，形成一种汪洋恣肆的视觉效果，体现了书家不羁的个性。

感知是对外界客体和事件产生的感觉信息进行加工的过程，分为两个层面：对客观事物的个别属性的认识，是感觉；对同一事物的各种感觉的结合而形成的整体认识，为知觉。因此，物与环境关系的达成构成了生命主体的感知。生命的主体与客体的基本关系是感知的关系。作为一个感性思维高度发达的民族，我们很早就对客观世界给予生命主体的心灵投影有充分认识。朱熹在《中庸章句序》中说："心之虚灵知觉，一而已矣。"[①] 在中国传统文艺理论中，对于"感知"的解释与关注构成了一个重要的命题。人们通过"感知"（或称"感"）发掘出物象中诗性的存在、美感的传达。具体说来，可以分为"兴感"和"交感"。前者强调"触发"。晋人孙绰《三月三日兰亭诗序》云："情因所习而迁移，物触所遇而兴感。"[②] 也就是因物或事件引发内心的触动，产生联想，这是一个由物

① ［宋］朱熹撰，《四书章句集注》，北京：中华书局，1983 年，第 14 页。

② ［清］严可均编，《全上古三代秦汉三国六朝文》第 4 册，《全晋文》卷六十一，第 5 页。

及心的过程。清人布颜图《画学心法问答》云："以上情景，能令观者目注神驰，为画转移者，盖因情景入妙，笔境兼夺，有感而通也。"①说的也是在绘画过程中因情景触发心灵的感动，实现了心境与画境的会通。后者强调"影响"，指受对方影响而发生相应的变化，这变化可存于天人之际，如陈子昂《谏政理书》所说的"天人相感，阴阳相和"②；也可存于心物之间，如王植《正蒙初义》卷一中的"心物相感而生，是生生不穷意"③，是主体情性与宇宙自然之间的融通会合。

与前述的"色彩""尺度""形态"等偏于描述客体存在的特征不同，"感知"更强调主体经验在认知中的作用。通过感知，创作者建构出包含了其经验与想象的"意向性客体"。

---

① [清]布颜图，《画学心法问答》，《丛书集成续编》第101册，台北：新文丰出版公司，1988年，第145页。

② [清]董诰等辑，《钦定全唐文》卷二百一十三，台北：汇文书局，1961年，第2732页。

③ [清]永瑢、纪昀等编纂，《文渊阁四库全书》第679册，第449页。

冷，是一种身体对温度的感知，《说文解字》释作："寒也。"在本义基础上，又引申出冷清、生僻等含义，通常用来指不热闹、不受关注的人和事，如"冷官""冷宅"等。在中国传统文艺理论中，"冷"是一种峭拔清空、偏于枯淡的美学风格。清翁方纲《石洲诗话》："读孟公诗，且毋论怀抱，毋论格调，只其清空幽冷，如月中闻磬，石上听泉，举唐初以来诸人笔虚笔实，一洗而空之，真一快也。"[①]以此揄扬孟浩然诗。陈廷焯《白雨斋词话》卷二评王沂孙《水龙吟》咏落叶"笔意幽冷，寒芒刺骨"[②]，也是对这一风格的推崇。

① 郭绍虞编选，富寿荪校点，《清诗话续编》，上海：上海古籍出版社，1983年，第1367页。

② 唐圭璋编，《词话丛编》，第3811页。

晨诣超师院读禅经[1]

【唐】柳宗元

汲井漱寒齿，清心拂尘服。
闲持贝叶书，步出东斋读。
真源了无取，妄迹世所逐。
遗言冀可冥，缮性何由熟。
道人庭宇静，苔色连深竹。
日出雾露余，青松如膏沐。
澹然离言说，悟悦心自足。

冷感

“冷”是一种温度体验，也是一种心理体验。冷色调在视觉上有收缩作用，给人寂静淡漠之感，这是人所共知的。要营造偏于冷感的环境氛围，除了色彩还可以借助线型、材质以及植物配置来实现。如较之曲线，直线偏冷，要表达现代感较强的冷静理性的建筑风格，外立面轮廓多用直线；金属材质较木材质更冷，所以美式工业风设计中就较多用到金属材质，给人冰冷、疏离之感；松竹梅兰等植物因带有中国传统的坚贞高洁人格的象征意味而自具冷调，较之桃李海棠之类更适合用于塑造冷幽空明的环境风格。

① ［清］彭定求等编，《全唐诗》，第 2131 页。

这首诗是诗人被贬谪永州后借住在龙兴寺，寄情佛理，以纾解怀抱之作，字里行间透露诗人不忘世情，不惮逆境的峭直，可以说冷中有热。

诗的前四句写词人读经的时间和读经时的状态，起到一个总说的作用。清晨早起，天清气朗，以井水洗漱，清洁口齿，弹去衣冠上的尘土，身心内外俱为清净。这两句以行动说明了诗人对佛经的尊重。同时，“寒”和“清”两字也为全诗奠定了高洁清冷的境界。接下来，一个“读”字点题。“贝叶书”是对佛经的雅称。“闲”则是诗人当时的生活状态。贬居永州之后，诗人成为一个“闲员”，失落沮丧在所难免，然而诗人以学禅自娱，“闲”反映了他看淡世事、不被名利所困扰的心态。

中间四句正面写读“经”的感想。前两句说佛经之中的真意无人问津，举世追逐的是虚妄的事迹。这两句是诗人有感而发。中唐时，知识界辟佛之风甚炽。柳宗元的挚友韩愈就是佛教的反对者。然而，柳宗元统合儒释。当然，对当时盛行的南宗禅一派慢教毁经宗风，他也提出十分尖锐的批评。诗人以认真修习佛经的态度表达了自己的禅学观。后两句表明只有深入了解佛学真意，才能获得心性圆满。柳宗元学佛师从重巽，重巽是天台九祖湛然的再传弟子，所以柳宗元接受的主要是天台止观的禅。按天台止观，修道需要降服结习，断除惑念，爱养心识，启发“智慧”。这就是所谓“观心”。所以柳宗元在此特别指出穷究经典的重要性。

“道人”四句是诗人对寺院环境的描绘，着力刻画其清幽闲静之美。“庭宇静”写出了环境的清静，这正是修持所需要的。苔色青青，显示出人迹罕至，是对“静”的烘托，“深竹”写竹林茂密，蔚然深秀。因为是晨起，诗人得以看到日出东方，零露空蒙，青松经露之后如人梳洗已毕，神采奕奕。这两句的拟人手法新颖别致。

这四句与词人《永州龙兴寺西轩记》所记环境一起看，越发能理解其景物描写背后的真意。他说：“……贬永州司马。至则无以为居，居龙兴寺西序之下。余知释氏之道且久，固所愿也。然余所庇之屋甚隐蔽，其户北向，居昧昧也。寺之居，于是州为高，西序之西，属当大江之流。江之外，山谷林麓甚众。于是凿西墉以为户，户之外为轩，以临群木之杪，无不瞩焉。不徙埔，不运几，而得大观。”[①] 由此可见，幽静清旷的环境濡染了诗人的情绪，通过对自然的体察与观照，诗人感受到了“禅机”，体会到了悟道的意趣，令人心悦，却无须言说。

【名称】寒林楼观图
【作者】谢遂
【朝代】清
【馆藏】故宫博物院
【说明】这幅画表现冬日雪景，层林冰封，琼瑶满地，一片琉璃世界。然而虽是冬景却不荒寒，画家用界画笔法，利用透视线描表现亭台楼阁的纵深，绘出广厦华屋、人间烟火，温暖动人。室内宾主欢宴聚谈，赏景对雪，怡然畅快。整幅作品清雅深幽，装饰感很强。

---

① ［清］董诰等辑，《钦定全唐文》卷二百一十三，第 7543 页。

卜算子·黄州定慧院寓居作[①]

【宋】苏轼

缺月挂疏桐，漏断人初静。时见幽人独往来，缥缈孤鸿影。

惊起却回头，有恨无人省。拣尽寒枝不肯栖，枫落吴江冷。

蕴藉 | 玄妙 | 空间诗意

空灵蕴藉，物我之间转化无痕，无一点尘俗气的风格在设计中的表达形式多样。例如，在图形设计中充分运用正负形的关系，让人们在聚精会神于一个物形的同时又能注意到空缺的部分，通过寻找，领略含蓄玄妙之处，会心一笑。日本设计师福田繁雄的很多海报设计就是如此。又如被视为实践“有机建筑”理论的典范之作美国设计师赖特的“流水别墅”，内外空间浑然一体，仿佛从山林瀑布间自然生出，完美诠释了通透空灵、有余不尽的空间诗意。

苏轼被贬黄州后生活困顿，处境艰难，但是他保持了凛然风骨，冰霜志节，这首词借“孤鸿”意象写出了自己不与世俗同流、清高傲岸的心境。

---

① 唐圭璋编，《全宋词》，第 295 页。

词的上片以写景为主，以深夜庭院中幽冷的景色烘托鸿影之孤独。“缺月”表明了月的不圆满，因而自然无法如满月一般光华满庭。一轮残月高挂疏桐，格外孤清。“漏断”表示夜深，这本来应当是入眠的时候，词人却来到庭院中，让人不禁想问：“似此星辰非昨夜，为谁风露立中宵？”（黄景仁《绮怀》）[1] 首两句，用白描手法写孤寂氛围。接下来，词人说在这万籁俱寂的时刻，他孤独的身影宛如天边的孤雁。词人先塑造了一个畸零于天地之间的“幽人”形象，再把“幽人”与“孤鸿”贯连起来，意象契合，互为映射。孤独的鸿影被赋予了隐者高洁的品性，正是词人人格的外化。

下片承上而来，人鸿同写。“惊起”描写孤鸿在夜色之中突然飞起，仿佛受到惊吓。“有恨”是直抒怀抱，词人满怀惆怅，无人可诉，与这孤鸿一样，凄凉悲苦。“拣尽寒枝不肯栖”则是词人继续以孤鸿的形象来自抒怀抱。“拣尽寒枝”，写出了孤鸿寻寻觅觅，以求栖身之所的孤独。“不肯”又道尽其心性高洁、不愿和光同尘的坚执。结句，继续强化“不肯”的力度，将全词定格在绝尘去俗的境界中。

【名称】长林积雪图

【作者】赵左

【朝代】明

【馆藏】故宫博物院

【说明】画面整体以赵左最擅长的烘染之法为底色，意境荒寒静远，画中景物由近至远依次展开。近景中可见冰雪覆盖松枝树木，枝干繁复却不凌乱，有很强的立体感。湖水冻结，凝滞不流，岸边水草以浅赭加白粉绘就，显现出冷落衰败之感。茅屋中有一文士临窗远眺，双手笼于袖，有静待远客之意。中景林木枝干曲折，以白粉作冰雪覆盖其上，有万里冰封之感。远景山峦起伏如入云中，愈增清寒。

① ［清］黄景仁著，《两当轩集》，上海：上海古籍出版社，1983 年，第 265 页。

《说文解字》说："热，温也。从火，埶声。""埶"意为在高土上晒球丸。"火"指加温。"火"与"埶"联合起来表示在高原上给物体全面加温，指温度高，引申为喧闹或受关注。在中国传统文艺理论中，"热"通常是指内容丰富、意象缤纷、情节多变等。李渔《闲情偶寄》说："今人之所尚，时优之所习，皆在热闹二字；冷静之词，文雅之曲，皆其深恶而痛绝者也。然戏文太冷，词曲太雅，原足令人生倦，此作者自取厌弃，非人有心置之也。然尽有外貌似冷而中藏极热，文章极雅而情事近俗者，何难稍加润色，播入管弦？乃不问短长，一概以冷落弃之，则难服才人之心矣。予谓传奇无冷热，只怕不合人情。"[1] 这是对"热"极好的说明。

① 俞为民、孙蓉蓉主编，《历代曲话汇编》清代编一，第294—295页。

正月十五夜[1]

【唐】苏味道

火树银花合，星桥铁锁开。
暗尘随马去，明月逐人来。
游伎皆秾李，行歌尽落梅。
金吾不禁夜，玉漏莫相催。

画面感

镂金错采，有很强的画面感，充满了生机与热力是这首诗的特点。在空间设计中，画面感也是需要设计师去着力建构的。所谓“画面”，一定是动静结合，连通听觉与视觉；冷暖对比，层次分明；内外交融，场景叙事节奏和主题统一，设计师的情趣与审美在不动声色中贯注其中。

这首诗描写了长安元宵之夜的盛世繁华图景，炫美华丽的视觉冲击令人梦回大唐。唐代元宵节主要的活动是观灯。平时长安城有严格的宵禁，元宵节前后三天，金吾不禁，市民可以自由出入街巷，通宵达旦观赏花灯。马伯庸的小说《长安十二时辰》就是以此为背景的。

① [清]彭定求等编，《全唐诗》，第413页。

灯是元宵节最重要的象征。夜来灯火绚烂，瑞彩千条，精彩耀目。王仁裕《开元天宝遗事》记载：宰相杨国忠兄弟每人都在灯节点燃千盏灯烛。杨贵妃得宠，其姊妹也得宠。她大姐韩国夫人制作百枝灯树，高达 80 多尺，树立在小山上，点燃灯烛，光辉灿烂，百里路都能看见。首二句，“火树银花”四个字正是对这样景象的高度概括。因为节庆，原来入夜锁闭的城门和护城河桥都任人通行，所以“铁锁开”为下文写游人之盛做了铺垫。

诗的颈联和颔联写长安游人之景象。人潮涌动，马蹄卷起尘埃；明月高悬，光芒投射到每个人身上。这一句是全景式描写，让人对“热闹”有一个全面的印象。下一句，诗人将目光聚焦到那些容色美好、衣饰华美的女子身上，她们宛如长安流动的风景，一边走动，一边唱着《梅花落》。这样的景象即使千年之后，亦令人心动神驰。

结句，诗人带着一种惋惜的口吻说，虽然已经是更深漏长，夜半时分，然而难得“金吾不禁”，就让人尽情欢乐吧。这样的结句言尽而意无穷，余音绕梁。

【名称】华灯侍宴图

【作者】马远

【朝代】宋

【馆藏】台北故宫博物院

【说明】马远有“马一角”之称，取景上善于小中见大，只画一角或半边景物以表现广大空间。这幅画也是如此。画家以俯瞰的视角画出了豪门宴饮场景。但是他并没有将主要笔墨放在描绘宴会场面，而是将重点放在环境渲染上，以界画形式描绘高轩华屋，以透视方法表现屋宇重重、庭院深深；松树枝干遒劲如铁，杂树形态曼妙，似随人起舞。远山峭直，夜空苍茫。再配合室中官员与舞姬的身影，生动地表现出宫中盛宴的景象。画面上方有宋宁宗御制诗一首。

解语花·风销焰蜡[1]

【宋】周邦彦

风销焰蜡，露浥红莲，花市光相射。桂华流瓦，纤云散、耿耿素娥欲下。衣裳淡雅，看楚女纤腰一把。箫鼓喧，人影参差，满路飘香麝。

因念都城放夜，望千门如昼，嬉笑游冶。钿车罗帕，相逢处、自有暗尘随马。年光是也，唯只见旧情衰谢。清漏移，飞盖归来，从舞休歌罢。

饱满感

丰润清艳，缜密典丽，“饱满感”是这首词最大的成功之处，也给予空间设计师很直接的感发启示。“饱满感”可以来源于精致而丰富的细节，来源于主体元素的放大，来源于大背景烘托，当然也可以来源于空间疏密关系的整理和高饱和度色彩的应用。“饱满”的背后是设计的张力。

这首词上片，是词人眼前景象，用词精粹，比拟奇巧，铺陈得力，

① 唐圭璋编，《全宋词》，第608页。

构成了一幅目不暇接的“上元行乐图”。首三句，至为新警。蜡烛在风中加快销蚀，说明已是上元之夜最热闹的时段。“露浥红莲”，其中的“浥”字至为精妙。莲花灯为元宵节常见的花灯，烛火映衬之下，它仿佛沾染了清晨的露水，这让莲花的形象生机勃勃，虚实转换之间，妙趣横生。“花市光相射”，则把灯火辉煌、交相辉映之态表现了出来。“桂华流瓦”一句，别有用意。正月十五，明月高悬，晶光四射，让人想起了月中翩翩的仙子，而为了衬托其形象，词人用了一个与之关系密切的词“桂”，不仅补足画面形色，更增添了氤氲香气。“流”字极美，将月光如水的状态描摹逼真，仿佛清辉可掬。据《东京梦华录》所记：“（相国寺）两廊有诗牌灯云：‘天碧银河欲下来，月华如水照楼台。’”[①]可以与“桂华”一句同看。

接下来，词人写在良辰佳节看灯赏月的女子，“淡雅”二字写其风度，“一把”绘其姿态，遗貌得神，可见这些女子给词人留下了美好的印象。上片结句“箫鼓喧，人影参差”用来烘托气氛，“满路飘香麝”则将视觉转换为嗅觉，让人不禁疑惑，这香气是从仕女的襟袖中还是从满城的“卖鹌鹑骨饳儿、圆子、䭔拍、白肠、水晶鲙、科头细粉、旋炒栗子、银杏、盐豉、汤鸡、段金橘、橄榄、龙眼、荔枝。诸般市合，团团密摆，准备御前索唤”（《东京梦华录》）[②]的食物果品中来。言之不尽，惹人遐思。

词之下片，用“因念”领起，转入对汴京元宵赏月的回忆。“都城放夜”是特定的时间地点。“千门如昼”空灵中有大气象，盛世风华如在眼前，“嬉笑游冶”转入写人，即都中仕女在上元节日总的活动情况，“钿车”三句，写出上元之夜男女之间暗生情愫的状态，自带一段宛转风流。

此后，词人转入了自嗟身世，“衰谢”，既有时光凋零之意，也见心境颓唐。结尾“从舞休歌罢”，表明任凭人们纵情歌舞，尽欢而散，自己却没有这等闲情逸致了。与李清照“不如向、帘儿底下，听人笑语”（《永遇乐·落日熔金》）[③]异曲同工。

① ［宋］孟元老等著，《东京梦华录 都城纪胜 西湖老人繁胜录 梦粱录 武林旧事》，北京：中国商业出版社，1982 年，第 40 页。

② 同上书，第 41 页。

③ 唐圭璋编，《全宋词》，第 931 页。

【名称】阆苑女仙图

【作者】阮郜

【朝代】五代

【馆藏】故宫博物院

【说明】此图为阮郜唯一的传世作品。画家描绘了阆苑仙山中女仙的群体形象。画面中的女仙或拨弦弄乐，或展卷静读，或三两共话，形态各异。远处又有仙女乘鸾驾龙而来，飘飘有凌云之气。画中松柏苍翠，人物端雅秀美，以留白和渲染方式表现云雾，塑造了缥缈神秘的仙境氛围。清人高士奇跋曰："《阆苑女仙图》曾入宣和御府，笔墨深厚，非陈居中、苏汉臣辈所可拟。"

《说文解字》云："动，作也。从力重声。"动，指事物改变原来的位置或状态，如《诗经·豳风·七月》说："五月斯螽动股，六月莎鸡振羽。"后也引申为思想发生改变和情感发生反应。在中国传统文艺理论中，"动"通常被解释为灵活而富有变化。空海《文镜秘府论》中论及"十体"，其中之一为"飞动体"："飞动体者，谓词若飞腾而动是。诗曰：'流波将月去，潮水带星来。'又云：'月光随浪动，山影逐波流。'"[①] 指的就是辞意的飞扬跳脱，变化灵活。明人陆时雍《诗镜总论》云："善道景者，绝去形容，略加点缀，即真相显然，生韵亦流动矣。"[②] 这里的"流动"指的也是富于变化、生动不板滞。南宋高宗赵构《翰墨志》说："昔人论草书，谓张伯英以一笔书之，行断则再连续。蟠屈拿攫，飞动自然，筋骨心手相应，所以率情运用，略无留碍。故誉者云：'应指宣事，如矢发机，霆不暇激，电不及飞。'皆造极而言创始之意也。"[③] 也是着眼于笔势的变化灵动。在中国传统建筑中，"流动"之美也颇受重视，飞檐、回廊等设计，以及空间布局中建筑物的串联时常将"动感"和"节奏感"的呈现作为考量标准。

---

① 遍照金刚撰，《文镜秘府论》，第 52 页。

② 丁福保编，《历代诗话续编》，第 1416 页。

③ 华东师范大学古籍研究整理室编，《历代书法论文选》，第 370 页。

咏风[1]

【唐】王勃

肃肃凉风生，加我林壑清。
驱烟寻涧户，卷雾出山楹。
去来固无迹，动息如有情。
日落山水静，为君起松声。

化无形为有形

化无形为有形会带来有趣的设计效果。日本设计师佐藤大及其 Nendo 工作室设计的“Trace Collection（轨迹系列）”系列家具把橱柜、衣柜等家具在实际使用中的运动轨迹以实体线条表达出来，产生了不可思议的谐趣和灵活百变的使用效果，就是一个例证。

风，有质而无形，生天地之间，无所不至，虽不能见却时有所感，散烟雾，驱灼热，唤起松涛阵阵，故而在诗人心中，是有情之物。全诗正是围绕风之“有情”来铺叙和生发的。

首联，以“肃肃”写风之声。“肃肃”为拟声词，汉乐府《有所思》

① ［清］彭定求等编，《全唐诗》，第 372 页。

中以“秋风肃肃晨风飔，东方须臾高知之”[1]描写风起。因为有风，天地变得凉爽，山林沟壑之间顿生清爽之气。一个“我”加强了全诗主体情感的渗透，仿佛诗人与万物一起感受到了风的清凉，这风有一份“民胞物与”的情怀。次联，继续写风之情态。它驱散烟云，席卷雾气，穿涧过户，送来一个清凉世界。可以将这一句视为对首联的承接。有此两句，铺叙已足。

第三联，诗人由对风的描绘转入对风之品格的赞美，称赞其虽然无迹可求却有深情。“动息”一语双关，既借用葛洪《抱朴子·畅玄》“动息知止，无往不足”[2]之意，形容风慷慨惠施，又隐含出仕与退隐之意。这样一来，风就带有了人格化的意味，仿佛一位兼爱天下的士大夫，无论仕隐，都有对众生的关怀。这一联承前启后，情理兼备。

尾联转换了叙述角度，从体感迁移到声音。日落人静，山水安详，松涛阵阵，让人感受到自然之美。“松”意象常常与高洁隐逸相关联，因而“松声”中也多少带有诗人的自况。

【名称】夏云欲雨图

【作者】刘珏

【朝代】明

【馆藏】故宫博物院

【说明】刘珏山水画颇有王蒙之风，以秀润浑成为特点，但此画却有所不同。画家以厚润之墨色表现山势雄浑，以麻皮皴手法凸显山石苍朴。峰峦深折，林木郁秀，半山之间浓云骤起，有渐渐弥散、蓄势待发之感。墨韵流动，生气丰沛。山间小径上行人步履匆匆，似乎想在大雨到来之前找到避雨之所，更加衬托出“欲雨”的主题。全画苍浑深莽，端凝大气中不失细致灵动，堪称佳构。

① ［宋］郭茂倩编撰，《乐府诗集》，第 200 页。

② ［清］永瑢、纪昀等编纂，《文渊阁四库全书》第 1059 册，第 4 页。

木兰花·乙卯吴兴寒食[①]

【宋】张先

龙头舴艋吴儿竞。笋柱秋千游女并。芳洲拾翠暮忘归，秀野踏青来不定。

行云去后遥山暝。已放笙歌池院静。中庭月色正清明，无数杨花过无影。

动静相映

动中有静、静中有动的理念体现了中国传统哲学的辩证观，这种理念也很充分地体现在空间设计中。例如，在园林设计中借助植物的配置，吸引鸟类，捕捉风雨之声，营造自然声景；借助叠石理水、瀑布泉流等营造人工声景。又如在公共空间设计中，利用灯光明暗调节、色调变化营造不同区域的空间氛围，这些都是为了以动静相映的方式传达特定的情感诉求。

① 唐圭璋编，《全宋词》，第 75 页。

寒食在清明之前一二日，正是江南草长莺飞、花团锦簇的时节。这首词写的正是这个节日欢乐而热闹的赏春游乐图景，地域特征十分鲜明。

词的上片，起句写的就是吴兴青年男女嬉戏的场景：龙舟竞渡，热闹非凡；秋千翻飞，欢声笑语。这样富有画面感的起句渲染了热闹的气氛。仿佛我们耳边有吴声软语伴着锣鼓喧天，眼前是龙舟迅疾、游人如织、彩袖翻飞，场面热烈非凡。次两句，写采花拾翠、郊野踏青的场面，游人兴致勃勃，至暮忘归。这里句句江南春景，人在景中，自得其乐。

上片热烈而喧闹，下片则由动转静，宁和幽美。流云飘散，暮霭渐浓，远山昏暗幽晦，这是一个远景。笙歌已歇，池园清冷，“静”字收拢了所有的寂寥，这是一个近景。远近相映，瞬间天地万象沉默安详。“中庭月色正清明，无数杨花过无影”是这首词最为人称道的两句。月色清朗，光华流动，无数杨花飘浮空中，来无影去无踪。杨花至小至轻，又色白如雪，月光之下很难发现，所以词人称“无影”。那么，“无影”之物词人又是如何发现的呢？显然是因为词人心境恬淡，所以能够敏锐地捕捉到纤细幽微的物象变化。

上下两片，从浓墨重彩过渡到淡笔渲染，词人将江南春日的意趣和乐趣展现得淋漓尽致，让人如在画境。

【名称】龙舟夺标图卷

【作者】佚名

【朝代】元

【馆藏】故宫博物院

【说明】这幅画纯用白描手法表现龙舟竞渡的场面。画面上殿阁林立，楼宇巍峨，舟船纷纭，人物众多。但是因为仅用墨色，所以画面繁而不乱，层次分明，别具明秀通透之感。此画最大的特点是动静结合，通过画面上人物奋力划桨的状态，似可听见风声猎猎，欢声雷动，与静默的湖畔建筑形成对比与衬托，端午的热闹与繁华如在眼前。另外，此画对“龙舟”进行了细致的刻画，此舟硕大无比，龙首活灵活现，颇有谐趣。

静

静，形声字，从青从争。青，初生物之颜色；争，上下两手双向持引，坚持。所以“静”的含义是不受外在滋扰而坚守初生本色、秉持初心。在中国传统文艺理论中，“静”的含义通常指静态和平静安闲。前者如刘熙载《艺概》中论书法云：“正书居静以治动，草书居动以治静。”[①] 梁巘《承晋斋积闻录》说：“智永《千字文》真书，其散者煞有意趣，其紧者圆静平和，若不着力，然此等境界最是难到。”[②] 两句均是指在静态中包蕴变化。后者如皎然《诗式》“静，非如松风不动，林狖未鸣，乃谓意中之静”[③]；许顗《彦周诗话》评晦堂心禅师初退黄龙院诗“深静平实，道眼所了，非世间文士诗僧所能仿佛也”[④]；陆时雍《诗镜总论》“气安而静，材敛而开。张子房破楚椎秦，貌如处子；诸葛孔明陈师对垒，气若书生。以此观其际矣。陶谢诗以性运，不以才使。凡好大好高，好雄好辩，皆才为之累也。善用才者，常留其不尽”[⑤]。这些都强调了创作者心境平和内敛，因而意境深美含蓄。

① 华东师范大学古籍研究整理室编，《历代书法论文选》，第 691 页。

② 卢辅圣主编，《中国书画全书》第 10 册，第 515 页。

③ [清] 何文焕辑，《历代诗话》，第 28 页。

④ 吴文治主编，《宋诗话全编》，南京：江苏古籍出版社，1998 年，第 1395 页。

⑤ 丁福保编，《历代诗话续编》，第 1421 页。

摊破浣溪沙[①]

【五代】李璟

手卷真珠上玉钩，依前春恨锁重楼。风里落花谁是主，思悠悠。

青鸟不传云外信，丁香空结雨中愁。回首绿波三峡暮，接天流。

静观

在一个浮躁的年代，慢下来，停下来，等一等灵魂，听一听内心，这是生活在当下的人们所需要的。在庭院景观设计中，“静观”需求值得设计师给予关注。与园林相比，庭院空间范围小，纵深浅，不能做复杂的造景，但是作为都市人重要的休憩空间，养心习静的需求又比较突出，所以设计师往往采用“轻设计”手法，利用自然材质如石块、砂砾做铺地，体现人与自然的和谐；以植物为空间分割的首选，设置一定的遮蔽空间，给人清净宁和之感；以柔和的采光促进情绪平稳；等等。静观万象，洞见本心。

“伤春悲秋”，词家常见主题；即景抒情，文章惯用技法。然而，从习以为常中发现新意，从熟极而流中自开新径却是李璟这首词最令人

① [清]彭定求等编，《全唐诗》，第5415页。

欣喜的所在。

词的上片，起句平直写来，包含着几层意思："真珠"，指珠帘、卷帘，意在连通室内与室外的空间，更真切地感知物候节序的变化。强调"手卷"，则表明词人是受到内心情感的驱使，主动而为。次句，直抒"春恨"，是对前句的承接与回应。因为春愁弥漫，春恨如水，词人才想直面外界景物变化，以遣幽怀。然而，遣怀终不可得，一个"锁"字便道出了春恨春愁的无所不在，它严密地包裹、缠绕着词人的心灵世界；"重楼"则表示人与自然的隔绝，想要亲近而无法亲近，这不正是一种"困境"吗？

在此时，词人看到落花随风凋零无依，满怀惆怅。"谁是主"这一问中包含着对落花无主的怜惜。"思悠悠"一句，含蓄委婉，词人思落花，也思己身，天地浩茫，仿佛无处可依。中主李璟虽偏踞一国，有人主之名，但每每受到来自后周的压力，国势常危，所以内心隐忧无时不在，故发诸言语，吞吐含蓄之中别有萧索。

下片承上而来，对"春恨"进行了进一步的申说。"青鸟不传云外信，丁香空结雨中愁"为篇中名句。"青鸟"，神话传说中为西王母取食传信的神鸟，后成为信使的代称。此句说，人在远处，连青鸟都不为之传信，可见长路迢迢，归期难待。"丁香结"，也就是丁香的花苞，极似人的愁心，所以常被用来表示愁思的一种情结，将"丁香结"置于雨中，增添了其凄楚之感。现代诗人戴望舒的名篇《雨巷》就化用了这句词的意境。词以景语收结：楚天暮色，波涛连天，此中长恨亦如江水，绵绵不绝。这一句与范仲淹《苏幕遮》"山映斜阳天接水。芳草无情，更在斜阳外"[①]相比虽节候不同，但境界相似。一腔愁思化入连天江水，境界顿开，情绪起伏也有了一个类比参照的对象。

① 唐圭璋编，《全宋词》，第 11 页。

【名称】一梧轩图

【作者】卞文瑜

【朝代】明

【馆藏】故宫博物院

【说明】此画题写“一梧轩”之景致。从轩名可知，梧桐为其重要的表现对象。画面近景中一株梧桐傲然伫立，树干挺拔，枝叶丰茂，形态自然。茅屋之中，一士独坐抚琴，童子侍立其侧，神态专注，似在倾听；屋外仙鹤蹁跹起舞，与乐声相和。画面中流动着一派静谧宁和的气氛。屋后太湖石玲珑剔透，与小桥流水相得益彰，尽显江南雅趣。湖上青萍数点，更添水乡风情。全图笔墨工致，设色清淡，景物虽多却铺排得体，层次分明。

满江红·翠幕深庭[1]

【宋】吴文英

翠幕深庭，露红晚、闲花自发。春不断、亭台成趣，翠阴蒙密。紫燕雏飞帘额静，金鳞影转池心阔。有花香、竹色赋闲情，供吟笔。

闲问字，评风月。时载酒，调冰雪。似初秋入夜，浅凉欺葛。人境不教车马近，醉乡莫放笙歌歇。倩双成、一曲紫云回，红莲折。

层次感

在园林设计中，层次感可以通过“对比”的方法来体现：如采用若干小的物体来衬托一个大的物体，以突出主体，强调重点；运用垂直和水平方向的对比，以丰富园景；采用敞景和聚景的对比，以彼此烘托，通过视线收放实现变化；等等。有层次，则静而深。

词的上片，全用景语，塑造出庭院深静、优雅清闲的意境。起句既是写景之语，又是定调之句。庭院之中，林木苍翠。“露红”指花上有晶莹的露水，晚霞映照，折射出愈加明媚的颜色。庭中花开，在词人眼中，这些花是闲适自在的。这句话“无理而妙”，花开花落自有时，从无忙闲之别，“闲”是词人心境的投射，走笔至此，我们已经充分感受

① 唐圭璋编，《全宋词》，第 2936 页。

到了庭院黄昏之静美。接下来“春不断”三句则是对庭院的进一步描写，春意连绵，亭台楼阁相映成趣，树荫浓密，在地上投下阴影，越加增添了幽谧的氛围。园林之美，不但有静景，更要有动态，不仅有色彩，还需有气息。所以在上片的后半部分，词人写到了檐下燕子翩飞，池中金鳞游泳，以动衬静，将“花香”“竹色”并举，丰富了园景的层次。

上片写景已足，下片以抒情为主。四个三字句一气流贯地写出了友朋之间诗酒唱酬之乐。“问字”，意为切磋文字。“风月”，这里指风景。“闲问字，评风月”是文字之乐。“时载酒，调冰雪”则是饮酒之趣。载酒而来，情怀若冰雪，让人陶然其中。不知不觉中，已到夜深，春寒带着如秋日一般的凉意。“似初秋入夜，浅凉欺葛”是对时光流逝的间接描写，可见词人与朋友在庭院中流连已久。“人境”一韵，化用陶渊明《饮酒》诗“结庐在人境，而无车马喧。问君何能尔，心远地自偏”的意境，词人此时仿佛化身陶渊明，享受宁静闲适的情趣，从精神上得到了自由与解脱。结句，是诗人畅想之外的畅想。“紫云”意指钧天祥云，“红莲”指瑶池莲花。这一句是词人期待进入梦乡后也和唐玄宗一样在梦中听仙女们演奏仙曲，有登仙之乐。全词在如梦如幻的情境中收结，增加了词的俊逸之气。

【名称】清江春晓图

【作者】吴镇

【朝代】元

【馆藏】台北故宫博物院

【说明】此图集中了吴镇山水画中最喜欢表现的对象——山石、林木、渔父。画家以缜密之笔法、清润之风格表现出江南春来山水之美。清江之畔，群峰矗立，近处以淡墨勾勒的山峦温润秀丽，使人感知到山间清和、草木复苏的节候之美。远山以水墨渲染，起伏连绵，余韵不绝。山间水边，树木亭亭，以浓郁之墨色、细致之勾勒表现其生机盎然。画面中部，一叶渔舟顺流而下，徜徉山水，意态闲适，隐隐似有渔歌破空而来，令人神驰。画中屋舍小桥无不以墨线勾勒，工整细致，安闲雅静的江南风情跃然纸上。

《说文解字》云：“含，嗛也。”含，指东西衔在口中，不吐出也不咽下；引申为包含，不显露。在中国传统文艺理论中，“含”是一个重要的概念，表示蕴蓄、不发露。空海《文镜秘府论》有：“含思落句势者，每至落句，常须含思；不得令语尽思穷；或深意堪愁，不可具说。即上句为意语，下句以一景物堪愁，与深意相惬便道。仍须意出成感人始好。”[①] 文章指出句子的意思不可直白表露，要宛转含蓄。欧阳修《六一诗话》记曰：“圣俞尝谓余曰：‘诗家虽率意，而造语亦难。若意新语工，得前人所未道者，斯为善也。必能状难写之景，如在目前，含不尽之意，见于言外，然后为至矣。’”[②] 这里的“含不尽之意”也是指诗句吞吐含蓄，意内言外。张彦远《法书要录》引南朝陶弘景《与梁武帝论书启》“夫以含心之荄，实俟夹钟吐气”[③]，认为书法之道在内心蕴蓄气势，伺机发露生机。

① 遍照金刚撰，《文镜秘府论》，第 42 页。

② 吴文治主编，《宋诗话全编》，第 214 页。

③ 卢辅圣主编，《中国书画全书》第 1 册，第 40 页。

天仙子[1]

【宋】张先

时为嘉禾小倅，以病眠，不赴府会。

水调数声持酒听。午醉醒来愁未醒。送春春去几时回。临晚镜。伤流景。往事后期空记省。

沙上并禽池上暝。云破月来花弄影。重重帘幕密遮灯。风不定。人初静。明日落红应满径。

蓄势

引而不发，欲语还休，吞吐之中有一种蓄势待发的力量。这种力量来源于人们的联想力和期待感，可以说是创作者和接受者共同完型的美。在空间设计中，“蓄势”的做法常常被用于景观设计中的前导空间设计，消解距离，引发兴趣。在心理铺垫的过程中，受众对景观的认知从陌生转化为期待。

这首词的上片以叙事为主。首句写词人不愿赴府中宴会，茕茕独立，

① 唐圭璋编，《全宋词》，第 70 页。

为破除烦闷，饮酒听曲，看似平实，其中包含的信息量却不小。词人并非不喜欢饮酒与歌舞这些宴席上常见的活动，“不赴府会”，更大程度上在于疏离人群，不与非同道者相接，隐隐然，显现出内心的清高。次句点明主题，醉中醒来，意识惝恍迷离，内心尤为纤细敏感，这时候，愁思涌起，令人沉沦其中，所谓“未醒”，是无法摆脱之意。“送春”一句，是顺势而作，为愁思找寻一个落脚点。问何时春归，实际感叹的是年华似水，往事难追。“临晚镜”两句是因伤春之思涌起而产生的对时光流逝的感叹。张先任职秀州时已经年过五十，老境渐近，故有此一叹。上片收梢，用到“记省”，说明“往事”并非泛泛而谈，当有具体情事，但到底是什么，词人不肯明言。这一写法颇类似于李商隐《无题》诗中的婉约含蓄和迷离，其情致也直接追逼义山。在说与不说之间，留下了一大片余地供读者想象。

词的下片即景生情，点染极佳。词人从室内移步庭院，暮春景致映入眼帘。天色已晚，水中禽鸟并卧沙上，画面温馨美好却也容易使人见景而生孤凄之感。漫天云雾突然散去，明月清辉朗照天地，月下花影摇曳，姿态婆娑，这一番景象出乎词人意料之外，也让他心境豁然开朗。“云破月来花弄影”一句，词人以极佳的炼字功夫塑造了深美闳约的意境，令人心动神驰。接下来，词人返回室内，用重重帘幕遮住灯火。何以有此一举呢？因为风过之处，光焰摇摆，会让室内景象复归迷离。夜深了，原本征歌逐舞的人群已经散去，一场风来，庭院中刚刚还在婆娑弄影的花儿恐怕要落红成阵，铺满小径了。结句体现了词人的惜花之心。如果把这一句与上片结句中的“往事”贯连起来看，恐怕惜花之中还有自怜自伤的意味。

【名称】晴沙集影图

【作者】边寿民

【朝代】清

【馆藏】故宫博物院

【说明】边寿民以善画芦雁著称，这幅画是其众多芦雁主题作品中的代表作之一。画面上苇叶墨色浓淡相宜，洗练疏简，静寂清幽。苇丛边的两雁，其一昂首若有所待，羽翼微张，似乎时时可以凌空而起；另一则低头在水边寻寻觅觅，眼神专注，羽翼自然收敛。这反映出画家细致入微的观察，也含蓄地表达了他既渴望闲适自在又不甘蛰伏的复杂心态。

浣溪沙·一曲新词酒一杯[①]

【宋】晏殊

一曲新词酒一杯。去年天气旧亭台。夕阳西下几时回。

无可奈何花落去，似曾相识燕归来。小园香径独徘徊。

富贵气象

晏殊善于写富贵气象，但他的“富贵”不是金玉琳琅，满目华彩，而是一种清正优雅、雍容浑成的风格。这告诉我们，高雅蕴蓄的氛围、精致工巧的细节和典丽和谐的配色都是设计师表现“高贵”的风格时必不可少的手段。过度夸张的造型、极致铺张的装饰、奢靡豪华的材质反而会削弱表达效果。

这首词脍炙人口，其文字之精切、境界之宛转、事理之分明、感叹之深挚令人击节。起句轻灵中不失富贵气象。晏殊举神童出身，为太平宰相多年，诗酒风流，吟咏怡情是其生活常态，亦是其得意之处。所以，他将这种饮酒听曲的生活状态写入词中。“新词”表示出他对流行于世的新声词曲的爱好，边听边饮则写出了词人怡然自得的潇洒情致。只是词人突然想到，去年此时，也曾在这些亭台之间临风听曲。情景依旧，光阴荏苒，似乎一切都没有改变，又或者在潜移默化中改变了什么，物

① 唐圭璋编，《全宋词》，第89页。

是人非的感伤悄然萦绕心头。词人问夕阳何时归来，即便归来，明日之夕阳与眼前之夕阳又是不是同一个呢？这一问带着某种沉潜的理性，可与张若虚《春江花月夜》中“人生代代无穷已，江月年年只相似”作同等观。

转至下片，词人以构对奇巧的一联表达对美好事物终将消逝的感慨。“无可奈何”是生命的常态，花朵凋零，时光流逝，一切都在不经意间发生，无可挽回，无从抗拒；“似曾相识”不过是一种自我安慰，即便“相似”，也并非原来的人与物。读到这里，让人想起刘希夷《代悲白头翁》里的名句：“年年岁岁花相似，岁岁年年人不同。”① 固然，燕有重归之日，花有再盛之时，但所有的“相似”背后都蕴藏着巨大的失落，渗透着无言的惆怅。结句写词人独自徘徊花间伤春惜时之情怀。这首词平易简淡，要眇深宛，借助广为人知的意象和浅显的事理，引发人们对时间的永恒性与生命的有限性的思考。

【名称】春泉小隐图

【作者】周臣

【朝代】明

【馆藏】故宫博物院

【说明】这是画家为其好友裴春泉隐居之所绘制的一幅作品。画面上一间茅屋空阔敞亮，略无长物。主人伏案而卧，神态怡然，归隐之乐于此毕现。门外童子正在洒扫，回头望向室内，似恐惊扰主人清梦。茅屋有长松覆盖其上，愈觉清幽；屋临江而筑，以板桥相连对岸，远处群山起伏，颇有地僻景幽之感。全画章法严谨，用笔纯熟，人物有古意，体现出“院体画”与“文人画”融合的特点。

① ［清］彭定求等编，《全唐诗》，第 483 页。

露，意为显现。《玉篇》云："露，见也。"[①]在中国传统文艺理论中，"露"指物象或情感的显扬，直接表达，是与"含"相对的概念。含蓄之美在深宛要眇，意内言外；发露之美则直指人心，明白直截。传统文艺理论重含蓄，对于发露常有批评，如沈义父《乐府指迷》说："用字不可太露，露则直突而无深长之味。"[②]但是，也并非一概而论。贺贻孙《诗筏》云："及读古诗《十五从军征》篇'兔从狗窦入，雉从梁上飞。中庭生旅谷，井上生旅葵'四句，写景奇。虽'羹饭一时熟，不知贻阿谁'二语，注破太明，不如《东山》之浑妙，但汉末乱离光景，不嫌直露。"[③]这就是一定程度上肯定了"直露"的价值。

---

① ［南朝］顾野王，《玉篇》卷二十，《摛藻堂四库全书荟要》本第5册，第5页。

② 唐圭璋编，《词话丛编》，第277页。

③ 郭绍虞编选、富寿荪校点，《清诗话续编》，第153页。

雨霖铃[①]

【宋】柳永

寒蝉凄切。对长亭晚，骤雨初歇。都门帐饮无绪，留恋处、兰舟催发。执手相看泪眼，竟无语凝噎。念去去、千里烟波，暮霭沉沉楚天阔。

多情自古伤离别。更那堪、冷落清秋节。今宵酒醒何处，杨柳岸、晓风残月。此去经年，应是良辰、好景虚设。便纵有、千种风情，更与何人说。

旧瓶新酒

“旧瓶装新酒”常用以评价针对旧题材写出新主题、新内容的作品。在设计中也是如此。“旧瓶”给人以经典感，满足了受众怀旧的心理，“新酒”让受众产生惊喜感，提升他们的满足度。近年来，对城市老工业建筑或传统民居实施“旧改”的案例层出不穷，其中成功者，就完美地实现了新旧融合，无缝对接，延续历史文脉的同时完成了面向当代的内涵更新。而不成功者，大多问题出在形质分离。

① 唐圭璋编，《全宋词》，第21页。

这首词曲调极美，据郑处诲《明皇杂录》云，安史之乱时，唐玄宗避地蜀中，于栈道雨中闻铃音，起悼念杨贵妃之思，“采其声为《雨霖铃》曲，以寄恨焉”[①]。柳永将其发展为慢词，保留了其声情哀婉的特点，增添了铺叙空间，所以情景备足，展衍得当。

词的上片，起首三句，就是一个典型的“赋别”情境，“寒蝉”既点明时节，又以声音烘托了萧瑟凄迷的背景。离别正当秋日，蝉鸣哀婉，令听者不胜凄楚。接下来，词人在此背景上添加了赋别诗中典型的地点“长亭”，而且是黄昏的长亭，大雨之后，更显萧条。仅此三句读者已能在词人的铺叙点染中充分感受到离别况味之压抑和幽苦。

“都门”三句，承上写景而来，以典型人物心理活动与细节进一步写足离别之苦况。“都门帐饮”典出江淹《别赋》“帐饮东都，送客金谷”[②]，后来成为诗人描写送别的典型场景。柳永在这里也借此描绘与恋人的分别，“无绪”表明他正为分别而心烦意乱，所以不思饮食。正在此时，舟人催促出发，一下子打破了刻意维持的平静，情绪瞬间爆发。词人写出了“执手相看泪眼，竟无语凝噎”这样直白而深情的句子。哽咽之中有不舍，有担忧，有无尽的对重逢的期许。柔肠百转，情丝千结。

接下来，是词人的内心独白。“念”字领起，一气流贯，暮霭深浓，烟波浩渺，千里之外，长天空阔。一腔愁绪无处安放，便只能让它飘散于天地之间，随风而化。

下片则翻出一层意思，打通一己之别恨与人类共有的“伤别”意绪的界限，使之更为浓厚而深长。“多情自古伤离别”，足以媲美江淹《别赋》中“黯然销魂”之句，道出了自古以来人们共通的情感。此后一句，再次强调时令。秋景寥落，适逢其时，更添伤感。“更那堪”三字，凄厉刻骨，动摇人心。“今宵”三句蝉联上句而来，是全篇之警策，词人放舟远去，客心惆怅。午夜梦醒，只见微风吹动杨柳，残月如钩，挂于天际。这其中的滋味并非一个清冷寂寥可以概括。游子飘荡于天地之间，

① ［清］永瑢、纪昀等编纂，《文渊阁四库全书》第 1035 册，第 524 页。

② ［南朝］萧统编，［唐］李善注，《文选》，第 750 页。

无处可依的彷徨与痛苦在词境中能够切实感知。

“此去经年”四句，以抒情为主。相聚之时，良辰好景；离别之后，纵有好风如水、佳期如梦也引不起欣赏的兴致，空生感伤。“此去”二字遥应“念去去”，“经年”与“千里烟波”呼应，在时间与空间上严丝合缝，这是词人的细密之处。结句照应了“虚设”，体现出词人别后的孤寂，也与上片的“无语凝噎”形成对照：别时不忍言，别后无人言，至情至性只能托付文字了。

【名称】京江送别图（局部）

【作者】沈周

【朝代】明

【馆藏】故宫博物院

【说明】这幅画描绘了画家送亲友吴愈赴任叙州的情景。画面作平远式布局，近景柳堤依依，充满离情别绪，众人揖手送别；中景江面辽阔，扁舟一叶，主人公船上拜揖告别；远景层峦叠嶂，透迤连绵。画面中的人物面目刻画简略，动态表现却很精细生动，有充沛的情感流动其间。

醉花阴·薄雾浓云愁永昼[1]

【宋】李清照

薄雾浓云愁永昼。瑞脑消金兽。佳节又重阳，玉枕纱厨。半夜凉初透。

东篱把酒黄昏后。有暗香盈袖。莫道不消魂，帘卷西风，人似黄花瘦。

本色当行

本色是原点，也是纯粹。在设计中充分探索设计对象的自然本源，独立思考，用简洁而恰当的设计语言表现对人的关怀、对生命的尊重，以及与自然生态的友好和谐，不盲从流行，不炫技，不唯规范论，这才是设计师的“本色当行”。

这首词是李清照词中影响力较大的作品之一，作于词人新婚之后。时当重阳，词人遥念负笈远游的丈夫赵明诚，作词以寄，因而词中充满了深闺思妇浓浓的柔情。

词的上片对重阳节的天气特征进行了描写，字里行间充分透露出新婚久别的思恋。起句以一个令人烦闷的天气做铺垫。阴云密布，雾霭氤氲，

① 唐圭璋编，《全宋词》，第929页。

无端让人心情滞重，倍添惆怅。“永昼”一词巧妙地写出了词人内心的烦闷，白天那样漫长，连同云雾一起仿佛永远没有尽头。既然天气不佳，那么回到室内，焚一炉香，姑且在袅袅炉烟之中打发时间。烟气迷蒙，如梦如幻，最适合陪伴闺中之人思念远客。“佳节又重阳”之句，特意重笔提点。重阳节是一个适合团聚的日子，也特别容易思念亲人。“玉枕”两句语带双关，既写入夜之后，孤枕独眠、秋凉如水的实际感受，又透露出词人内心的凄凉之意，与韦庄“想君思我锦衾寒，咫尺画堂深似海”（《浣溪沙·夜夜相思》）[①] 之意相类。

下片写重阳节赏菊饮酒的情景。词人说，黄昏之时，在东篱饮酒，菊香满袖。这本是一个风雅又惬意的情景，然而独自一人，酒入愁肠，形单影只，则不免触景伤情。“暗香”虽多指梅花香气，此处却用指菊花。菊品性高洁傲岸，与梅花一样孤标高格，所以借用也无不可。菊香满袖，是风情之美与人格之美的结合，颇有屈原《悲回风》“惟佳人之独怀兮，折若椒以自处”[②] 之意。末三句是全篇警策所在，晚来风急，西风卷起帘子，令人遍体生寒。词人由此联想到菊花瘦细，经风历霜，饱受摧折，而人悲秋伤别，瘦损腰肢，顿生“人比黄花瘦”之感。一句“消魂”，让人神思动荡，一个“瘦”字道尽相思之苦，定格了凄清寂寥的身影。

【名称】墨菊
【作者】沈周
【朝代】明
【馆藏】台北故宫博物院
【说明】这幅墨菊图很能代表沈周花鸟画的特点。他运用水墨写意法，突出了菊花神清骨秀的特色，摹其神，脱略其形，在画面中融入了幽独高洁的文人意趣，继承了文人画“水墨至上、崇尚简淡”的审美理想。

① ［清］彭定求等编，《全唐诗》，第 5433 页。

② ［清］胡濬源撰，《楚辞新注求确》，第 209 页。

雅

《说文解字》云："楚乌也。一名鸒，一名卑居。秦谓之雅。从隹牙声。"雅，本义是乌鸦，后假借为古代乐器或乐曲名，由此引申为正确的、规范的。孔子《论语·述而》曰："子所雅言：《诗》、《书》、执礼，皆雅言也。"[①]引申指高雅、文雅。在中国传统文艺理论中，以"雅"评价的作品需格调端凝，内容高尚，语言规范，气象清华。空海《文镜秘府论》论诗之"六义"的"雅"这样说："五曰雅。皎曰：'正四方之风谓雅。正有小大，故有大小雅焉。'王云：'雅者，正也。言其雅言典切，为之雅也。'"[②]着眼于格调与内容。沈义父《乐府指迷》称"下字欲其雅，不雅则近乎缠令之体"[③]；杨万里《诚斋诗话》说："本朝制诰表启用四六，自熙丰至今，此文愈甚。有一联用两处古人全语，而雅驯妥贴，如己出者。"[④]两者均是指文字之"雅"。赵构《翰墨志》说："前人多能正书而后草书，盖二法不可不兼有。正则端雅庄重，结密得体，若大臣冠剑，俨立廊庙。草则腾蛟起凤，振迅笔力，颖脱豪举，终不失真。"[⑤]王昱《东庄论画》云："画之妙处不在华滋而在雅健，不在精细而在清逸。盖华滋精细，可以力为，雅健清逸则关乎神韵骨格，不可强也。"[⑥]这些都是立足于"气象"而论。

---

① 吴哲楣主编，《十三经》，第1276页。

② 遍照金刚撰，《文镜秘府论》，第56页。

③ 唐圭璋编，《词话丛编》，第277页。

④ 丁福保编，《历代诗话续编》，第151页。

⑤ 华东师范大学古籍研究整理室编，《历代书法论文选》，第367页。

⑥ 《续修四库全书》编委会编，《续修四库全书》第1067册，第3页。

朝中措·送刘仲原甫出守维扬[①]

【宋】欧阳修

平山阑槛倚晴空。山色有无中。手种堂前垂柳，别来几度春风。

文章太守，挥毫万字，一饮千钟。行乐直须年少，尊前看取衰翁。

场域

“雅”是中国文化中具有代表性的审美理念。在设计中，它表现为一个场域概念，集雅地、雅趣、雅士、雅韵于一体，是一个基于客观关系相互依存的构型。当设计师以此为目标进行产品塑造时，他要考虑到接受者心理图式中“雅”与设计师的认知协同，产品元素中“雅”的传达方式，产品使用和传播环节中“雅”的生存空间，完成心理场和物理场的交互。作为场域的“雅”才具有根性的生长力和延展性。

“平山堂”在扬州城西北五里的大明寺西侧蜀岗中峰上，由于地势高，坐在堂中，南望江南远山，正与堂的栏杆相平，故名之。欧阳修任扬州（今江苏扬州）知州时，常和客人一起清晨就到堂中游玩。嘉祐元年（1056 年）欧阳修挚友刘敞被任命为扬州太守，欧阳修在告别的宴会

① 唐圭璋编，《全宋词》，第 122 页。

上，写了这首《朝中措》相送。

这首词发语给人一种破空直入、高绝凌云之感，“倚”字下得甚为洗练，写出了堂与山齐，背负青天之美，寥寥数字，便道出了平山堂独特的位置优势，为全词定下了豪迈俊爽的基调。次句，写“山色有无”，指词人从平山堂远眺，青山隐隐，江南烟雨中，山色若明若晦，时有变化。这一句深得苏轼之赞许，多年之后，他写《水调歌头·快哉亭作》特意标举：“长记平山堂上，攲枕江南烟雨，渺渺没孤鸿。认得醉翁语，山色有无中。”①

接下来“手种”两句，是词人的回忆。当年他任职扬州时，曾经在堂前种柳，离任之后，每每思及，不胜感慨。“几度春风”一语风流飘逸，虽有深情却不颓唐，器宇轩昂。

下片开头写到了被送之人，北宋著名的经、史学家刘敞。“文章太守，挥毫万字，一饮千钟”对其学问及风度进行概括评价，非知己至交不能道出。结句行云流水，规劝刘敞及时行乐，并且以自己“衰翁”的形象做对比，其中或有牢骚，更多的则是收束不住的梗概之气。

【名称】秀野轩图

【作者】朱德润

【朝代】元

【馆藏】故宫博物院

【说明】“秀野轩”为元代文人读书幽居之处，位于余杭。此画是对秀野轩环境的描写，充满江南山野林泉雅趣。画面中远山起伏，平林疏秀，云霭缥缈，有一小屋傍岸临溪，屋中两人端坐对谈，悠闲自在。笔墨苍润清逸，设色淡雅明净，构图侧重右部，但以淡墨渲染河水，向左侧延伸，略施重墨点染远处群山，使画面富有平衡感。

① 唐圭璋编，《全宋词》，第 279 页。

点绛唇·丁未冬过吴松作[1]

【宋】姜夔

燕雁无心，太湖西畔随云去。数峰清苦。商略黄昏雨。

第四桥边，拟共天随住。今何许。凭阑怀古。残柳参差舞。

‖同理心｜用户研究｜反馈‖

同理心是当代设计中极为受人追捧的概念。“换位思考，将心比心”是最常规的诠释。然而，这还不够。庞大的受众群体对于需求的表述时常存在对立与冲突，设计师的用户研究要避免仅停留在语言沟通层面，而需要在保持客观性的同时从更深层次上挖掘和精准把握目标客户隐性的需求，勾画其心理图式。在同理心驱动下的设计应该是不断进化、调整的，设计师将想法提供给用户，获取反馈，进而达成共情，完善设计。

这首词是姜夔路过晚唐诗人陆龟蒙隐居之地时所作。词的上片，首句点明时间“冬日”，燕雁南飞，正是眼前风光。“无心”则是天真自然之态。词人看到这翩然而飞的燕雁，联想起陆龟蒙和自己的身世：漂泊江湖，居无定所。次句写燕雁随白云飞过太湖之西，这落实了题目中

① 唐圭璋编，《全宋词》，第 2171 页。

的“吴松”，也进一步发挥了“无心”之说，体现出词人风神散朗的一面。“太湖西畔”之句给人烟水浩渺之感，让人情随境转，胸次开阔，体现了白石词“清空”的特质。

“数峰清苦。商略黄昏雨”是景语而兼情语。冬日之山草木凋零，幽岩峻峰尤觉突兀。词人以“清苦”拟之，构想奇谲，既拟出了山形山色，又兼带人情，映衬出人心之愁苦。“商略”，又是异想天开之语，清寒彻骨，雨将至未至，这样的景象越发增添了词境的幽冷。

下片，词人贴合陆龟蒙行迹而写。第四桥所在地是陆龟蒙的故乡，所以姜夔特意将当地景物标出，强化辨识度。“天随”是陆龟蒙的别号，姜夔把它写入词中；陆姜两人有相似的生活经历，词人有“三生定是陆天随”（姜夔《除夜》）之感，所以用“拟共天随住”之语表达了对陆氏的认同。

“今何许”之下三句是全词要紧之处。词人道，今夕何夕，追思往事，吊古伤今，不胜感慨。在此，我们须引用元好问《论诗绝句三十首》中评陆龟蒙的一首：“万古幽人在涧阿，百年孤愤竟如何？无人说与天随子，春草输赢较几多？”[①] 元好问并不把陆龟蒙当成普通的隐士来看，以“万古幽人”称之，将其不平之气视为“百年孤愤”，正是因为他在陆氏的生平与作品中看到了唐帝国的衰亡与诗人狂狷背后的巨大的内心失落。这些，与陆氏声气相通的姜夔同样感受到了。

【名称】雨意

【作者】沈周

【朝代】明

【馆藏】台北故宫博物院

【说明】此画以写意手法画出烟雨迷离之态。远处山间似被雨雾笼罩，迷茫难辨，以深浅墨色点染树木，如在风雨中摇曳。山间茅屋中两位文人共坐对语，颇有李商隐“何当共剪西窗烛，却话巴山夜雨时”的诗境。

① ［金］元好问著，《元好问全集》，太原：山西人民出版社，1990 年，第 339 页。

《说文解字》云："俗，习也。"班固《汉书·地理志》曰："凡民函五常之性，而其刚柔缓急，音声不同，系水土之风气，故谓之风；好恶取舍，动静亡常，随君上之情欲，故谓之俗。"[①] 可见，"俗"的本意是习惯，后引申为平凡、普通、通俗，成为与"雅"相对立的概念。在中国传统诗学理论中，"俗"通常是被批评和拒斥的概念。如魏庆之《诗人玉屑》卷一云："学诗先除五俗：一曰俗体，二曰俗意，三曰俗句，四曰俗字，五曰俗韵。"[②] 吴乔《围炉诗话》卷一说："诗文有雅学，有俗学。雅学大费工力，真实而闇然，见者难识，不便于人事之用。俗学不费工力，虚伪而的然，能悦众目，便于人事之用。世之知诗者难得，故雅学之门，可以罗雀，后鲜继者；俗学之门，箫鼓如雷，衣钵不绝。"[③] 这里均把"俗"视为诗文创作中必须去除的"恶习"，以及阻碍诗学之发展的根源。然而，雅俗之间并非完全对立，俚俗之词应用得当常能"变俗为雅"，带来陌生化的审美体验。如谢榛《四溟诗话》说："诗忌粗俗字，然用之在人，饰以颜色，不失为佳句。譬诸富家厨中，或得野蔬，以五味调和，而味自别，大异贫家矣。绍易君曰：'凡诗有鼠字而无猫字，用则俗矣，子可成一句否？'予应声曰：'猫蹲花砌午。'绍易君曰：'此便脱俗。'"[④]

---

① [汉]班固著，《汉书》卷二十八《地理志》下，北京：中华书局，1999年，第1310页。

② [宋]魏庆之辑，《诗人玉屑》卷一，台北：世界书局，1960年，第12页。

③ 郭绍虞编选，富寿荪校点，《清诗话续编》，第474页。

④ 丁福保编，《历代诗话续编》，第1179页。

思帝乡·春日游[1]

【唐】韦庄

春日游，杏花吹满头。陌上谁家年少，足风流。

妾拟将身嫁与，一生休。纵被无情弃，不能羞。

率性｜超越功能｜无意识设计

“率性”意味着任其本性，把这个理念放入设计，就是做以人的感性和情感为本源的设计。这种设计理念尊重人的本性，重视人的情感，在个体存在感急剧放大的当下，它对应和满足了超越功能层面的精神需求。深泽直人提倡的“无意识设计”就是“率性”的体现。

这首晚唐年间的小令率真朴素，俚俗之中带着不加掩饰的活泼生机。

① ［清］彭定求等编，《全唐诗》，第5432—5433页。

起句“春日游”，平实直白，却令人浮想联翩。春天万物新生，充满希望，

所有的美好蓄势待发，在这样的日子里外出游玩，人在景中，心随物化，青春气息扑面而来。这不禁让人想起明代汤显祖《牡丹亭》中描写杜丽娘游园“袅情丝吹来闲庭院，摇漾春如线”，充满了青春懵懂的气息。

次一句，画面感非常强烈。杏花开于早春，嫣红粉白，绚烂旖旎。纷纷扬扬的杏花瓣落在游春女子的鬓发上，芬芳馥郁，明艳动人，如梦如幻。读者仿佛看到了一个穿行于春林繁花中的精灵，一颦一笑，都透露出春的气息。“吹”字用得十分活泼。这杏花仿佛是个调皮的孩子，故意将花瓣撩到少女头上，鲜活而生动。

前两句写游春少女，着力表现了她的天真、美好、青春无敌；第三句转向了对于情感的描写，一位少年进入了她的视线，虽然陌生，但是却风度翩翩，足以让少女心动神驰。依照韦庄惯用的侧面入手、以虚带实的写法，词中并没有对少年的形貌作具体描写，然而词人的点染十分巧妙。“陌上”，强调了相逢的偶然性，不是花前月下的密约偷期，不是墙头马上的鸳盟早订，只是乍然相逢，电光火石之间，爱情被点亮。这是春光中、青春里才会有的故事。在“足风流”三字里，我们仿佛听到了少女略带羞涩又十分满足的叹息，这少年符合她的理想，读者可以通过意会的方式补足对人物形象的描绘。少女说：“妾拟将身嫁与，一生休。”一个“拟”字，点明这是少女内心的打算。见到了心仪的少年，准备以身相许，这是对爱情最高程度的期待与最大胆的呼唤。“一生休”，分量很重，让读者感受到了她的坚决果断和至情至性。结句，是更大胆的表白，即便以后被少年所遗弃，也不感到羞惭。深情无悔，使人动容。

【名称】升庵簪花图

【作者】陈洪绶

【朝代】明

【馆藏】故宫博物院

【说明】画中描绘的是明代文学家杨慎被流放云南时与众女子簪花踏歌而行的生活景象。所画人物躯干伟岸，衣纹线条细劲清圆，侍女身形纤细，与杨慎形成鲜明对比。画面以一枝枝干遒劲的红枫为背景，既点染了画面色彩，使之富有装饰味，又反映出画中主人公傲岸的人格。

生查子·春山烟欲收[①]

【五代】牛希济

春山烟欲收，天澹稀星小。残月脸边明，别泪临清晓。

语已多，情未了，回首犹重道。记得绿罗裙，处处怜芳草。

色彩联想

色彩联想是指产品、环境、宣传品的色彩引起受众心理反应，推动其联想到相关事物。这是受众的色彩感知力和文化积淀共同作用的产物，可以分为具体联想、抽象联想、自由联想。在设计中，色彩联想的应用非常广泛，如绝对（Absolut）伏特加在透明瓶身上加上蓝色标签，就很容易使人联想起水的纯净和大海的自由宽广，无声诠释了酒的质地和饮酒的体验。

这首小令极美，有南朝乐府的情致。语浅情深，变俗为雅。

词的上片，“春山烟欲收，天澹稀星小”两句铺垫了离别的背景。春山如画，笼盖其上的烟霭渐渐散去；东方将曙，天边的星星逐渐黯淡、隐没，离别即将到来。逐渐变化的晨景，成为词人抒发离愁别绪的底色。

“残月”两句，由景及人。残月西斜，照亮了女子的脸庞，清泪如雨，

① ［清］彭定求等编，《全唐诗》，第5443页。

在晓色之中滚滚而下。因为送别，女子在天还未明时就已起身，她滚落的珠泪融进春日的清晨，让晨曦多了一份灼烫的忧伤。

下片“语已多，情未了”六个字包蕴无限，显然在离别之夜，有情之人已经说了万语千言：是回忆相识的甜蜜？是重温花朝月夕两情缱绻的温柔？是对重逢的期盼？是虽隔天涯却此心不渝的誓言？我们无从得知。然而，两人之间“剪不断，理还乱”的缠绵情丝清晰可感。

末三句，是全词精粹所在。“回首”表明女子已经送走了情人，准备返回室内，这时候她突然想起还有一句话没有交代，于是连忙反身，追了上去。紧接着，她郑重道出一句情痴之语：她希望男子看到芳草连天的景象时，能够回忆起她罗裙的颜色。这一句似是从江总妻《赋庭草》“雨过草芊芊，连云锁南陌。门前君试看，是妾罗裙色”[①]化出，但词人故作反语，愈加含蓄委婉。结尾落实在“芳草”这个与离别关联紧密的意象上，裙色与芳草的绾合，不仅是色彩的类比联想，更牵连起深长的眷恋。长相思，毋相忘。

【名称】葵石蛱蝶图

【作者】戴进

【朝代】明

【馆藏】故宫博物院

【说明】这是一幅工笔设色花鸟画。画面上蜀葵红白相间，两只蝴蝶翩翩而来，一红一蓝，古雅清丽。葵枝线条流畅秀润，葵叶用勾晕结合的手法，很有立体感。作品绘画技法功力深厚，笔墨灵活而变化多端，潇洒俊逸又不失天真醇厚之美，是代表戴进风格的典型作品之一。

① [唐]杜甫著，[清]仇兆鳌注，《杜诗详注》，北京：中华书局，1979年，第889页。

“有”和“无”是中国哲学中的一对概念。“有”是指事物的存在，有“有形、有名、实有”等。老子最早提出有无概念：“天下万物生于有，有生于无。”[①]他认为无比有更根本。但同时，他也认为“天下皆知美之为美，斯恶已；皆知善之为善，斯不善矣。故有无相生，难易相成，长短相较，高下相倾，音声相和，前后相随。”[②]有无并不对立，它们可以相互依存和转化。魏晋时期有与无的关系问题成为哲学争论的热点，出现了王弼的贵无论和裴頠的崇有论，以及郭象的独化论。东晋时僧肇提出非有非无说，强调有与无的统一，对后世产生了一定影响。宋代以降，张载、王夫之等人以气的聚散、显隐说明万物的生灭，对“有生于无”之说提出了挑战。在中国传统文艺理论中谈及有无最受关注的概念是王国维《人间词话》中提出的“有我之境”和“无我之境”。“有我之境，以我观物，故物我皆著我之色彩”，“有我之境，于由动之静时得之”[③]，这是一种将主体情志与意境物象相关联，使之带有鲜明可感、主观想象的表现方式。

---

① 蒋锡昌编著，《老子校诂》，第 269 页。

② 同上书，第 12 页。

③ 唐圭璋编，《词话丛编》，第 4239 页。

临江仙·柳外轻雷池上雨[1]

【宋】欧阳修

柳外轻雷池上雨，雨声滴碎荷声。小楼西角断虹明。阑干倚处，待得月华生。

燕子飞来窥画栋，玉钩垂下帘旌。凉波不动簟纹平。水精双枕，傍有堕钗横。

视觉聚焦

视觉聚焦是使内容元素从视野中浮现出来，成为关注焦点。促使这个焦点形成的原因可以是色彩、形状、明暗和比例，也可以是势能引导。好的聚焦点，能够有效组织起设计信息，使之指向明确的理念传达，同时也能实现“立象尽言”“立言尽意”的目的。

① 唐圭璋编，《全宋词》，第 140 页。

词的首两句，“柳外轻雷”以声音打开画境。夏日杨柳繁密，雷声为柳荫所隔，所以听上去并没有振聋发聩的巨响，反而有似真若幻的幽眇。雨落池塘，涟漪阵阵，扑扑簌簌打湿了荷叶，风的声音变得细碎萧疏。这两句中“轻”和“碎”两字尤佳。“轻”，说明这场雨并非滂沱淋漓，它只是夏日午后的一场急雨，倏忽来去。“碎”则表明时断时续，雨和风交替拨弄荷叶，声音轻柔。

雨停之后，光景如何？一道彩虹垂挂在小楼西面，虹霓绚烂，令人神驰。一个“明”字，光华灼灼。这道虹霓也自然落到了倚阑人的眼中。其实，她站在这里已经很久了，听风听雨，直到月上柳梢。词人并没有交代这个“倚阑人”是谁，但是从灵秀精妙的意境中，读者会自然而然地得出一个结论，这应当是一位细致温婉的佳人。

词的下片，词人工笔细描了一幅美人夏眠图。借用了“燕子”的视角，写出装饰华美的屋子里佳人的情态。“窥”，颇有趣。因为惊鸿一瞥，不及全景，所以只留下了几个别致的细节。“玉钩垂下帘旌”，构成一个半封闭的空间，仿佛所有外在的喧闹都与她无关。“凉波不动簟纹平”，以沁凉的水波比喻竹席的纹路，“不动”和“平”正可见佳人一枕梦酣，静谧安稳。结句，是全词神理独见之处。“水精双枕”，精致华美，正宜衬托佳人之情态，而标明“双枕”，则说明这本不该是独眠之所，那么，何以只有伊人独寝呢？再联想到上片所说的“待月”，我们是不是可以浮想暗生，认为她心有所期。“傍有堕钗横”，是一个视觉聚焦点，钗为女子绾发之用，落于枕边，固然可见其睡梦香沉，钗坠发乱，但是不是也有“岂无膏沐？谁适为容！”（《诗经·卫风·伯兮》）[①] 之隐射呢？词人并不明言，词因之有了“言外之言，味外之味”。

① 程俊英译注，《诗经译注》，上海：上海古籍出版社，1995 年，第 116 页。

【名称】画瀛洲仙侣

【作者】文嘉

【朝代】明

【馆藏】台北故宫博物院

【说明】这幅画体现出吴门画派后期特色。赭石色山体拔地而起，占据画面主体，峭直挺拔。山临河而立，与对岸山石树林呼应。小桥之上，两个行人边走边谈，童子负琴书而来。这画中之人是神仙还是求仙者，我们无法确知，但觉其气定神闲，隐隐有出尘之感。山间云遮雾罩，犹如仙境。画中山石线条轮廓清晰，略用青绿点缀，典雅通透。

山居秋暝[①]

【唐】王维

空山新雨后，天气晚来秋。
明月松间照，清泉石上流。
竹喧归浣女，莲动下渔舟。
随意春芳歇，王孙自可留。

有无相生｜完型｜设计系统

设计的对象是“物”，这是一个“实有”，满足人们功能上的需求；但在后工业时代，对设计的价值判断超越了物化层面，更大程度上表现为对精神需求的满足，这对设计师而言就从探索“有”走向了思考“无”。设计作品通过元素提取、空间凝聚、色彩对峙等手法将设计师的心理体验与文化认同传递给受众，促使受众完成对作品“形”与“意”的二度接受，并且形成反馈，在此基础上设计师进一步实现“物”与“思”的完型，这个“有无相生”的设计系统的建构对保障设计作品的成功有关键意义。

① ［清］彭定求等编，《全唐诗》，第692页。

首联“空山新雨”，让人精神一振，胸次开朗。“空山”并非指山中无人，而是林木繁茂，气势高阔，人迹常常隐于林间。“新雨”洗涤尘埃，草木流翠，雨后清淑之气仿佛可感。时当秋日，黄昏时分，暝色渐起，正是一天之中最惬意的时光。这两句诗，闲闲铺开，让人感知到诗人心境之闲淡。

颔联，“明月”“清泉”声色互映，勾勒出雅洁清华的画境。皓月朗照，松林茂密，月影透过枝叶落满山冈，摇曳变幻之间引人遐思；泉水淙淙，流过石上，声如琴瑟，正可洗濯尘心。这一联虽是景语，洒脱自如中却可见诗人心性高洁，神韵幽淡。颈联是“有无相生”之境的最好表达。起句中写明“空山”，人迹稀少，那么“浣女”何在？原来她们隐身竹林间，只有听到“竹喧”才知道她们结伴归来，欢声笑语一扫山间寂静。新秋荷花犹盛，花叶交叠，渔舟藏在其中，几难辨识，只有荷叶被分开一线，才可见渔舟缓缓而来。浣女和渔舟本有而似无，山间清旷，因声音动静显现出人世之佳趣。

结句，是全诗明心见志所在，诗人反用《楚辞·招隐士》中“王孙兮归来，山中兮不可以久留”[①]之意，说既然已经找到了能远离尘嚣、涵养心性之地，就不愿再走向廊庙，置身仕宦了，从中凸显潇洒出尘的雅士襟怀。

① ［清］胡濬源撰，《楚辞新注求确》，第299页。

【名称】辋川十景图（局部）

【作者】仇英

【朝代】明

【馆藏】辽宁省博物馆

【说明】《辋川十景图》名义上是描绘唐代王维隐居蓝田别墅的诗意，实际上是以明代的园林生活为粉本绘制的长卷。十景独立成章，连缀起来又是一幅完整的画面，是对中国国画形式的创新。全画画法精密，设色清丽，勾勒重彩中兼具皴擦点染，注重笔墨变化。房舍界画精工，人物神态闲雅，体现出深厚的文人趣味。

在中国哲学的观念中，“无”指无形无相的虚无。老子说“有生于无”，庄子把“无”解释为虚无，提出“万物出于无有”，以无为万物的本原。无，在道家观念中代表着宇宙运行的基本规律。王国维在《人间词话》中论境界，以“有我之境”和“无我之境”对举，“无我之境，以物观物，故不知何者为我，何者为物”[1]。“无我之境，人惟于静中得之”属于“优美”，是摒弃了利欲而与外物无利害对立关系时的境界。

① 唐圭璋编，《词话丛编》，第4239页。

题破山寺[1]后禅院[2]

【唐】常建

清晨入古寺，初日照高林。
曲径通幽处，禅房花木深。
山光悦鸟性，潭影空人心。
万籁此俱寂，但余钟磬音。

曲径通幽

“曲径通幽”是中国古典园林的重要构景方式，通过空间的循环反复和位置置换，营造出幽深曲折的意境空间，满足人们“柳暗花明”的心理预期，让园林融入了要眇宜修的诗性美。这是中国审美崇尚含蓄的体现，也是中国哲学“有生于无”观念的表达。在现代景观设计中，这一手法仍然得到了广泛应用。

诗首联叙事，清晨诗人踏着山径进入寺院，这座寺庙的建造时间距离诗人生活的年代已近200年，所以被称为“古寺”，带着清幽肃穆的

---

① 破山寺，即常熟虞山北麓的兴福寺，南齐延兴至中兴年间初名“大悲寺”。梁大同五年（539年）大修并扩建，改名“福寿寺”，因寺在破龙涧旁，故又称“破山寺”。

② ［清］彭定求等编，《全唐诗》，第796页。

气氛。“初日”，点明入寺时间。旭日初升，晶粹耀目，山间树林光影浮动。

颔联是传诵最广的名联。寺中小径通向幽深的后院，禅房掩映在花木丛中，枝叶茂密，生机勃勃。“曲径”写出了寺中道路的曲折，符合寺庙依山而建的特点，同时也说明寺庙的佳处在其深处，值得特意探访。“幽”和“深”体现出了古寺的庄严雍穆。这两句中也隐含了禅机，修行之道不正是经历曲折，豁然开朗后，方能了悟“一花一世界，一叶一菩提”的境界吗?

颈联写寺后之山，日映青山，妩媚多姿，鸟儿自在飞翔；又写水潭清澈，天光云影和自己的身影投射其中，尘心顿息，灵台清明。佛教重视“空性”，诗人对“空”的妙谛会心不远，在这一片清旷忘俗的风景里，心灵平静愉悦。

尾联，以钟磬之声作结。清晨，寺院固然香客未至，游人少见，但是说“万籁此俱寂”，这显然并非实景，而是诗人内心领悟了禅机之后，忘尘远俗，自然息机的心理状态的反映。钟磬之声绵长不绝，这声音更添山寺清幽，也继续唤醒了沉沦红尘的世间儿女。

诗通篇写景，隐逸旨趣包含其中。看似无我之境，而意在其中。

【名称】柳村秋思图

【作者】吴历

【朝代】清

【馆藏】故宫博物院

【说明】这幅画是吴历晚年的代表作。画面主体是近景部分的柳树。柳枝中锋饱满、苍秀滋润，墨色浓淡变化中又见枝叶层层叠叠。秋风吹过，随风摇曳。柳荫之下有隐约可见的小径通向远方。画作采用西洋画透视技法，近大远小，有很强的真实感。

春怨[①]

【唐】刘方平

纱窗日落渐黄昏，金屋无人见泪痕。
寂寞空庭春欲晚，梨花满地不开门。

无中生有

无，意味着无限的可能性，可以包罗万象，无中生有。在视觉设计、品牌设计、空间设计领域，这个概念都受到了很多设计师的认同。“无印良品”注重呈现产品的质地，包装力求简单朴素，使用环保无漂白的纸袋，代表了一种“适合就好”的人文品牌策略和极简审美观，为人们思考人与品牌、产品与品牌之间的关系提供了有趣的视角，被认为是该理念的突出代表。

这是一首宫怨诗，写暮春时节深锁禁庭的女子孤寂无奈之苦。四句环环相扣，互相烘托，让读者沉溺于情感的旋涡，不由自主地生发出超越文本字面意义的联想与感慨。

起句写时间，黄昏日落，暮色透过朦胧的窗纱，屋子里一派岑寂和幽凉。“渐”说明了太阳缓缓落下，光线一点点由明变暗，而能注意到

① ［清］彭定求等编，《全唐诗》，第 1548 页。

这种渐变的，自然是在窗前守候很久的人。这守候，正是因为无处可去，无人可依，只能听任光阴从眼前流逝。

次句，“金屋”点明了诗中人的身份。汉武帝用金屋藏阿娇，然而，恩爱难久，长门永诀，金屋与牢笼又有何异。“无人”应和了前句，正因独居无人才独对纱窗，看日升日落。而“泪痕”则颇费人猜测，这是思乡之泪？怀人之泪？又或者慨叹芳华老去？因为无人，泪才能恣意落下，也因为无人，纵然泪雨零落，又有谁来慰藉？短短七字，百转回肠。

第三句从室内转向室外，屋内无人，已经使人感到孤寂，屋外一样寂静无声，仿佛所有的一切都被世界遗忘。晚春时节，花叶飘零，更令人感到抑郁惆怅。

末句承上而来，诗人特意写“梨花满地”，是因为梨花莹白，零落成泥，令人倍感惋惜。而且梨花与月同色，黄昏之后，月上柳梢，花影迷蒙，这满地“梨花”是落英还是清辉，一时教人惝恍迷离。同时，“梨花”之色又容易使人联想起“白头”，隐含青春永逝之哀，贴合诗境。“不开门”三字意味深长，是因为“金屋”久已无人到访，门内门外一样凄冷，心无所待而不开？是因为自伤老大，无颜面对他人而不开？一切尽在不言中。

【名称】蕉荫仕女图

【作者】文徵明

【朝代】明

【馆藏】台北故宫博物院

【说明】这是文徵明晚年游戏之作。款署："嘉靖己亥（1539 年）春日，偶阅赵松雪芭蕉士女，戏临一过。"画中女子茕茕独立，宝髻微偏，手执纨扇，神态宁和。作为背景的芭蕉精细秀逸。"芭蕉"意象在中国传统诗歌中有"离恨""愁苦"之意，以此映衬，可见佳人幽独。

清

“清”的本义是气体或液体的澄净透明，与“浊”相对，后引申为清净、清洁、清淡、高雅等义。在中国传统美学中有“尚清”之传统。这一理念最早出于道家哲学：道法自然，自然就是质朴清净、绝去雕饰的。而后在融入儒家与佛教思想的基础上，“尚清”在魏晋以后成为士大夫阶层具有代表性的审美追求，论人、论文、论艺，“清”都意味着最高层次的评价。

定风波[1]

【宋】苏轼

三月七日，沙湖道中遇雨，雨具先去，同行皆狼狈，余独不觉，已而遂晴，故作此词。

莫听穿林打叶声。何妨吟啸且徐行。竹杖芒鞋轻胜马。谁怕。一蓑烟雨任平生。

料峭春风吹酒醒。微冷。山头斜照却相迎。回首向来萧瑟处。归去。也无风雨也无晴。

图形双关

双关语在诗词创作中经常被用到，其多元意蕴的表达体现了含蓄和谐趣之美。在视觉设计领域，图形“双关”也有与文字类似的表达效果。它是指一个图形含有两种或更多种意义，当这些意义耦合在一起时，还可以产生多层意义。图形双关是通过最少的图形来传递观念，意蕴深长，诙谐幽默。

① 唐圭璋编，《全宋词》，第288页。

这首词作于苏轼因“乌台诗案”被贬黄州团练副使期间。词人借记春游醉归，道逢大雨，徐行而归的经历，表达出虽处逆境而胸次豁达、昂扬乐观的人格境界。

首句，开门见山，“穿林打叶”说明雨横风狂，“莫听”则表示词人毫不在意，风雨经惯，不萦其心。次句以虚词“何妨”开头，增加了句子的灵动性与口语化。“吟啸”“徐行”体现了词人潇洒的状态，隐含风雨不改其常的傲岸。这两句寥寥数笔，人物神采立现。“竹杖”以下三句，是对前两句的补充和升华。词人竹杖芒鞋，挑战风雨，从容以对。“轻胜马”，是他的心理体验，说明丝毫不因境遇困顿而忧愁。“谁怕”二字，如脱口而出，可以想见此老风骨。“任平生”之句，说明了诗人超然物外的情怀。“乌台诗案”中苏轼被构陷入狱，饱受精神折磨，几近危殆，仍能安之若素，足见其心地光明，性情坦荡。苏轼出狱之后，笑对风雨，行止由心，更反映出心境之豁达。

下片，“料峭春风”三句，写雨过天晴的景象。酒意被寒意驱散，“料峭”两字异军突起，寒气逼人，词人精神为之一振，猛然间发现山上落日仿佛在迎接他的归来。“迎”字的使用增强了词的人情味，反映出词人的内心仁厚而温暖。结句是点睛之笔，词人感悟到自然之阴晴变化与人世之起伏一致，“萧瑟”在所难免却也总会过去，荣辱得失当坦然面对。“也无风雨也无晴”语带双关，既指天气也指词人遭遇的宦海风波。这一句与其《水调歌头·明月几时有》中“人有悲欢离合，月有阴晴圆缺，此事古难全”的感叹相比，虽都体现出词人清醒的头脑和旷达的情怀，但是这句的境界更胜。词人“不以物喜，不以己悲”，历经磨难，越挫越强。

【名称】谪仙玩月图

【作者】谢时臣

【朝代】明

【馆藏】故宫博物院

【说明】这幅画属于人物故事画，隐括唐代诗人李白《把酒问月》（“青天有月来几时，我今停杯一问之：人攀明月不可得，月行却与人相随？”）、《月夜江行寄崔员外宗之》（“登舻美清夜，挂席移轻舟。月随碧山转，水合青天流。”）诸诗诗意，刻画了诗仙李白泛舟江上、把酒对月的情境。画中月色柔和，流水清澈，诗人有半醉之态，树木水草柔和纤细，充满了浓厚的文人情趣。

水调歌头·癸丑中秋[①]

【宋】叶梦得

河汉下平野，香雾卷西风。倚空千嶂横起，银阙正当中。常恨年年此夜，醉倒歌呼谁和，何事偶君同。莫恨岁华晚，容易感梧桐。

揽清影，君试与，问天公。遥知玉斧初斫，重到广寒宫。付与孤光千里，不遣微云点缀，为我洗长空。老去狂犹在，应未笑衰翁。

清居

在中国古代居住文化中，“清居”是一个代表了中国文人居住理想的观念。明人文震亨《长物志》就从多方面表达了对“清”的追求。例如，其中《花木志》在介绍梅时说：“另种数亩，花时坐卧其中，令人神骨俱清。”[②]也就是花木配置时要能体现居住者的道德追求和人格理想，梅花就是这样一种令人身心俱得清雅之感的花卉。《室庐志》说：“混迹廛市，要须门庭雅洁，室庐清靓。亭台具旷士之怀，斋阁有幽人之致。”[③]主张亭台楼阁俱能体现文人幽情雅趣。同时“藏书贵宋刻……纸质匀洁，墨色

① 唐圭璋编，《全宋词》，第 766 页。

② ［清］永瑢、纪昀等编纂，《文渊阁四库全书》第 872 册，第 38 页。

③ 同上书，第 33 页。

清润”。文房四宝，墨“质取其‘轻’，烟取其‘清’，嗅之‘无香’，磨之‘无声’”[①]。如此种种，足见“清”已经成为评价、衡量居住环境、室内装饰、文玩器物的准则，它对现代室内设计、家居设计也有美学层面的借鉴意义。

这是一首中秋词，词人展开了瑰丽奇谲的想象，浩荡之气充溢其中，境界澄澈清朗。

词的起句便有奇思。“河汉”指银河。星光低垂，原野空阔，从杜甫“星垂平野阔”（《旅夜书怀》）之句脱化而出。“香雾”指空气中流动的香气。时当中秋，丹桂飘香，西风过处，香雾缭绕。三、四两句，写月到中天的景象：清光万里，千山朗照，一轮明月挂在天宇，堂皇正大。接着词人的笔触转向了望月之人。“常恨”三句写词人的孤寂，中秋正是团圆之期，然而词人却形单影只。“年年此夜”，可见孤独之深长。“醉倒歌呼”之句隐括苏轼《水调歌头·安石在东海》“我醉歌时君和，醉倒须君扶我”之句，进一步表明词人自斟自饮，无人相伴。这样的境况让词人突发妙想，自己不正和明月一样寂寞无依？这个比拟拉近了词人与明月之间的关系，为月赋予了人情色彩。上片的结句是对时光流逝的感慨，秋气渐盛，花叶凋零。

下片以情驭景，任情使气，豪迈跌宕，万象吞吐。“揽清影”三句分明是苏轼《水调歌头》“起舞弄清影，何似在人间”的概括，一气流贯，化用如己出。“遥知”两句，用吴刚伐桂故事，写出明月光辉流泻人间，无遮无挡，仿佛月宫之中的桂花树已被伐去。其后“付与孤光千里”三句是对前文的展开，“遣”字与“洗”字用得精妙。“遣”仿佛在说“天公”有意珍重清辉，特地不让一丝云彩遮住其皎洁；而“洗”则表示月华如水，玉宇澄清。这一切的美好都是为“我”而设，显然，此“我”已非凡我，

① 同上书，第72页。

而有仙灵之气。结句，词人说“狂犹在”，不因年华老去而改，全词之情归于此“狂”，飘逸之生气，活泼之想象，出于常情之意境，均有了落脚处。

【名称】枫落吴江图轴

【作者】倪瓒

【朝代】元

【馆藏】台北故宫博物院

【说明】此画取材于太湖一带景色，构图采用一河两岸的形式。树、亭前后临水，清旷幽静；浅水遥岭，山石以折带皴，用笔中锋转侧锋，清劲有力；树木精细松秀，简中寓繁。整体画风萧闲疏淡，有超逸之气。

《说文解字》释“浊”云：“浊水。出齐郡厉妫山，东北入钜定。从水蜀声。”可见“浊”原本是河流的名字，后引申为液体浑浊，并且逐渐衍生出混乱、不洁净等含义。在中国传统文艺理论中，“浊”通常代表内容俚俗，文字缺乏高贵雅驯，有市井气。这是一个被贬低的概念。明人赵宧光《寒山帚谈》说：“作字作绘，并有清浊雅俗之殊。出于笔头者清，出于笔根者浊。雅俗随分，端在于此，可不慎择！”[①] 元人杨载《诗法家数》说“诗之戒有十”，其中之一就是戒“秽浊不清新”。[②] 两处均是以浊为卑，激浊扬清者。然而，“浊”亦代表着创作者的一种审美观，元人范梈《木天禁语》引赵松雪与中峰和尚语：“又诗之气象，犹字画然，长短肥瘦，清浊雅俗，皆在人性中流出。”[③] 这说明，对于浊，只要出于诗人情性，还是得到了一定的宽容。

① 卢辅圣主编，《中国书画全书》第 4 册，第 96 页。

② ［清］何文焕辑，《历代诗话》，第 470 页。

③ 同上书，第 483 页。

菩萨蛮·小山重叠金明灭[1]

【唐】温庭筠

小山重叠金明灭，鬓云欲度香腮雪。懒起画蛾眉，弄妆梳洗迟。

照花前后镜，花面交相映。新帖绣罗襦，双双金鹧鸪。

▌多义空间▐

多义空间是指同一空间在不同时段、不同使用场景下满足不同的功能要求，类似于文学作品解读中常说的“一千个读者有一千个哈姆雷特”，因而在设计之初，无论形态、尺度、动线、结构层面都需要有更大的包容性、适应性、应变性和可持续发展性。

这首《菩萨蛮》有六朝宫体之气息。首句“小山重叠金明灭”，争议颇多，有人以为指女子之眉妆或发髻，李冰若先生《栩庄漫记》解为“金碧屏风”，此从其说。屏风，是闺阁之中常用陈设，起到一个不完全隔挡的作用，影影绰绰，别生意趣。屏风之上金碧山水熠熠生辉，暗暗透露出少妇的身份。

次句，写女子之美，蝉鬓如云，香腮胜雪，正是大好年华。词人采

① ［清］彭定求等编，《全唐诗》，第 5427 页。

用以点带面的手法，勾勒出了闺中佳丽的形象。三、四两句，写到晨妆，女子无心妆饰，所以慵懒地画眉，缓慢地梳洗，显得心不在焉。这两句引发了历代评论者诸多的遐想。清人张惠言说：“此感士不遇之作也。……‘照花’四句，《离骚》初服之意。”（《词选》卷一）[①]陈廷焯说：“飞卿词，如‘懒起画蛾眉，弄妆梳洗迟’，无限伤心，溢于言表。”（《白雨斋词话》卷一）[②]那么何以这两句会生发出这么多的感触呢？恐怕是因为这两句看似口语化，略带世俗气，但对女子情态之传递细腻入微，“懒”画眉、梳洗“迟”之中有无限想象，既可解作“岂无膏沐，谁适为容”（《卫风·伯兮》）[③]的深情，也可视为“承恩不在貌，教妾若为容”（杜荀鹤《春宫怨》）[④]的幽愤。典型环境中的典型人物，加上有意味的细节，生成了“形象大于思想”的诠释空间。

下片，“照花”两句与上片结句形成鲜明对比。簪花之时，细致无比，前后双镜罗列，唯恐不够完美，花钿与人面相映成辉，娇美可人，哪里还有半分慵懒。这说明女子已经打起精神来，要以最完美的状态来面对新的一天。或许，自己等待的那个人，今天就会归来呢？结句，词人的笔触转到了女子的衣服，罗襦之上有一对金线绣成的鹧鸪。为什么会以此作结呢？词人显然存了“有余不尽”之意。衣上一双鹧鸪象征着孤寂，也让人联想起往日的缱绻，此时无声胜有声。

---

① 唐圭璋辑，《词话丛编》，第1609页。

② 同上书，第3777页。

③ 程俊英译注，《诗经译注》，第116页

④ [清]彭定求等编，《全唐诗》，第4298页。

【名称】王蜀宫妓图

【作者】唐寅

【朝代】明

【馆藏】故宫博物院

【说明】这幅画俗称“四美图”，采用工笔重彩，描绘了蜀后主宫中四名宫妓，两人正面示人，另两人仅展示婀娜背影。画家以“三白开脸法”对画中仕女面部进行了渲染，增强了面部的立体感，同时注意对仕女眉眼神态和身姿手势的描绘，体现其柔媚的特点。在服饰描绘上，画家用线柔韧有力地展示仕女丝质服装轻柔滑顺的特性；以重彩展现其云霞道服和金莲花冠，增加宫妓的华贵艳美之感，突出其奢华富贵的生活状态。画上有诗人自题：“莲花冠子道人衣，日侍君王宴紫微。花柳不知人已去，年年斗绿与争绯。蜀后主每于宫中裹小巾，命宫妓衣道衣，冠莲花冠，日寻花柳以侍酣宴。蜀之谣已溢耳矣，而主之不挹注之，竟至滥觞。俾后想摇头之令，不无扼腕。”足见此画有借古讽今之意。

西江月·凤额绣帘高卷[①]

【宋】柳永

凤额绣帘高卷，兽环朱户频摇。两竿红日上花梢。春睡厌厌难觉。

好梦狂随飞絮，闲愁浓胜香醪。不成雨暮与云朝。又是韶光过了。

接地气

近于人情的设计代表了设计师注重对日常美的发掘和表现，善于从民俗文化、民间艺术中提取设计元素，重视普通受众的文化理解力和审美力的态度，呈现出“接地气”的风格。设计师并非媚俗或者缺乏主体性，而是对本土真实生活状态和需求有较强的洞察力。

这首词将女子的一场春梦点染得摇曳生姿。上片首两句是环境描写。“凤额绣帘”“兽环朱户”透露出居所之精美，“高卷”与“频摇”则暗指应该是晨起的时候了。帘栊高卷，门外行人来去，步履匆忙，让门上的兽环也不停摇动。三、四两句直点春睡，“两竿红日”，时近中午，已经不

① 唐圭璋编，《全宋词》，第 16 页。

是适合睡觉的时间，但是女主人公依然春睡未醒。词人特地用了“厌厌”，表示女子精神不振，显然，这场“春睡”别有缘故。词人留下一个伏笔。

词的下片，起句便是解谜。“好梦狂随飞絮”，这六个字无一字无深意。“好梦”显然是指这一场春梦中女子的心愿得偿，所以潜意识中，她并不想很快醒来，以免面对现实与梦境的落差。“狂随”是指梦中的情态，现实中的束缚与规矩都被打破。“飞絮”则指梦境飘忽，不问时空，只问情深，俨然是晏几道“梦魂惯得无拘检，又踏杨花过谢桥”（《鹧鸪天·小令尊前见玉箫》）[①]的情致。后两句，以“闲愁”与“香醪”相比，显然是说，梦醒之后，好景虚设，只有浓厚的愁思相伴，形成巨大的落差。末两句，写得大胆直白。“雨暮与云朝”，出自战国楚·宋玉《高唐赋》中巫山神女：“妾在巫山之阳，高丘之阻，旦为朝云，暮为行雨。朝朝暮暮，阳台之下。”后人以此写男女欢好之情。女主人公感叹，春梦已逝，游子不归，辜负青春时光，词在一声叹息中收结。

全词语言口语化成分较重，贴近市民阶层的审美习惯，表现出“浊俗”的特质。

【名称】复庄忏绮图像

【作者】费丹旭

【朝代】清

【馆藏】故宫博物院

【说明】这幅画是画家应姚燮之请所画。画面上端坐蒲团者为姚燮，身边围绕十二名佳丽，或理书，或抱剑，或执琴，或罗列伺候，画名中的“忏绮”，意味着姚燮对往日倚红偎翠的生活有忏悔之意，所以画面上的他任佳人环列而端坐深沉，以表达自己禅心稳固。佳人体态娟秀纤细，线条流畅，体现出了画家很好的人物造型能力。

① 唐圭璋编，《全宋词》，第 226 页。

《周礼·地官》“遂人”说：“遂人掌邦之野。以土地之图经田野，造县鄙，形体之法。”[①] 这证明在当时就有明确边际的地理划界概念。晋人潘岳《为贾谧作赠陆机》诗云：“芒芒九有，区域以分。”[②] “区域”是一个地理名词，它也是人为了适应具体的自然环境和社会环境而创造的。在一个特定区域，人们在语言、行为方式、思想以及价值观等方面，都会带有某些共性。对于一个区域的文化形成而言，地域是其基础，不同的地理环境会对其产生不同的影响；生活方式为其表象，不同的区域塑造不同品位的人，不同品位的人创造出有着“质”的差异的生产方式与生活方式。以景物为载体，具有代表性特征的自然景观与人文景观构成了人们认知区域的切入点。探讨“区域”，就是通过对“器”（有形之物）的“索”（探索研究的过程），达到悟出“道”（变化发展法则）的目的。

① 吴哲楣主编，《十三经》，第 251 页。

② ［南朝］萧统选，［唐］李善注，《文选》卷二十四，香港：商务印书馆香港分馆，1936 年，第 531 页。

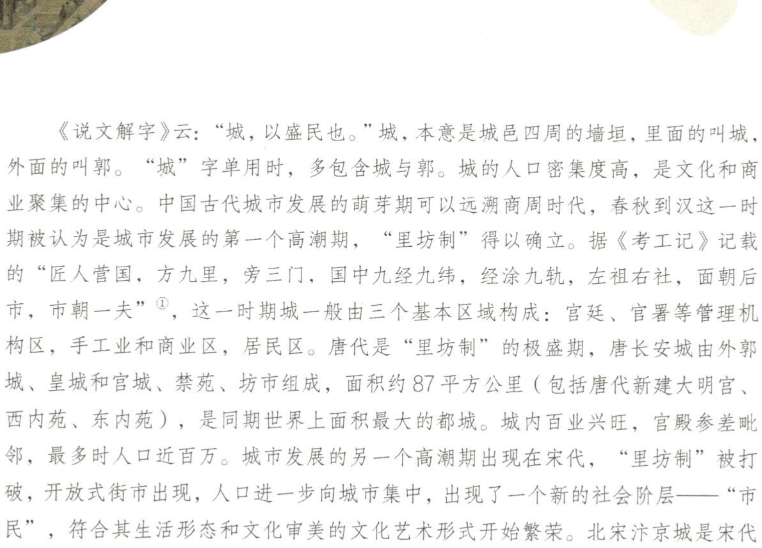

《说文解字》云：“城，以盛民也。”城，本意是城邑四周的墙垣，里面的叫城，外面的叫郭。“城”字单用时，多包含城与郭。城的人口密集度高，是文化和商业聚集的中心。中国古代城市发展的萌芽期可以远溯商周时代，春秋到汉这一时期被认为是城市发展的第一个高潮期，“里坊制”得以确立。据《考工记》记载的“匠人营国，方九里，旁三门，国中九经九纬，经涂九轨，左祖右社，面朝后市，市朝一夫”①，这一时期城一般由三个基本区域构成：宫廷、官署等管理机构区，手工业和商业区，居民区。唐代是“里坊制”的极盛期，唐长安城由外郭城、皇城和宫城、禁苑、坊市组成，面积约87平方公里（包括唐代新建大明宫、西内苑、东内苑），是同期世界上面积最大的都城。城内百业兴旺，宫殿参差毗邻，最多时人口近百万。城市发展的另一个高潮期出现在宋代，“里坊制”被打破，开放式街市出现，人口进一步向城市集中，出现了一个新的社会阶层——“市民”，符合其生活形态和文化审美的文化艺术形式开始繁荣。北宋汴京城是宋代城市发展的典范，分内外三重，即外城、里城和宫城。外城的周长超过了25公里，鼎盛时期人口达到了150万，城市繁华，夜生活丰富。宋代以后，中国古代城市的格局基本奠定。

① 吴哲楣主编，《十三经》，第30页。

虞美人·辰州[①]上元[②]

【宋】王庭珪

城东楼阁连云起。冠绝辰州市。莲灯初发万枝红。也似江南风景、半天中。

花衢柳陌时年时静。划地今年盛。棚前箫鼓闹如雷。添个辰溪女子、舞三台。

节庆｜地域特色｜城市记忆

节庆活动对于城市形象的确立和城市文化精神的传达有积极意义。通过具有地域特色和文化辨识度的节庆公共活动设计，能够凝聚起公众对城市公共场域的关注热情，牵引出其对城市历史的集体记忆，让“城”与“人”建立紧密与温暖的联系。

词写辰州上元佳节景象，虽是小城风光，也颇热闹繁盛。上片首句，词人描绘了辰州城楼阁高耸入云的景象；次句直说“冠绝”，说明城东是城里最繁华热闹的地方，也是上元佳节活动的主要区域。“莲灯”三句，应和上元放灯的节俗。万盏莲灯点亮，晶彩辉煌的光芒照彻了夜色。莲花在佛教文化中具有特殊的意义，是极为圣洁高贵的花卉，因而莲灯

① 辰州辖境相当于今湖南沅陵以南的沅江流域以西地。

② 唐圭璋编，《全宋词》，第 821 页。

特别受人喜爱。而这灯也让词人想到了江南荷花盛开的盛景，只不过辰州的莲花开在了“半天中”。这几句是很有意味的。宋室南渡以来，江南成为国家政治文化中心，都城临安更是江南最风流富庶之地，每至夏日，城中佳景之一便是莲叶接天，荷花映日。词人被贬住辰州，江南虽遥，无日忘之，今夜看到这莲灯灼灼，更起江南之思。句虽平淡，情在其中。

下片，更有“烈火烹油”之胜。“花衢柳陌”指瓦肆勾栏聚集的热闹街巷，人流聚集，热闹繁华。词人用了一个富有画面感的场景作结：锦绣彩旗搭出山棚，箫鼓喧腾，乐声震天，有如雷鸣。在这震耳欲聋的音乐声中，一个本地女子应和着“三台”的曲调翩翩起舞。“舞三台”一词，颇有意思。唐教坊曲中有大曲《三台》，这个词在禅宗的话语中又比喻进退由心的自在境界。词人用此双关之意，固然体现了对这位“辰溪女子”舞姿挥洒自如的褒扬，其中也暗含着他自己虽处于困顿之境，内心依旧从容淡定，行止进退不改其常的生活态度。

【名称】十二月令图——正月

【作者】佚名（画院集体创作）

【朝代】清

【馆藏】台北故宫博物院

【说明】这幅画是《十二月令图》中的一幅，这套画是清乾隆初年宫廷画家合作完成的。此幅表现的是正月十五闹元宵的夜景。因为是“月令”，所以画面中既有应时的花卉，如梅花，又有重要的节俗活动，元宵赏灯燃放焰火，儿童在灯架下嬉戏。画面场景丰富，物象描写细腻，以西洋透视法绘制庭园景致，画面有很强的真实感。

减字木兰花·春词[1]

【宋】韦骧

帝城春媚。绿柳参天花照地。共乐升平。处处楼台歌板声。

香轮玉镫。驰骤芳郊争选胜。妙舞轻讴。扰乱春风卒未休。

城市品牌｜生命体｜城市历史

如何避免城市面目千篇一律？一个有效的解决方式就是挖掘城市文脉，寻找城市独有的文化和生活方式，在此基础上建构和传播具有向心力和高识别度的城市品牌。同时，在营造城市公共空间时，把城市作为独立生命体，尊重地域特有的生活形态，立足城市历史，方能真正面向未来。

北宋汴京的盛世繁华可通过《东京梦华录》《梦粱录》一窥堂奥，更可借助《清明上河图》一览无余。这首小令虽不及前述的鸿篇巨制，但胜在轻快活泼，很能从中品味汴京城市生活的乐趣与人物之风流。

词的上片，起句“帝城春媚”，连缀极妙。“帝城”，自带一派庄严与繁华气息，令人联想九重宫阙，万国衣冠，车水马龙，珠围翠绕。春日来时，花团锦簇是题中应有之意，然而，用一“媚”字，却显现出

① 唐圭璋编，《全宋词》，第219页。

了另类格调。词人显然并不注重揄扬帝城的隆盛，而是渲染其风流妩媚的气息，这正是汴京让人依恋之处。那么这个“媚”落脚在何处呢？绿柳婆娑，繁花照眼，一派花团锦簇，生机盎然，足以让人心旷神怡；从公侯府邸的欢宴之乐到市井瓦肆的拍按歌檀，在这个城市中，仿佛处处可以听到音乐之声。

上片写城中之乐，下片起句过渡到城郊春游。“香轮玉镫”写车马之华美，“驰骤”则让人眼前出现了一群鲜衣怒马的少年，意气扬扬，争先恐后地奔向郊外欣赏风景。而他们自身何尝不是另一道风景呢？这种快乐昂扬的生命状态也正是盛世大城所孕育的。《东京梦华录》记载汴京人探春之乐：“次第春容满野，暖律暄晴，万花争出，粉墙细柳，斜笼绮陌，香轮暖辗，芳草如茵，骏骑骄嘶，杏花如绣，莺啼芳树，燕舞晴空，红妆按乐于宝榭层楼，白面行歌近画桥流水，举目则秋千巧笑，触处则蹴鞠疏狂，寻芳选胜，花絮时坠，金樽折翠簪红，蜂蝶暗随归骑。”[①]与此句相参照，虽简繁有别，境界则一。词的上片写到了音乐，下片便以舞蹈相应和，清歌妙舞、彩袖飞扬。“扰乱春风”别具生趣，仔细想来，春风和煦，催开百花；舞袖曼妙，仙姿宛转之态也确实只有春风可以与之相比，甚至比春风更为摇荡人心。词在此处戛然而止，而读者沉浸于如诗如画、如梦如幻的都城春色里，久久不能自拔。

这首小令让我们对汴京春日胜景产生了鲜明生动的印象，也感受到了城市的欢愉，可被视为一部微缩版的“东京生活志”。

---

① ［宋］孟元老等著，《东京梦华录 都城纪胜 西湖老人繁胜录 梦粱录 武林旧事》卷六，第 42 页。

【名称】文会图

【作者】赵佶

【朝代】宋

【馆藏】台北故宫博物院

【说明】此画描绘的是北宋文人雅士品茗雅集的一个场景。聚会场所是汴京城内的一个园林。园中风景佳秀，曲池波清，树影婆娑。树下设一黑漆大几，九位文士围绕四周，或立或坐，或把盏或低语，神情自然闲适。另有两位文士正在竹边寒暄，拱手揖让，神态亲和。大案前设小桌、茶床，小桌上放置酒樽、菜肴等物。一童子正在桌边忙碌，装点食盘；另一童子手提汤瓶，意在点茶；还有一童子手持长柄茶杓，正在将点好的茶汤从茶瓯中盛入茶盏。茶床旁设有茶炉、茶箱等物，炉上放置茶瓶，正在煎水。有一青衣小童执盏而饮，仿佛在试茶。画面人物形象生动，画中的器物描绘细致，可以作为研究宋代茶文化的资料。

乡

作为行政区划，"乡"的规模历代各有不同。《周礼·地官》"大司徒"说："五州为乡。"[①]《广雅》曰："十邑为乡，是三千六百家为一乡。"[②]唐宋以后，乡一般指县以下的行政区划。乡属于城以外的区域，但又与村不同，并非自然人口聚集形成的，与土地之间的联系也并没有那么紧密。乡的文化，更多代表的是在野气质和民间气息。

① 吴哲楣主编，《十三经》，第243页。

② ［清］王念孙著，陈雄根标点，《广雅疏证》，香港：中文大学出版社，1978年，第1128页。

春半与群公同游元处士别业[1]

【唐】岑参

郭南处士宅，门外罗群峰。
胜概忽相引，春华今正浓。
山厨竹里爨，野碓藤间舂。
对酒云数片，卷帘花万重。
岩泉嗟到晚，州县欲归慵。
草色带朝雨，滩声兼夜钟。
爱兹清俗虑，何事老尘容。
况有林下约，转怀方外踪。

‖ 仕隐之间 | 动静得宜 | 小憩 ‖

仕隐之间，进退有据。当心灵困倦时，有一处可以小憩。深山幽谷、世外桃源对大多数人而言是可望而不可即的梦境，因为我们的肉身终究有太多现实的羁绊与牵挂。那么就在城乡之间，山岭之侧，绿水之滨觅一方家园，看鱼跃鸢飞、花树争鲜，听虫吟蝉唱、竹韵松涛；享受“恰如其分”的安详和“不过不失”的疏离，动静得宜，这也是别墅设计和民宿设计应有的思路吧。

① ［清］彭定求等编，《全唐诗》，第 1114 页。

这是一首春游诗，唐人所谓之“别业”一般指在家宅以外，地处城郊，以园林为特色的居所。这首诗正是借对元氏别业景色的铺陈和赞美抒发诗人对隐逸生活的向往。

诗的前四句，采用平铺直叙的手法，对别业的位置和游览的起因进行了大致描述：别业位于城南，门外群峰罗列。诗人因为受到山水风光的吸引，趁着春光正好，前去一游。这几句话告诉我们，对于“别业”，唐人营建的思路一般是位于离城市不远的依山傍水、风景佳秀之处，这样既便于主人及其朋友趁兴游赏，得山水田园之乐，也不过于隔绝城市的便利。

第五到第八句，写的是别业所见及游乐之趣。诗人说，在竹林间野炊，藤蔓之间放着舂米的石碓。喝着酒，眼前白云悠悠；卷上帘栊，门外花团锦簇。这样的体验让人身心舒畅安适，也颇有田园气息。然而，仔细品味，会发现这种“田园野趣”的背后实则是“文人雅趣”。春日正是农蚕忙季，真正的田家并无在此时安闲游乐的兴致，何况我们从诗句中可以发现别业的种种，如竹林炊烟、藤间石碓、饮酒之境、赏花之所都是经过细致安排的，由此，主客得以在野而不俗的环境中享受怡然自得之乐。

第九到第十二句描述了诗人流连不舍之心。天色渐晚，面对青山鸣泉，诗人却无心归去。“慵”字写出了他厌倦喧嚣、不肯归去的心态。在诗人看来，能够在这别业中消磨时光，看山间清晨的雨丝打湿葱茏碧草，听傍晚河滩的潮水声中夹带着远寺钟声，就这样从容而清净地度过时光就是自己向往的。

最后四句直抒胸臆。诗人说，这个地方能够让人清除世俗之念，那么为什么还要留在人群聚集的地方，让世事尘心令我疲惫憔悴呢？有了这样的隐逸之所，令人想念飘然出世的生活。这是诗人游览之后的感触。对于盛唐诗人而言，建功立业固然是其追求，但心灵安闲也是他们向往的境界。因此，乡之别业多少为他们提供了一个仕隐之间过渡的空间。

【名称】云溪草堂图

【作者】王翚

【朝代】清

【馆藏】台北故宫博物院

【说明】此画一派乡间风光，十分动人。画面上杨柳依依，竹篱茅舍，清江蜿蜒，用笔甚工。以青绿设色，山石树法清润秀雅，风格清逸秀丽。

辋川闲居赠裴秀才迪[①]

【唐】王维

寒山转苍翠，秋水日潺湲。
倚杖柴门外，临风听暮蝉。
渡头余落日，墟里上孤烟。
复值接舆醉，狂歌五柳前。

‖ 乡村设计 | 乡恋 | 人情 ‖

在我们的“乡恋”情结之中，有着对乡间紧密而接地气的人际交往的牵挂，有对因“人情”而散发出来的独特生活情态的记忆，有对人与风景独特交互形式的向往，这一切在我们的特色乡村设计中都应该得到尊重和传达。乡居之乐在于山水田园，更在于人情之美。

辋川，位于蓝田之南，青山逶迤，峰峦叠嶂，奇花野藤遍布幽谷，瀑布溪流随处可见。因诸水在此会合如车辋环凑，故名之。王维在此营建别业，留下了许多与之有关的作品。这首诗就是其中诗情画意相融合的一首。

① ［清］彭定求等编，《全唐诗》，第687页。

首联写山中秋色。秋日之山，仿佛人之中年，青葱已尽，颜色越来越深邃而苍劲；流水潺潺，仿佛陪伴着秋山老去。这一联中“转”与“潺湲”用得很妙。“转”，写出了山的颜色逐渐变化，这说明秋越来越深，也间接写出了诗人日日看山，对物色的变化了然于心。“潺湲”是一个动态与声音兼具的词，水流缓慢流过山石，淙淙之声似在耳边。山之静，水之动，相映成趣。

颈联从陶潜“暧暧远人村，依依墟里烟”（《归田园居之一》）[①]脱化而来，但是又有不同。陶诗颇有宛转缱绻旨趣，而本诗作者则深得画面裁剪之妙。“渡头”在水边，黄昏之时，人静舟闲，落日如血，缓缓而下，水波轻缓，在相接的一瞬，余晖映着波光，静美绚烂；当此时，村落之中炊烟袅袅，直上云天，烟气迷离了暮色，渲染出带着温暖人情的画面。这一句是全诗最为人熟知和称道之处，曹雪芹在《红楼梦》中借香菱之口说出了这样一番议论：“还有‘渡头余落日，墟里上孤烟’：这‘余’字和‘上’字，难为他怎么想来！我们那年上京来，那日下晚便湾住船，岸上又没有人，只有几棵树，远远的几家人家做晚饭，那个烟竟是碧青，连云直上。谁知我昨日晚上读了这两句，倒像我又到了那个地方去了。”可见诗人镂刻之精，裁剪之工。

诗的首联与颈联已经点染出一幅秋山静观图的背景和底色，颔联则是对画面中人物的勾描。“倚杖柴门外，临风听暮蝉”，只数笔，就描绘出一个隐居者的形象。“倚杖”并不一定表示年事已高，而是表达出诗人安闲自在的状态，“柴门”当然指隐居之所，有田园气息。

诗的结句，诗人以醉酒狂歌的裴迪与楚狂接舆相比，以陶渊明自况，道出了他和朋友之间的亲近。与安闲的诗人相比，裴迪显然更加活泼而疏狂，他的歌声也让静谧的秋山增添了几分生机。这样一动一静的人物刻画与风景的动静变化又形成了绝妙的映射。

---

① ［东晋］陶潜著、郭维森、包景诚译注，《陶渊明集全译》，第53页。

【名称】山居图

【作者】钱选

【朝代】元

【馆藏】故宫博物院

【说明】此画描绘青山绿水明净秀雅之风光。画面中部碧峰挺秀，嘉木繁荫。山下竹篱村舍，一犬卧于门外；门前水岸波平，一叶扁舟缓缓而来；左侧有小桥相连，一人一马悠然走过；远处烟水弥漫，山岭起伏平缓。全画以工笔绘就，山石空勾无皴，画树勾勒后填青绿色，山脚施以金粉，浓重中见明净，有古朴韵致。

村

作为区域之名的村是指乡下聚居的地方，处于区域政治经济文化的边缘地位。在唐代，“村”完成了由民间性质向官方组织的演变进程，“村”的概念及分布范围之限定已经法律化。在村坊制度下，户令明确规定“村”为野外聚落之统称。根据这个规定，村的大小没有家户数的限制，大小村之间也没有性质的区别，只要有人家居住的田野聚落概可称为村。但是一般十户以下不称“村”。村最大的特点是居民直面农业生产，无论社会组织形式、生产生活方式、文化构成，均带有鲜明的农耕文明特点。

社日村居[1]

【唐】王驾

鹅湖山下稻粱肥，豚栅鸡栖半掩扉。
桑柘影斜春社散，家家扶得醉人归。

‖ 民俗精神 | 设计创新 | 形神兼具 ‖

将民俗文化融于设计中，使用传统纹样、传统节俗标签进行设计创新已经是一个被广泛接受的设计手法。然而，“民俗”在设计中的价值不仅限于其物化层面，更在于发挥民间艺术和传统造物智慧中包含的中国审美思维和文化哲学精神，使之与现代创新设计手法相结合，才能真正将民俗融入设计的血脉，形神兼具。

这是一幅充满欢乐气氛的村居风俗图卷，描绘了春社之日生活丰足的村民快乐的状态。社日是古代祭祀土地神的日子，分为春社和秋社。在社日到来时，民众进行各种类型的表演并集体欢宴，不但表达他们对减少自然灾害、获得丰收的良好祈愿，同时也借以开展娱乐。这首诗写的就是春社之日乡村所见。

首句“鹅湖山下稻粱肥”，展现了农村特有的五谷丰登、欢快喜庆

① ［清］沈德潜选注，《唐诗别裁》，上海：上海古籍出版社，1979 年，第 692 页。

景象。鹅湖在今江西铅山县境内，铅山多丘陵，水源充沛，素为鱼米之乡。春社在仲春时节举行，这个时节庄稼逐渐成熟，丰收在望，一个“肥”字写出了稻米灌浆饱满的状态。

次句，足以打动每一个有农村生活经验或者向往这种生活的读者。肥猪满圈，鸡栖于埘，这是农家丰足的象征。“半掩扉”则是说主人不在家，门却没有关紧，半开半闭，可见村中生活平和、安宁，民风淳朴，所以外出可以“不闭户”。同时，这个细节也预埋了一个伏笔，村民都去哪里了呢？

诗的后两句点到了“社日”这一正题。诗人从侧面入手，选取了黄昏日落之时，“桑柘影斜”，人们逐渐散去的场景来写。热闹过后，随处可见酒醉的村民被家人扶着回去，这是一个非常灵动的写法。桑柘为南方常见树种，提到树名，一方面表达了这个村子不仅种植、养殖业发展良好，蚕桑业也很发达，继续加强人们对村子的好感；另一方面，桑柘是这个村社的“社树”。黄昏人群方散，家家有“醉人”虽略带夸张，但让人感受到了村民的兴高采烈。虽然诗人没有描述社日活动的热闹，但凭这一细节，我们就可以想象到整个活动的欢乐，以及村民对即将到来的收获季节的期待。

【名称】谷口春耕图

【作者】王蒙

【朝代】元

【馆藏】台北故宫博物院

【说明】这是王蒙仿董源之作，墨韵淡雅醇厚，意境内敛，笔法含蓄。画中山势高峻，坡石自上而下连至谷口，有田畴人家，竹树环绕，别有生趣。室中空无一人，可以想象主人已经外出劳作。稻田整齐，尽显耕种之勤。

浣溪沙[①]·麻叶层层苘叶光

【宋】苏轼

麻叶层层苘叶光，谁家煮茧一村香。隔篱娇语络丝娘。

垂白杖藜抬醉眼，捋青捣𪎊软饥肠。问言豆叶几时黄。

乡村活力 | 良性互动 | 新农村

鲜明的乡土色彩来源于有代表性的农作物和生产、生活片段，给人一种朴实健康之感。乡村不是文人心目中的“世外桃源”，而是真实的、充满生机与活力的聚居地。在“新农村”改造与设计的过程中，设计师不应忽略乡村真正的生命力源泉，要重视农村的生态环境保护，尊重长期以来形成的人与自然的关系，在探寻历史、敬畏自然的基础上实现人景良性互动的共存空间。

这首词紧扣本地风物，借助典型的农事活动，用白描手法逼真地勾画出徐州城东乡村夏日的风光。词的上片三句可谓有声有色有味，调动了读者多样化的感官体验，描绘了乡村立体图景。麻叶层层叠叠，苘叶滋润，光泽如新。麻是重要的经济作物，可供纺织，生长如此茂盛，正是丰收之象。夏初，蚕已结茧，蚕妇煮茧缫丝忙碌不堪，空气中飘散着

① 唐圭璋编，《全宋词》，第 316 页。

煮茧的气味，在满怀欣悦的词人的感知中，这个气味是“香”的、令人陶醉的。“络丝娘”本是昆虫的名字，在第三句中词人取之以称“蚕妇”，颇为俏皮。而“娇语”更是写出了这些女子青春活泼的情致，令人不禁想象素白柔软的长丝在这些娇媚的谈笑声中被取出，会不会也带上了欢乐的气息？

下片三句是从人物入手，用特写手法展示了村民对丰收的期待。词人惟妙惟肖地刻画出一个老者形象，满头白发，拄着拐杖，醉眼惺忪，颇有几分可爱可亲。他采下刚成熟的麦子准备炒麦粉吃，这从一个侧面说明了村民的生活其实并不容易，尤其是在“青黄不接”的季节。于是词人不禁出言关切：“问言豆叶几时黄？”疑问中带着一分急切，表明他期待收获的尽快到来，这样村民的生活便能更为轻松了。

【名称】蚕桑图

【作者】孙艾

【朝代】明

【馆藏】故宫博物院

【说明】这幅画以淡设色画桑枝一条，桑叶用花青、没骨画法，尽显肥厚润泽。上有春蚕数条正在啃食桑叶，似可听见飒飒作响之声。风格雅淡，深得元人花鸟“天机流动之妙”。

镇

从行政区域的角度看，镇是小规模人群聚合的商业和文化中心，往往处于城市与乡村的过渡区。古代一些重要区域的镇也是驻兵防守之所。

龙门镇[1]

【唐】杜甫

细泉兼轻冰，沮洳栈道湿。
不辞辛苦行，迫此短景急。
石门雪云隘，古镇峰峦集。
旌竿暮惨澹，风水白刃涩。
胡马屯成皋，防虞此何及。
嗟尔远戍人，山寒夜中泣。

特色小镇

“特色小镇”的规划设计是一个热点，但是有一个问题，何为“特色”？设计师常常聚焦于当地特色农作物，如茶叶、水果；独特自然资源，如温泉、竹林；独特建筑形式，如古宅、园林；特色产业，如手工艺、制造业。那么还有哪些资源可以成为特色呢？历史传统是不可忽视的一个要素，比如军屯、边塞、科举、邮驿等文化，既融入了当地人的生活习惯与思维方式，也会留下物质依存，对其纵向发掘，有助于我们拓展规划思路。

---

① ［清］彭定求等编，《全唐诗》，第 1251 页。

龙门镇在巩昌府成县之东，是群山之间的一个小镇。诗人路过时正值冬日，将雪未雪，寒气逼人。诗的首两句连用两个典故：“细泉”，指山间细小的流水，典出庾信《奉和赵王隐士诗》：“涧险无平石，山深足细泉。”[①]这里指道路上冰霜融出之水；“沮洳”，出于《诗经·魏风·汾沮洳》[②]，意为水旁低湿的地方。诗人说道路上冰霜凝结，化开后湿滑不堪，这对于行路者来说增加了跋涉的艰难。

然而，即便难走，诗人依旧不辞劳苦地赶路。岁暮之时，奔波在外是一种令人焦虑和凄苦的体验，冬日白昼又短，更增添了旅人心情的急迫。

写过行路之难，诗人笔锋一转，第五到第八句开始描述龙门镇的险绝。“石门”即“龙门”，这个地方阴云密布，将有大雪，天空低沉而压抑；镇四面环山，峰峦密布，仿佛密不透风。这两句透出的冰寒而消沉的气息是诗人心境的外化。继而，他看到了当地戍守的军队：旌旗在暮色中变得惨淡，锋刃生涩。这样的军容实在凄惨。根据《旧唐书》记载，乾元二年九月，史思明旗下将领陷东京及齐、汝、郑、滑四州。为防其进犯，故龙门镇有兵驻守。这些戍卒艰难的处境引起了诗人强烈的同情。

最后四句，诗人议论道：史思明的军队屯兵成皋，与龙门相隔辽远，为什么要在这里驻军呢？夜风之中，征人哭泣声传来，让诗人久久难以入眠。

杜甫诗有“诗史”之称，这首诗也堪称“实录”，让我们对安史之乱中四川一个小镇的情形有了具体的感知。通过此诗，我们也可以知道，“集镇”“市镇”在唐代已经得到充分的发展，即使在比较偏远的区域也不例外。

---

① ［清］永瑢、纪昀等编纂，《文渊阁四库全书》第1064册，第423页。

② 程俊英译注，《诗经译注》，第186页。

【名称】明皇幸蜀图

【作者】不详（传为李思训或李昭道）

【朝代】唐

【馆藏】台北故宫博物院

【说明】此画为具有明显唐人风格的大青绿山水，具有极强的装饰性，画面表现了安史之乱中唐玄宗被迫逃往蜀地避难的情景。出于“为尊者讳”的目的，画家避免了表现逃亡队伍的混乱，仅以险峻幽峭的蜀山栈道表现行进的艰难。画家特地安排了一个有冲突性的画面：牵着骆驼和骑马的队伍正艰难跋涉攀登，而云雾弥漫的山间有一支人马从悬空突出的栈道口逆向而来，让人不禁为两者的狭路相逢捏了一把汗。“蜀道难，难于上青天”的体验不言自明。画中各色人物形象鲜明。戴着帷帽的女子、腰系弓箭的士卒、身穿红袍骑在马上进退两难的玄宗、放下背囊席地而坐的挑夫，无不生动且有趣味，有效冲淡了蜀道艰险带来的压抑感。画家善于用色，大片青绿之间点缀红、白、黑、赭石等色使画面温暖丰富。线条应用技法多样，平直、方折、圆润各尽其妙，将山石、流水、树木表现得各臻其妙。明代顾起元《懒真草堂集》说：“其山水树木桥构工妙无比，而人物顾盼俯仰，髻鬟如生，真绝笔也。”

鸡笼镇[①]

【宋】陈师道

河市新经集，鸡笼旧得名。
初闻北人语，意作故乡声。
客久艰难极，情忘去就轻。
空虚仍废忘，何以慰诸生。

‖ 乡音 | 保护 | 设计创新 ‖

乡音，能够勾起游子对故乡深沉的眷恋，也包含着最为丰富的地域文化信息。近年来，对于保护地方方言、地方戏曲等“乡音”，文化界与民间都发出了热烈的呼声。作为一种“活态化”的文化形式，乡音的保护与设计创新有着密切的联系。只有契合当代人的接受习惯，才能使“乡音”摆脱仅仅存活在影像资料里，成为“文化化石”的命运。20 世纪初，昆曲的变革就是很成功的一例。通过创新曲目内容、创新舞台设计、拓展表演空间（与古典园林实景结合）、丰富传播渠道，昆曲日益被年轻群体所认可，摆脱了边缘化的命运。

① 北京大学古文献研究所编，《全宋诗》卷一一一九，北京：北京大学出版社，1991 年，第 12731 页。

陈师道在北宋哲宗元符三年（1100年）被任命为棣州教授，北上途中，经过鸡笼镇，故有此作。

首联，是平实的叙述。商河流经棣州，镇建于水边有利于物资运输和交通往来，“河市”表示鸡笼镇依河而建，做这样的交代符合“纪行诗”之传统。

颔联，写见闻。诗人在这里听到了“北人语”，把它当成了乡音。陈师道是徐州彭城人，其地属于南方偏北者，棣州在黄河中下游，属于北方偏南，两者较为接近。对于身处客中的诗人来说，两地语音有接近之处，便将其视为故乡之声，聊以自慰了。这句话看似平淡，用意却深，不言“思乡”而乡情自在其中。

颈联，是诗人内心情感的发露。久在客中，倍感艰辛。诗人自叹，若能忘情，便可心情轻松很多。这一联其实耐人寻味。绍圣元年（1094年），陈师道被朝廷视为苏轼余党，被罢职回家，闲居很久，此次起为棣州教授，应当是生活的一大转折，何以出此伤情之语呢？可见，其中不纯然是客旅乡思，也有着对生活境遇的不平和对前途的茫然。

尾联是诗人自谦，“空虚仍废忘”说自己才学不足，无法给学生以教益。“空虚”，指知识没有根基。这份谦逊也贴合了他将任棣州教授的身份。

【名称】黄流巨津图

【作者】陈洪绶

【朝代】明

【馆藏】故宫博物院

【说明】陈洪绶在明末进京和离京时曾两渡黄河，对河流的波涛汹涌、雄浑大气印象深刻，所以他选择了一个黄河渡口为表现对象，着力表现河水的波翻浪卷。以墨笔勾出浪花，复用白色渍染，特色鲜明。水面上，帆船随浪起伏，出没风波之险一望而知。由此，愈加烘托出黄河浩荡的气势。对于两岸景物的表现，画家采用了虚化手法，略微点染隔岸竹树房舍和江边小船，以此作为黄河巨流之陪衬。

在中国古代的造船业发展的条件下，海洋贸易和运输从秦始皇时代开始就受到朝廷重视。《汉书》中记载了东南亚土著开辟的一条著名的海上航线，其中港口就有番禺（今广州）；到了唐代，广州不仅是海外各国商船来华贸易必到的中国第一大港，也是国际贸易的东方大港。从五代开始，南海成为重要的航海线路，民间的海洋贸易由此发展起来，广州、泉州和明州（今宁波）从这一时期开始逐渐成为三大重要港口。南宋时期，宁波专门对日本和朝鲜贸易，泉州对东南亚贸易，广州则是外商来华贸易的港口。海洋贸易的繁荣带来了港口城市的繁荣，并具备了独特的精神气质。当然，中国作为一个很早就开展内河航运，并且开辟如京杭大运河这样的重要水上交通线的国家，内河港口的发展也欣欣向荣。

何家港舍舟步至新河口[①]

【宋】崔敦礼

潮来白浪卷平沙，渐见菰蒲没两涯。
会欲燃犀鞭魍魉，可能结网羡鲙鲨。
三千水击鹍鹏上，百万军行将士哗。
尺叹渔人何活计，扁舟掀舞寄全家。

港口文化 | 人文情怀 | 景观构成

港口文化与内陆文化很大的不同在于具有开放性、冒险性和更强的包容性，在人与自然的关系中更为重视人的力量与意志，因而也更为自信。因而在进行与港口、码头相关的景观设计时，深挖民风民俗，将人文情怀与景观环境做有机组合能在很大程度上丰富空间的文化意蕴。例如上海长江河口科技馆，展馆外形犹如一条跃动的鱼，既体现了上海城市发展之初与渔村密不可分的关联，也展现了浩荡开阔、无惧风浪的城市精神。

① ［宋］崔敦礼，《宫教集》卷二，［清］永瑢、纪昀等编撰，《文渊阁四库全书》第 1115 册，第 12 页。

何家港位于京口瓜洲之间，长江水面开阔，江水浩荡，不但是一个典型的内河航运港口，而且为江防要地。首联，诗人描绘了在港口所见的景象。白浪滔天，水势浩茫，渐渐地仿佛连河岸都淹没在江水之中。“菰蒲”，原指水生植物，这里指代江水。

颔联，写江水带来的视觉体验。诗人说，江水翻卷如有鱼龙腾跃，我想点燃烛火一看究竟，里面是否有魑魅魍魉作祟，如有我必执鞭驱之；如果水中有鲿鲨，那么我是不是可以以渔网捕捉呢？此联上句借用东晋温峤燃犀照水，洞见水中异物的典故[①]；下句“鲿鲨”，则典出《诗经·小雅·鱼丽》：“鱼丽于罶，鲿鲨。”[②]鲿是黄颊鱼，燕头，鱼身形厚而长大，颊骨正黄；鲨，吹沙，长三寸许，背上有刺，螫人。用典的目的是表现江水的奇幻之感。

颈联，用比喻的手法借江水之声响，同时映衬出港口守军军容之盛状。“鹍鹏”典出庄子《逍遥游》，是传说中的一飞万里、负天绝地的神鸟。“三千水击鹍鹏上”描绘出江水怒号、浊浪排空的景象，“百万军行将士哗”，守军的呼号之声在这江涛的映衬之下倍增威武气势。南宋时期，长江是防御前线，港口尤其重要。所以诗人特地做了这样的描绘。

尾联，诗人对渔人甘冒风波穿行江上谋求生计的生活状态寄予了同情。“掀舞”一词惟妙惟肖地表现出一叶小舟在万顷江涛中起伏的情状，惊心动魄，却也是依附于港口生活的打鱼人的日常状态。与表现隐逸主题的诗歌中潇洒放歌、襟怀散淡的渔父形象不同，这里的渔人表现出了勇敢坚韧的生存能力，这也是港口文化很重要的底色。

---

① ［唐］房玄龄等撰，《晋书》卷六十七：“朝议将留辅政，峤以导先帝所任，固辞还藩。复以京邑荒残，资用不给，峤借资蓄，具器用，而后旋于武昌，至牛渚矶，水深不可测，世云其下多怪物，峤遂毁犀角而照之。须臾，见水族覆火，奇形异状，或乘马车著赤衣者。峤其夜梦人谓己曰：‘与君幽明道别，何意相照也？’意甚恶之。”

② 吴哲楣主编，《十三经》，第 173 页。

【名称】江行初雪图

【作者】赵幹

【朝代】五代

【馆藏】台北故宫博物院

【说明】画面取材于江南渔夫冬日劳作的场景，着力刻画在风雪交加的天气里，渔夫冒雪冲寒捕鱼，身上仅着单衣、短裤，与行人身着厚衣、包裹严实的形象形成了鲜明的对比，足见其工作的艰辛。为表现初雪情景，画家以白粉弹作雪花，轻盈飘扬，已有若无。图中树石笔法老硬，水纹芦苇均用尖细之笔出之，别具动态。画家取景视角多变，不拘泥于一河两岸的形式，而是自由摄取人物与场景，使表达更具叙事性，人景互动也较丰富和多样。

送泉州李使君之任[①]

【唐】张循之

傍海皆荒服，分符重汉臣。
云山百越路，市井十洲人。
执玉来朝远，还珠入贡频。
连年不见雪，到处即行春。

海上丝绸之路

海上丝绸之路文化元素在景观设计中典型的应用代表就是安放“南海一号”古沉船主体的广东海上丝绸之路博物馆。整个博物馆由五个相互关联的椭圆体构成，轮廓充满动感，形似海鸥，体现出了航海者勇毅坚韧的精神，连绵不断的曲线也显示出了海上丝绸之路历史文化的悠久。五个椭圆又是五大“舱体”，其中最大的舱体储存了 12 吨海水保护“南海一号”，舱体的概念不仅出于技术层面的考虑，更是对中国古代高度发展的航海技术的致敬。

① ［清］彭定求等编，《全唐诗》，第 580 页。

泉州在宋代成为海上丝绸之路的起点和东方第一大港。在唐代，它已经呈现出迅猛的发展势头，海商云集，货物丰富，是唐代对外贸易的重要节点。

诗的首联，作者对泉州的地理位置和历史发展做了简要的交代。“傍海”是作为海运港口城市的基本特点，“荒服”指离京师两千到两千五百里的边远地方，亦泛指边远地区。对于唐代的首都长安而言，泉州距离遥远，故以“荒服”称之。“分符”之句写泉州的历史，“汉臣”是一个笼统的说法。直到三国吴永安三年（260 年），泉州才正式建制。但是因为汉高祖五年（前 202 年），无诸因助汉灭秦、楚之功，被封闽越王，泉地属闽越国，所以在这里诗人采用了大而化之的手法，表明汉代以来，泉州就是一个受到国家重视的区域。

颔联，诗人对泉州的人文状况进行了描述：这里是百越人的聚集之地，市井之中又居住着来自五湖四海的人。这是非常重要的、体现泉州特色的一句话。泉州上古为百越地，但是到了唐代，随着港口的发展，泉州吸引了大量的外来人口，其中有不少海外商人和传教者。除了大量的阿拉伯人和波斯人，印度、埃及、日本、朝鲜等国家和地区的人也开始来到泉州进行商品的交换。这句是唐代泉州城的真实写照。

颈联，描绘聚集泉州的“十洲人”拿着珠玉之类珍贵货品远道而来进行贸易的场景。泉州市面的繁荣和城市的富庶可见一斑。

尾联，既是对泉州气候的概括，也包含了对被送者未来仕途的祝祷。泉州属于亚热带海洋性季风气候，湿润温暖。对于唐人来说，最直观的认识是终年不见冰雪，温暖如春。诗人祝福远行者去这个温暖美丽的地方，顺遂而如意。

这首诗对唐代泉州港进行了细致的描写，可以被视为一部简要的“泉州风俗志”。

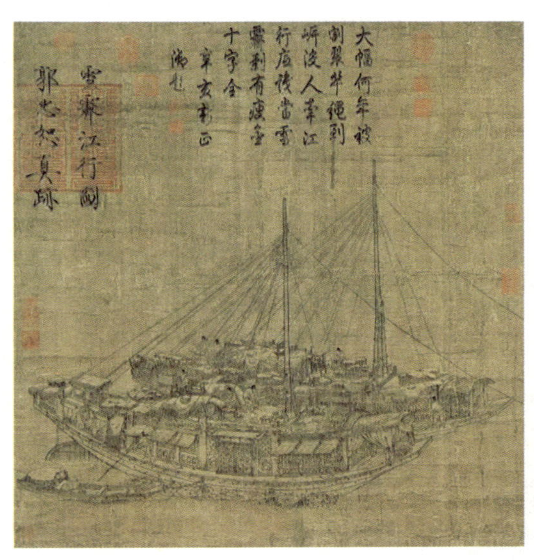

【名称】雪霁江行图

【作者】郭忠恕

【朝代】宋

【馆藏】台北故宫博物院

【说明】这幅画已经被裁割，画面已不完整。此画主要表现雪江之上两艘大船的结构与船夫的劳作。船的构造和尺度表现严谨，桅杆结实而笔直，杆上一根根桅索从不同方向拉下，纤细而硬直，尤其两根伸向画外的长索自然地向下垂去，弯曲的弧度恰到好处。船篷顶为弧形或梯形，上覆皑皑的白雪。两艘船的船头都盖有围幔，中部为宽大的舱房，占据了船的大部分空间，从船上载满的货物可知这艘船为商船。船上有许多工人正在劳动，其形态各异。画家用白描的手法对船只做出了细致而精确的描绘，船形透视妥帖合理，结构精妙。对于季节的表达则用淡墨描绘天空以及水面，表现出了天气的寒冷与阴霾。

市

《说文解字》云："市，买卖之所也。"《周礼·地官》"司市"说："大市日昃而市，百族为主；朝市朝时而市，商贾为主；夕市夕时而市，贩夫贩妇为主。"[①] 由此可见，不同的"市"有不同的参与对象。从西周到唐代，城市建置的格局，一直是市（商业区）与坊（汉代称里，即住宅区）分设，市内不住家，坊内不设店肆。坊、市门有专职卫士把守，启闭时间由官府统一规定。市场面积狭小，固定在城市某处。所有交易都必须在市场中进行，市场之外严禁交易。宋朝时，坊市界限逐步打破，市场的地域限制和时间限制随之取消。城里随处可开设商铺，小商贩也可在各处沿街叫卖，夜市盛行。南宋耐得翁《都城纪胜》记载："城之南、西、北三处，各数十里，人烟生聚，市井坊陌，数日经行不尽，各可比外路一小小州郡。"[②] 由此可见，城市周遭地区的独立商圈也已逐渐形成。除了城中之"市"，另有乡村定期集市，称为"草市"。东晋时建康（今南京）城外就有草市，六朝时开始设立"草市尉"对草市进行管理。唐代草市多在水陆交通要道或津渡及驿站所在地，交易的商品主要是水产品、盐、酒以及日用百货等生活必需品。晚唐五代时期，江淮富户和城市居民为避战乱，多有居于草市者。杜牧《上李太尉论江贼书》谓："凡江淮草市，尽近水际，富室大户，多居其间"[③]。宋代由于商业发展已经突破了市坊界限，草市也随之有了很大发展，草市已经具有比较完备的饮食服务设施，部分紧临州县城郭的草市发展成为新的商业市区。

① 吴哲楣主编，《十三经》，第 249 页。

② [宋]孟元老等著，《东京梦华录 都城纪胜 西湖老人繁胜录 梦粱录 武林旧事》，第 15 页。

③ [唐]杜牧，《樊川文集》卷十一，台北：九思出版有限公司，1979 年，第 168 页。

夜看扬州市[①]

【唐】王建

夜市千灯照碧云，高楼红袖客纷纷。
如今不似时平日，犹自笙歌彻晓闻。

市民文化

唐宋以来，城市的发展与规模扩大催生了一个新的社会阶层——市民阶层。这个阶层依附于城市商业、手工业、娱乐业的发展而生活，形成了与传统农耕文化以及士大夫文化不同的文化类型——以通俗化、商业化和大众娱乐为核心的市民文化。这种文化让人与城市的关系变得密切，催生了诸如伎乐、讲唱、傀儡戏等一系列通俗艺术样式，为当代设计提供了丰富鲜活的素材。

唐代是扬州城发展的黄金时期，其城市规模在当时仅次于都城长安和洛阳。这首诗描写的就是扬州城夜市的繁华景象。

首句，诗人营造了一个灯火照彻夜空的景象，一下子就将扬州城的繁华凸显出来。唐代城市有“宵禁”的传统，入夜之后一片岑寂。但中唐以后，宵禁渐弛，扬州这样商业繁荣、客似云来的城市更是得风气

① ［清］彭定求等编，《全唐诗》，第 1852 页。

之先，因此“夜市”成了扬州城的一个特色。璀璨明亮的扬州城给许多诗人留下了美丽的印象。

次句有很强的画面感。红袖纷纷，游人如织。我们不禁想象：佳人娉娉袅袅，浅笑低唱；商贾脱手千金，豪阔无双；文人出口成章，风流放浪；一时间市卖声、嬉笑声、丝竹声不绝于耳……这样的扬州怎会不让人流连忘返呢？

第三、四句中寄予了诗人一定的感慨。这首诗写于安史之乱之后，所以诗人感叹，“如今”时局已经不像过去那样安定太平了，但在扬州城，人们仍然由着自己的心性，征歌逐乐，通宵达旦。可见，诗人心中有危机感，有忧虑，明写扬州夜市的繁华，暗寄讽喻之情。然而，从中我们也可以看到，中唐以后，尽管大唐帝国受到了沉重的打击，但是以扬州为代表的江南城市商业却得到了长足的发展，经济重心南移的迹象开始显现。

【名称】羊城夜市图

【作者】郎世宁

【朝代】清

【馆藏】美国斯坦福大学艺术博物馆

【说明】这幅画描绘的是广州城外珠江口夜市，采用了西洋画的透视技法，人物、房舍、船只比例恰当，明暗光影变化清晰，很好地反映出了明月朗照、水静波平之感。画面丰满却不堆垛拥挤，境界开朗，幽静安详中隐隐透露出市井的热闹繁华。

入茶山下题水口草市绝句[1]

【唐】杜牧

倚溪侵岭多高树，夸酒书旗有小楼。
惊起鸳鸯岂无恨，一双飞去却回头。

户外广告

青山绿水间，城郭山村中，迎风招展的“酒旗”是一种无声的召唤，具有广告与引导的作用。作为一种户外宣传的媒介，突出、醒目、言简意赅是关键，与周边景观相和谐，能够烘托气氛，不破坏环境整体感，且能令人赏心悦目是重要设计原则。这同样是对当下道旗、户外广告设计的要求。

贡茶院位于顾渚山侧的虎头岩，始建于唐大历五年（770 年），是督造唐代贡茶顾渚紫笋茶的场所。唐大中五年（851 年），杜牧为湖州刺史，为督造贡茶亲临顾渚山，并写下了许多茶山诗，此为其一。

首句写茶山的环境。顾渚山林木幽深，茶树遍布野岭山谷，山中溪流潺潺，故诗人以“倚溪侵岭”来描写山间林木之丰茂。次句写的是草市的趣味。这个草市在贡茶院附近，往来之人众多，但周围环境清幽，

① ［清］彭定求等编，《全唐诗》，第 3255 页。

因此建有酒楼，酒旗招展，仿佛在夸耀自家美酒的滋味。试想，于一片青绿山水、江南粉墙黛瓦间，忽见此景，能不使人驻足、小饮？

三、四两句含情宛转，且贴合题意。因为草市位于水口，行人步履匆忙或者小船穿梭水上，难免惊动了双栖的鸳鸯，它们含恨双双飞去。然而，也许是这山水灵秀美好、草市丰饶热闹对它们充满了吸引力，所以它们一边飞一边回头，留恋不已。显然，诗人借鸳鸯的形象传达了他对这草市的喜爱之情。

【名称】陆羽烹茶图

【作者】赵原

【朝代】元

【馆藏】台北故宫博物院

【说明】此画远景绘山峦起伏，颇为幽峭；中景水面辽阔，水中有一礁石，将水势折为“之”字形；近景临溪有一座茅屋，屋外丛树掩映，阁内一人坐于榻上，当为陆羽，一童子正拥炉烹茶。人物动作自然，神情闲适，与山水之清幽相应和，体现了画家安于隐逸的心态。

重阳日州南门药市[①]

【宋】田况

岷峨旁礴天西南，灵滋秀气中潜含。
草木瑰富百药具，山民采捋知辛甘。
成都府门重阳市，远近凑集争赍欣。
市人谲狯亦射利，颇觉良恶相追参。
旁观有叟意气古，肌面皯黯毛鬑鬖。
卖药数种人罕识，单衣结缕和阴岚。
成都处士足传记，劝戒之外多奇谈。
盛言每岁重阳市，屡有仙跡交尘凡。
俗流闻此动非觊，不识妙理徒规贪。
惟期幸遇化金术，未肯投足栖云嵓。
予于神仙无所求，一离常道非所躭。
但喜见民药货售，归助农业增耡芟。

形象大于思想

在设计中善用“双典型”的塑造手法，往往能带来“形象大于思想”的表达效果。在典型环境中塑造典型形象，环境能赋予形象更大的真实性，使之血肉丰满，同时环境也多向度地增益了

① 北京大学古文献研究所编，《全宋诗》卷二百七十二，第3384页。

形象内涵，使之超离创作者原本的立意，展现出丰富的社会性和审美性。而典型形象与典型环境的互动也能在相当程度上赋予环境某种情感力量，甚至具有人格象形，层次更丰富。

这首诗描述的是成都重阳日药市的盛况。首四句写的是成都之所以药市兴盛的缘由：地处西南，灵秀蕴藉，草木茂盛，良药品种繁多，山民多识药理，入山采药，人杰地灵，故久而成市。第五到第八句，是诗人对于药市气氛的描述。重阳之日，药市规模最大，各路客商近悦远来，人头攒动，热闹非凡。这其中当然也良莠不齐，有些人重利轻义，面目可憎。这是非常写实的表达。

第九到十二句，诗人选取了一个老者作为“典型形象”进行描写。这个老人面目苍古，皮肤多皱，毛发鬈曲。他卖的药人们大多不认识，身上的衣服又破破烂烂，带着雾气。这个形象颇有传奇特色，引发了作者的疑惑。第十三到十六句，诗人就此展开想象，说成都这个地方素有神仙传说，在重九的药市，就有仙人到凡间，混杂其中。药市遇仙的说法源自唐代，宋人高承《事物纪原》卷八《药市》中记载：“唐王昌遇，梓州人，得道，号易玄子，大中十三年九月九日上升。自是以来，天下货药辈，皆于九月初集梓州城。”[①] 梓州在唐代是仅次于成都的蜀川重镇，也是四川药市的起源之地。成都的药市显然流传着这个传说。在此，诗人有意将这个老人的形象与之联系起来，为全诗增加了一点神秘色彩。当然，更大的可能性是老人来自海外。成都药市久有海客行踪，商客从安息、大食、波斯等地贩运珍贵药材而来，这些人面貌自然与中土不同。

诗的最后八句是诗人的议论：对于神仙，俗人充满了贪欲，希望能够从他身上学得点金术，丝毫没有修身养性之念。而自己对求仙并没有什么期待，脱离儒家之道的东西本来就不是他所关注的。能令他欣喜的

① ［宋］高承，《事物纪原》卷八，［清］永瑢、纪昀等编纂，《文渊阁四库全书》第920册，第39页。

是山民可以售出药材，得到的报酬能够投入农业生产。这一段议论反映出诗人关心民瘼的情怀。

【名称】货郎图

【作者】李嵩

【朝代】宋

【馆藏】故宫博物院

【说明】全画描绘了老货郎挑担将至村头，众多妇女儿童争购围观的热闹场面。货郎面带微笑，担上货物丰富，应有尽有，显示出南宋市井商业的发达。画面左侧的女子正从担上取物给孩子看，两个飞奔而来的童子迫不及待地想寻觅心爱的东西。四个孩子围观着货郎担，脸上满是好奇。画面右侧一个抱着幼童的妇女匆匆赶来，她的身旁有两个孩子似乎在向她恳求着什么，另两个孩子似乎已经完成了购物，虽然恋恋不舍、神情却很满足。为了渲染快乐的气氛，画家还画了四只随人而来、蹦蹦跳跳的小狗。整个画面采用白描手法，人物生动，细腻传神。

建筑被称为凝固的音乐，表现了在特定区域人们的栖居方式，也是人们对生命、自然和审美的态度的集中体现。中国古代建筑的发展起于新石器时代，西周至战国为雏形期，夯土技术、木构技术，建筑的立面造型、平面布局，以及建筑材料的制造与运用，色彩、装饰的使用，均为以后历代发展奠定了基础。两汉时期，建筑发展极为活跃，至魏晋南北朝时期，佛教的发展和影响力的提升为建筑的发展提供了进一步的助力，特别在建筑艺术上“乃脱汉时格调，创新作风”[①]。隋唐时期，随着大一统帝国的再次兴起，建筑发展进入了全盛时期，无论建筑艺术还是建筑技术都得到了创新与发展，宫殿、寺庙、道观等大量涌现，精彩纷呈。从晚唐开始，中国又进入三百多年分裂战乱时期，建筑也从唐代的高峰上跌落下来，再没有长安那么大规模的都城与宫殿了。但由于商业、手工业的发展，城市布局、建筑技术与艺术都有不少提高与突破。在建筑技术方面，前期的辽代较多地继承了唐代的特点，而后期的金代则继承辽、宋两朝的特点并有所发展。在建筑艺术方面，“五代赵宋以后，中国之艺术，开始华丽细致，至宋中叶以后乃至趋纤靡文弱之势”[②]，这一特点体现在建筑中就是对装饰的重视与讲究。北宋崇宁二年（1103 年），朝廷颁布并刊行了《营造法式》。这是一部有关建筑设计

① 梁思成著，《中国建筑史》，天津：百花文艺出版社，1998 年，第 22 页。

② 同上书，第 23 页。

和施工的规范书，书中总结了历代以来建筑技术的经验，制定了“以材为祖”的建筑模数制，对建筑的功限、料例作了严密的限定，以作为编制预算和施工组织的准绳。这部书的颁行，反映出中国古代建筑到了宋代，在工程技术与施工管理方面已达到了一个新的历史水平。元明清时期，宫殿与私家园林建筑的发展到了空前的高度，“至明清之交，始有西藏样式之输入外，更有耶稣会士，输入西洋样式”[①]，成为中国古代建筑发展的最后一个高潮期。因为本章所选的诗词作品为唐宋两代之作，故我们可以略微领略这两个时期建筑中体现出来的审美特征以及人们因为建筑本身的特质而引发的对历史、文化乃至生命本体的思考。

① 梁思成著，《中国建筑史》，第 24 页。

寺庙

唐宋时期是中国佛教兴盛发达的时期。随着佛教的中国化进程，佛寺建筑的艺术性格也颇具“中国特色”，除了宗教所特有的严肃性与神秘性之外，更多地洋溢着儒家人本主义的特色：宁静平和，符合人的空间尺度需求，贴合人的行为逻辑。这些尤其通过选址、造境、植物配置、建筑装饰和建筑单体构筑来体现。

过香积寺[①]

【唐】王维

不知香积寺，数里入云峰。
古木无人径，深山何处钟。
泉听咽危石，日色冷青松。
薄暮空潭曲，安禅制毒龙。

▌神秘感▐

神秘感来自对未知的想象，是提升设计吸引力的有效手段。它能够制造悬念，引发接受者的好奇心，使之在浮想联翩中增强对产品的参与意愿和探索期待。神秘感在空间设计中很受重视，如巴塞罗那 Estudio Barozzi Veiga 建筑事务所在瑞士库尔城扩建了 Planta 别墅，将库尔州立美术馆融入其中，设计师颠倒功能区的逻辑顺序，将展览空间安置在首层之下。这样一方面减少建筑的占地面积，让现存的花园得以延伸，改善了整体空间的利用；另一方面让参观者产生一种类似地下寻宝的参观体验，增强空间吸引力。建筑大师贝聿铭设计的美秀美术馆充分利用自然地貌特点，打造了一条需步行 7—10 分钟的樱花和红叶走廊，尽头的圆拱门颇有《桃花源记》的意境。拱门后是一条有美丽弧线的银色时空

① ［清］彭定求等编，《全唐诗》，第 691 页。

隧道，兼具科技感和艺术性，引导人们不知不觉间充满了对将要到达区域的强烈好奇。隧道的尽头是一座飞钢索吊桥，椭圆支架框住了的四十四根铁线，在洞缘处整齐排列成一个圆弧阵列，跨越山谷的吊桥彼端，便是美术馆入口。走进美术馆的过程与变化莫测的空间体验结合，犹如朝圣之旅。

佛寺选址常在清幽僻静之处，香积寺亦是不例外。首联扑朔迷离，既云访寺，又不知具体路径，走了数里，山间云遮雾罩。这为香积寺增加了“只在此山中，云深不知处”（贾岛《寻隐者不遇》）[①] 的神秘感，还未入寺，便已令人神驰。

颔联，写诗人顺着山路仔细寻访寺院。古木参天，山谷之中人迹罕至，草木繁盛。忽然隐约之间有钟声传来，这悠长沉厚的声音让山谷更显清静幽深。这一联连缀甚为巧妙：“无人径”与“何处钟”上下应和，写出了寻寺却不见寺的迷惘感。

颈联重点描写香积寺周围的景色，继续塑造幽冷空寂的境界。用语尖新，形色毕现。“泉听咽危石”是一句倒装，泉水在山间流淌，其声淙淙，一个“咽”字写出山间乱石众多，高下林立，水流经行其间，时有阻遏，故而发出“呜咽”之声的情态，惟妙惟肖。“日色冷青松”的“冷”字出人意表，通常“冷”是人们对月光的描写，这里翻新出奇，给人强烈的“陌生化”之感。仔细想来，这个字煞费苦心。夕阳西下，山谷幽深，林木参天，清浅淡薄的余晖落在松树上，让人顿生幽冷之感。

尾联写诗人来到寺外，面对寺前的清潭，见其水色澄澈，忽然明道悟禅，不禁想起尊者制服毒龙的故事。句中的“空潭”不仅是景语，更可以解作参悟佛理的心境。而佛门高僧以无边的佛法制服了毒龙，使其永不伤人，是将毒龙比作人心之欲望，澄心息虑，泯除凡欲，才能得入

① [清]彭定求等编，《全唐诗》，第 3626 页。

妙之境。这是王维晚年心迹的自然流露。

这首诗以寻访香积寺为主线，虽然没有对寺院进行正面刻画，但由远及近，通过对山林幽静景色的描写，将它的清幽深邃之美展现了出来。而这寻访的过程，不也可以视为诗人自我修行的过程吗？

【名称】仿王蒙秋山萧寺图

【作者】王原祁

【朝代】清

【馆藏】故宫博物院

【说明】这是画家晚年之作，画面繁密，给人草木丰茂、山水厚润之感。其笔法受黄公望影响至深，用干笔反复皴擦，先笔后墨，由淡向浓反复晕染，由疏向密，干湿并用；笔墨随着山形地貌的变幻，或作长线直皴，或作曲线弧皴，表现出山势的曲折幽深。整幅作品秀雅脱俗，清润率真，有书卷气。

题扬州禅智寺[①]

【唐】杜牧

雨过一蝉噪，飘萧松桂秋。
青苔满阶砌，白鸟故迟留。
暮霭生深树，斜阳下小楼。
谁知竹西路，歌吹是扬州。

时序感

时序感来自人对于自然万物生长、变化的感知，是性灵对宇宙、对生命的自觉体验。将这种体验引入空间设计，能够让人在空间中感受到时间节律，让建筑空间产生心理体验上的流动性和生命感。如西班牙 RCR 建筑事务所在贝尔洛克酒窖的设计中选用了耐候钢这一材质，钢板间的开口将天然光线引入室内，人在空间中可以感受到光线变化带来的时间迁移的体验。同时，耐候钢这一材质，因为其中合金元素分布可提供保护层，进而产生缓蚀效果，随着时间推移，表面的保护层会随气候影响缓慢地增长再生，形成古董感的锈皮，这也赋予了建筑空间厚重的岁月感，增强了人与空间之间的亲和度。

① ［清］彭定求等编，《全唐诗》，第 3252 页。

这首诗写于唐文宗开成二年（837 年），杜牧的弟弟因患眼病寄居扬州禅智寺。杜牧得知消息，即携眼医石生赴扬州探视。杜牧与扬州渊源很深，这次是他时隔两年重返扬州，内心不无感慨，更兼担忧弟弟的病情，所以诗中流露出一段怅惘之情。

首联，“雨过一蝉噪，飘萧松桂秋”，既明时序，又写景致。一场秋雨过后，寒意顿生，松影桂枝摇曳风中，更添萧瑟之感。这时，蝉声响起，但声音早已不复夏日的清亮，在风中传来，令人顿生凄楚。这样的起句，以静衬动，以景寄情，道出了禅智寺的冷落，也透出作者内心的荒寒。

颔联，诗人进一步对寺中冷落景象进行描绘。青苔满阶，表示行人罕至。白鸟徘徊不去，既表示对寺中景物流连不舍，也表达出寺中无人，所以鸟儿能随意停留。这一联以寻常物色入诗，但形色铺排精致，不经意间触动读者的内心。

颈联，诗人将禅智寺的暮色勾画得形象玲珑。因为禅智寺是隋代旧宫所改，所以寺中树木茂密深秀。黄昏时分，树木仿佛被暮霭所笼罩，格外幽暗沉静。这时候，一抹斜阳透过小楼投射眼前，顿时生出几分明亮温暖之感。这也是全诗唯一的亮色所在。

尾联，作者有意宕开一笔，不再紧扣寺中景致，而是写这寺院之外，扬州城的歌吹之声远远传来。这说明寺离城并不远，寺门冷落与城中繁华形成了一番鲜明的对比；再者，寺为旧宫，曾经也有过“繁花著锦，烈火烹油”之盛，然而“风流总被雨打风吹去”，如今的热闹归于别处，空寂留在原地，又教人有不胜今昔之感。联想到杜牧自身的经历，数年住在扬州，惯看二十四桥明月，惯听佳人玉箫清韵，看起来风流不羁，然而其中又有多少无法言说的心事和理想随着岁月渐渐跌落尘埃，枯萎凋零。这已经被世人遗忘的禅智寺与诗人的形象重叠在一处，倍感落寞。

【名称】新安十景图——慈光寺

【作者】周用

【朝代】明

【馆藏】台北故宫博物院

【说明】周用为明弘治嘉靖朝名臣，诗书画皆通。清人朱彝尊《静志居诗话》中说："白川十龄能画，长师石田翁，得其指授。"[①]故知其得吴门画派创始人沈周的指点，用笔苍劲，反复渲染，气韵生动。其画树之法绝类沈周，有元人笔意，淡枝浓条，以小圆点点出树叶。画面布置严谨细致，师法自然又精于剪裁。

① ［清］朱彝尊等校点，《静志居诗话》卷九，北京：人民文学出版社，1990年，第252页。

道观

佛道两家虽然同样追求超尘出世之境界，但方式上存在不同。道家虽强调清静无为，超凡入圣，但更注重以“术”求长生，与世俗生活的关系更为紧密。因而在道观的选址上注重清净，但不与人群聚集之地完全隔绝，且在建筑布局上关注人的心理需求和自然行止。

同题仙游观①

【唐】韩翃

仙台下见五城楼，风物凄凄宿雨收。
山色遥连秦树晚，砧声近报汉宫秋。
疏松影落空坛静，细草香闲小洞幽。
何用别寻方外去，人间亦自有丹丘。

庄严感

在宗教建筑设计中，庄严感是一个特别值得重视的概念。传统宗教建筑多采用轴对称性空间布局，借助人体对平衡和对称的心理认同表达对秩序、崇高以及神圣境界的向往。除了这种布局手法，利用光影效果的设计也能达到表现效果，如安藤忠雄设计的淡路岛威斯汀酒店的水之教堂。教堂屋顶有十字开口，作为白天采光之用，这个十字和另一个以投影的方式呈现在主立面投影幕上的十字相互辉映，巨大双十字光影产生了强大的视觉冲击力。在室内纯粹的四方形空间里，两个十字宛如镜射般相呼应，且又在顶端部相接，产生了虚实共生之感，物质空间与精神空间在自天而降的光影中实现贯通，令人产生庄严雍穆的感觉。

① ［清］彭定求等编，《全唐诗》，第1501页。

仙游观在嵩山逍遥谷内。初唐时道士潘师正居住其间，唐高宗李治对他十分敬重，下令在逍遥谷口修筑仙游门，在谷中修筑道观。此诗全面描写了仙游观内外的景色，对仙游谷之开阔、观内环境之清幽娓娓道来，布局井井有条，属对细腻精巧，颇见功力。

首联写的是初入仙游谷门之所见，诗人从山上俯视道观，赞叹其壮美。诗人说，从高处的观景台俯瞰，屋舍鳞次栉比，十分富丽。特别是在一场秋雨过后，万物清朗，更增气象。在这一联中，作者特地用了《史记·封禅书》中的典故“黄帝时为五城十二楼，以候神人于执期，命曰迎年”①，用以借指仙游观，高华庄严。

颔联，诗人站在山上，写仙游观的外景。秋高气爽，登临远眺，眼前风物仿佛千百年来阅尽沧桑。“秦树”“汉宫”虽非实指，但中原腹地向来为历代王者所必争，这片土地上的山、石、花、树乃至楼阁宫观又何尝不是盛衰兴亡的目击者呢？诗人写山色黄昏树影，捣衣砧上沾染的秋气，在被点染了历史的色彩之后，充满了沉厚的时间感、生命感，苍郁古朴之气扑面而来，令人萌生出吾生有涯、岁月如流的感慨。这也暗合了道家“求长生”的宗旨。

颈联从观外转入观内，写仙游观中景物。这一联落笔精细，对仗工稳，传达准确，最为动人。因为是“疏松”，所以日影可以透过树冠落在寂静的法坛前；因为山洞幽深、冷落，所以连细小的芳草所散发出来的香气都能被注意到。“疏”“影”“静”“细”“小”“幽”描绘体物于微，绘形绘色，透露出宫观特有的出世悠然。

尾联是点题之笔。诗人说想要求仙，何必到方外寻找，在人世间就有仙境。“丹丘”一语出自《楚辞·远游》：“仍羽人于丹丘兮，留不死之旧乡。”诗人以此把“仙游”两字的题面做足。

---

① ［汉］司马迁著，《史记》卷二十八，第1675—1676页。

【名称】秋山问道图

【作者】巨然

【朝代】五代

【馆藏】台北故宫博物院

【说明】巨然山水得董源嫡传，善于表现江南山水的秀润清逸，笔墨之间颇有野趣。这幅画表现的是层峦叠嶂的山间有一湾小溪缓缓流出，山坳间有数间茅舍，两人对坐，论道谈心，冲淡宁和，令人顿生厕身其间、吟赏烟霞之念。

游华山云台观[①]

【唐】孟郊

华岳独灵异，草木恒新鲜。
山尽五色石，水无一色泉。
仙酒不醉人，仙芝皆延年。
夜闻明星馆，时韵女萝弦。
敬兹不能寐，焚柏吟道篇。

嗅觉设计

刺激人体嗅觉，由气味引发人的情感波动，可以在一定程度上影响人们对空间的情绪和记忆，进而形成特殊的空间识别。在商业空间中，嗅觉设计有助于品牌形象的建构，使之产生亲切感和流连感。著名的奢侈品牌路易威登就在自己的旗舰店使用专属香味，结果表明这种专属气味有助于客户记住品牌，同时有助于提高成交的机会。

① ［清］彭定求等编，《全唐诗》，第 1501 页。

云台观始建于魏晋时代，南距华山峪口约一千米，这首诗写出了云台观独特的景色。

首联点名了华山的奇。诗人说，华山神奇有灵，一年四季草木都生机勃勃。“华山”之名最早出现于《山海经》和《禹贡》中，所以“灵异”之说并非空穴来风。

颔联，是诗人对“灵异”的进一步论述，他说云台观所在的地方，山石均五色，泉水的颜色也很丰富。这里的“五色石”并不是单纯对山石在阳光下折射出彩色光芒的描写，而是包含了神话传说。《淮南子·览冥训》说：“往古之时，四极废，九州裂，天不兼覆，地不周载，火爁炎而不灭，水浩洋而不息，猛兽食颛民，鸷鸟攫老弱。于是女娲炼五色石以补苍天……”[①] 诗人以想象赋予了山石神秘的色彩，颜色变化丰富的泉水与山石相映衬，共同营造了云台观与众不同的外部环境气质。

颈联写观中的物产。诗人来到云台观，痛饮美酒，品尝山珍，无比快乐。“仙酒”“仙芝”是作者对观中所出物产的美称，同时也符合道教“求仙”的特点。

第四联，诗人展开想象，描述云台观的夜景。他说在明星馆听到山风吹叶，藤萝摇荡，发出仿佛琴弦的声响。华山有弄玉萧史乘凤飞升的传说，这隐隐约约、似有若无的乐声很容易引起人们相关的联想。

尾联，诗人收结到了自己身上。“柏子香”是把柏树籽进行简单加工，做成香或香丸，能起清心安神的作用。无论佛寺还是道观，都普遍以柏子为香品，炉中静焚柏子，成了寺观中的一种常见景象，也成了清修生活的一种标志。诗人特地在诗的结尾让这一缕袅袅清香弥散开去，使人沉浸其中。

---

① [唐]欧阳询，《艺文类聚》卷六，引《淮南子》，[清]永瑢、纪昀等编纂，《文渊阁四库全书》第887册，第246页。

【名称】溪山楼观图

【作者】燕文贵

【朝代】北宋

【馆藏】台北故宫博物院

【说明】这是一幅很能体现画家风格的作品。画家以浓墨渲染重重叠叠的山峦，厚重雄奇，一望可知有北国气象。景物或破笔皴点，干擦淡染，繁密中不失细致严谨，山间布置台榭楼观，用界画手法表现，秀中有奇。

宫殿

隋唐时期是中国宫殿建筑的高峰期，特别是当大唐盛世来临以后。长安城中以太极宫、大明宫为代表的宫殿建筑群以及作为皇家园林的兴庆宫、华清宫之类的离宫，在气度，规模、精美程度等方面都超越了前代，与其后各代相比亦毫不逊色。

和贾舍人早朝大明宫之作[1]

【唐】王维

绛帻鸡人送晓筹，尚衣方进翠云裘。
九天阊阖开宫殿，万国衣冠拜冕旒。
日色才临仙掌动，香烟欲傍衮龙浮。
朝罢须裁五色诏，佩声归向凤池头。

全景设计

宏大叙事与丰富细节结合塑造出壮美高华的盛世气象，这是此诗给读者最鲜明深刻的印象。在空间设计领域，宏大叙事意味着大尺度、多元信息的汇入，有助于表现深宏高阔的全景视野，丰富的细节则带来真实感与饱满感，两者结合，能够使空间丰富、细腻，有更好的感染力。

这首诗勾画出大明宫早朝的庄严和盛大场景，让读者通过细节描写和气氛渲染感受到大唐帝国衣冠云集、万国来朝的盛世气象。

首联，诗人借用细节描写渲染了早朝之前宫中人各司其职、准备衣冠的场景，通过有声有色的画面变化点染早朝庄严、大气的氛围。“绛帻”

① ［清］彭定求等编，《全唐诗》，第702页。

是宫中宿卫头巾的颜色，报晓之人以此为服色；“尚衣”是掌管内廷服饰的机构以及承担这个工作的人；“翠云裘”原指翠羽制作、上有云彩纹饰的皮裘，后也指绣有彩饰的皮衣。尚衣向皇帝送上准备好的衣服，是早朝前最紧要的准备工作。这一联节奏平和，舒徐不迫，显现出宫廷端肃尚礼的日常状态。

颔联气势恢宏，深雄富丽，高度概括了早朝的场面，采用全景式手法表现帝国光芒，荣耀千秋。“九天阊阖”比喻大明宫，这是长安城中最雄伟富丽的宫殿建筑，其中的含元殿为大朝所在位置。此殿“地当龙首原南缘……高出平地 15.6 米，雄踞全城之上”①，殿下至地面有三条平行阶道，谓之“龙尾道”，登临此道“仰观玉座，若在霄汉”②。这座大殿有如日之升的威严雄阔，故诗人以天上神宫相比拟。“万国衣冠”则是对使节拜见天子的描绘。从唐太宗至玄宗，帝王被尊为“天可汗”，在大唐朝廷做官和向其朝贡的少数民族首领人数众多，一个“拜”字显现了四夷宾服的大国威仪，这是大唐帝国鼎盛景象的最好反映。这一联从大处落笔，提振全诗气魄。

颈联，作为颔联的映衬和补充，于细处落墨，亲切真实。“早朝”之“早”通过日影移动再次呈现。“日色才临”表示朝会进行了一段时间，日光移动到雉尾掌扇上，光影流动；“香烟”，指御炉之中的烟气，这烟气仿佛也被帝王的威仪所吸引，缭绕着龙袍。这一联通过早朝时大殿上物色的陈列进一步渲染了雍容之气。

尾联非常精美。“五色诏”，典出晋陆翙《邺中记》：“石季龙与皇后在观上，为诏书，五色纸，著凤口中。凤既衔诏，侍人放数百丈绯绳，辘轳回转，凤凰飞下，谓之凤诏。凤凰以木作之，五色漆画，脚皆用金。”③后因以“五色诏”指诏书。“凤池”为中书省所在地。“凤”字与“五色诏”之间关联密切，以此连缀，自然锦绣。“佩声”，指贾

① 萧默主编，《中国建筑艺术史》，北京：文物出版社，1999 年，第 320 页。

② ［唐］康骈，《剧谈录》，转引自上书，第 321 页。

③ ［清］永瑢、纪昀等编纂，《文渊阁四库全书》第 463 册，第 307 页。

至身上的玉佩发出的声响，以此指代人，以虚代实，更觉灵动。“归”，用得巧妙，作者不说“去”或者“向”，暗指贾至得到帝王的信任，常常去中书省起草诏书，已经轻车熟路了。

【名称】宋高宗书《孝经》马和之绘图——其十六

【作者】马和之

【朝代】宋

【馆藏】台北故宫博物院

【说明】在宋代，具有教化意义的插画绘本深受统治者的重视。尤其到了南宋，为了在困局中收拢人心，强调政治正统性，这类作品的创作颇为繁荣。此画原为长卷，后破损严重，改为画册。书法出自于宋高宗赵构之手，图画虽旧传为马和之所作，但画风与现存马和之的作品风格不同，应该出于南宋画院。这幅画取材于《孝经》第十六章《感应章》，讲天子能孝敬父母便能了解天地抚育万物的道理，神灵感应其诚而给予佑护。画面上表达的就是天子祭祀先祖的场面，画面开阔，人物众多，群臣执圭肃立，钟磬罗列，庄重大气；堂上祭品丰富，右侧人物身着衮服缓缓而来，仪态端凝，体现出了宋代宫廷祭祀的盛大场面。

华清宫①

【唐】张继

天宝承平奈乐何，华清宫殿郁嵯峨。
朝元阁峻临秦岭，羯鼓楼高俯渭河。
玉树长飘云外曲，霓裳闲舞月中歌。
只今惟有温泉水，呜咽声中感慨多。

视听协调

在景观环境设计中，视觉与听觉的配合能够产生出非常突出的效果。这种配合可以是相互协调的，比如园林设计中自然声响与模拟自然的人工造景；也可以是以相互对峙中构成反向映衬的，比如在带有鲜明商业性的空间中置入自然流水鸟鸣等声音，让人瞬间产生超脱喧嚣、超离现实的自由舒适之感。视听协调的做法唤起的是人的情感记忆、文化记忆，有助于实现人与环境的深度互动。

华清宫背山面渭，倚骊峰山势而筑，规模宏大，建筑壮丽，楼台馆殿遍布上下。玄宗几乎每年十月都要到此游幸。安史之乱后，华清宫迅速衰败。这首诗的作者张继于天宝十二年（753 年）登进士第，及见华

① ［清］彭定求等编，《全唐诗》，第 1486 页。

清宫鼎盛之时，待安史之乱平复，重见此宫，已是殿阁冷落，汤池萧条，故诗中充满了对往事的追念与感慨。

首联开宗明义，感慨良多。“天宝承平”，对中唐诗人来说是最华丽的记忆也是最沉痛的追念。长安紫陌、骊山风月曾经是多少文人心中欢愉、美好、繁荣的盛世印象，华清宫殿阁鳞次栉比，更是盛世享乐的代表。如今回忆起来，诗人不禁一声长叹。

颔联，作者拈出华清宫中最著名的两个建筑进行了描写，通过以点带面的手法进一步刻画宫殿雄伟高阔之美。朝元阁，杜光庭《录异记》载：“金星之精坠于中南圭峰之西，因号为太白山。其精化为白石，状如美玉，时有紫气覆之。天宝中玄宗立玄元庙于长安大宁里临淄旧邸，欲塑玄元像，梦神人曰：‘太白北谷中有玉石可取而琢之，紫气见处是也。’翌日，令使入谷求之。山下人云：‘旬日来尝有紫气连日不散，’果于其下掘获玉石，琢为玄元像。”[①] 阁名依此而来。羯鼓楼，《长安志》曰：“在朝元阁东近南缭墙之外。”[②] 相传唐玄宗每困乏时，辄命击羯鼓为乐。诗人分别用“峻”和“高”来形容这两处建筑，并且以“秦岭”与“渭河”作为陪衬，背景宏大，气象轩昂，令人有不可逼视之感，体现了诗人对华清宫的仰慕之情。

颈联，转入对宫中曾经宴乐场面的想象。《玉树后庭花》的乐曲声仿佛从云上传来，明月之下，舞一曲《霓裳羽衣》，曲中之人绰约如仙子，何等曼妙。这是盛世的背影，是诗人心底永远无法抹去的帝国光辉。

尾联，作者笔锋一转，由热趋冷。往事未远，铁骑过后，琉璃境碎；天子不来，佳人魂消，只有这温泉水依旧流淌。然而水亦多情，用如泣如诉的声音传递出对往昔荣耀与繁华的追忆，听见这“呜咽”之声，怎教人不感叹无限呢？全诗在悠长的慨叹中收结，诗人的伤痛与反思虽含蓄婉转却清晰可见。

---

① ［宋］李昉等编，《太平广记》卷三百九十八，［清］永瑢、纪昀等编纂，《文渊阁四库全书》第 1046 册，第 8 页。

② ［清］刘于义，《（雍正）陕西通志》卷七十二，［清］永瑢、纪昀等编纂，《文渊阁四库全书》第 555 册，第 285 页。

【名称】唐宫乞巧图

【作者】佚名

【朝代】五代

【馆藏】美国大都会博物馆

【说明】这幅画用类似广角镜头的视角描绘了唐代开元天宝年间宫中七夕“乞巧”的场面。根据《开元天宝遗事》记载，唐玄宗曾在宫中建造乞巧楼，楼上陈列瓜果酒炙，摆设坐具，以祭祀牵牛、织女二星。画中建筑勾画精确细致，从其布局配置可见唐代宫殿建筑的一些特色。画面中部的黑漆大案上摆放碗碟，用作投针乞巧，一位宫女在露台上探身而出，对月穿针，更可见当时七夕风俗。

园林

中国古典园林的核心概念是“天人合一”的思想，并在此思想影响下演化出一种自然山水“比德”于人的认识。起源于孔子的“知者乐水，仁者乐山”（《论语·雍也》）[①]，也就是在对自然山水的审美中感知到德行之美，将人格价值与山水相比拟。“模山范水”的园林建筑应运而生。到了唐宋时期，人们的山水观日益成熟，已经能够通过见微知著的方式在有限的空间中去表现无限的自然之趣。所谓“才见规模识方寸，知君立意象沧溟”（方干《于秀才小池》）[②]。

① 吴哲楣主编，《十三经》，第1273页。

② [清]彭定求等编，《全唐诗》，第4058页。

临江仙·十一月二十四日同王幼安、洪思诚过曾存之园亭[①]

【宋】叶梦得

学士园林人不到，传声欲问江梅。曲阑清浅小池台。已知春意近，为我著诗催。

急管行觞围舞袖，故人坐上三台。此欢此宴固难陪。不辞同二老，倒载习池回。

方寸之间

中国园林之神理妙趣在于方寸之间见精神。“象征化”手法被广泛应用，一泓水、一方石、一格花窗、一坪铺地都以诗性方式反映出中国文化的审美理想和中国文人的情怀。鱼跃鸢飞里，草木葱茏中，蕴生着大化流行、生生不息的宇宙观。

① 唐圭璋编，《全宋词》，第774页。

这是一首游园赏景之作。上片首两句点明了此词是游览曾存之的私家园林时所作。以“学士”之名冠于园林，一则点明园主身份，二则也增加了园林的文人气息。词人说，园林久久没有人来了，想要问问园中的梅花可知原因。这个看似天真的举动一下子表现出了词人对园林的亲近喜爱之情，似乎园中草木均可为友。“曲阑”一句，写园中的池塘，“清浅”和“小”说明池塘规模不大，同时也暗示我们词人对这个园林的兴趣或许并不在风景本身，而在风景背后透露出的文人雅趣。所以，他面对江梅小池逸兴遄飞，感到了春天将近，于是决定写一首诗来催促春加快脚步。唐代宫廷中有立春之日剪彩花并赋诗之习俗，用以表达对春暖花开的期待。词人借用了这一习俗，以诗催花迎春。从上片看，词人在园林中面对小景怡然自乐,神思飞扬,这说明他于游园中得到了快乐。

下片写词人与朋友在园林中的宴饮之乐。笙箫曲调急促，舞袖飘扬，在这样的乐声里频频把盏。《三台》曲与酒之间关系密切，所以词人特为拈出。他说虽然自己酒量不行，但拼得一醉，也要尽欢。“习池”是汉侍中习郁于岘山南所凿鱼池，后以之指欢宴之地。下片表达出了园林真正的魅力所在，它是文人放松身心、聚会友朋的地方，方寸之间意味无穷。

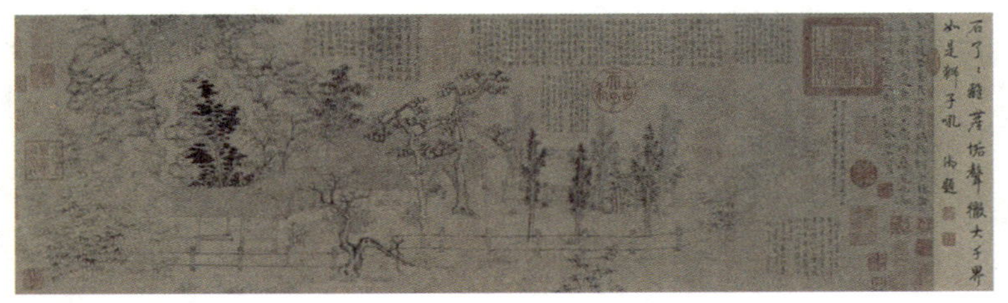

【名称】狮子林图

【作者】倪瓒

【朝代】元

【馆藏】故宫博物院

【说明】狮子林为姑苏名园，因园内“林有竹万，竹下多怪石，状如狻猊（狮子）者”[①]，又因天如惟则禅师得法于浙江天目山狮子岩普应国师中峰，为纪念佛徒衣钵、师承关系，取佛经中狮子座之意，故名“狮子林”。这幅《狮子林图》就是以此园为蓝本进行创作的。从画面看，画家抓住了狮子林的两大特色：竹林与假山。画中竹林茂密，枝叶扶疏，各种杂树，曲直俯仰，各呈其态，远近大小搭配合宜，体现出了蓊郁深秀的特质。假山的画法多用中锋湿笔，以叠糕皴为主，辅以卷云皴，表现出了狮子林假山石玲珑剔透、曲折复沓之美。乾隆对这幅画钟爱有加，不仅珍藏宝玩、作诗题跋，还多次以此画为底本进行临仿，亦命臣下进行仿画。他本人多次对狮子林寻访考证，并且在圆明园和热河对狮子林进行了仿建，这幅画便是仿园的重要设计底本。

① ［明］钱穀，《吴都文粹续集》卷三十，［清］永瑢、纪昀等编纂，《文渊阁四库全书》第1386册，第31页。

水龙吟[①]

【宋】辛弃疾

盘园任帅子严，挂冠得请，取执政书中语，以高风名其堂，来索词，为赋水龙吟。芗林，侍郎向公告老所居，高宗皇帝御书所赐名也，与盘园相并云。

断崖千丈孤松，挂冠更在松高处。平生袖手，故应休矣，功名良苦。笑指儿曹，人间醉梦，莫嗔惊汝。问黄金余几，旁人欲说，田园计、君推去。

叹息芗林旧隐，对先生、竹窗松户。一花一草，一觞一咏，风流杖屦。野马尘埃，扶摇下视，苍然如许。恨当年、九老图中，忘却画、盘园路。

选址

择邻而处、与善共居是中国人居住观中重要的理念。邻于山水、邻于学府、邻于贤人代表了一种人格操守与文化认同。在当代居住环境的构建，选址除了要全面考虑选址地区的地理、地形、地质、水文、气象、名胜古迹、城乡规划等情况，还要充分考虑“友邻”的定位，这样才能真正做到“安居乐业”。

① 唐圭璋编，《全宋词》，第1893页。

这首词应任子严所请而写，以其所居“盘园”为描述对象。词人用了一个比较有趣的写法。他从盘园中断崖上的松树起笔，却落脚在任子严的归隐；用“挂冠更在松高处”这样一个颇为夸张的写法表达了任子严回归田园的决心，点出功名利禄甚是无趣，何必沉溺其中。

到了下片，词人提到了向子諲的芗林。向子諲在高宗建炎初任迁江淮发运使。向素与李纲善，李纲罢相，子諲也落职。起复知潭州，次年金兵围潭州，子諲率军民坚守八日。宋高宗绍兴年间因反对秦桧议和，落职居临江。他的居所芗林与任子严的盘园很近，词人特意拿来与盘园对举，用意在于说明任子严与向子諲一样光风霁月，两人的居处也是一样值得盘桓流连，能够怡情养性，暗暗包含着“吾道不孤”的意思。

结句处，词人说可惜《九老图》没有收录盘园，包含着任子严有资格与唐代包括白居易诸人的“洛阳九老”来媲美的意思，再次对其进行了揄扬。全词写到盘园实景的地方并不多，词人借用了这个话题抒发的是对朋友高洁人格的赞美和对隐居生活的向往，是避实就虚的写法。

【名称】山水八帧之七——岁寒吟兴

【作者】方琮

【朝代】清

【馆藏】台北故宫博物院

【说明】这幅画可以明显看出画家对倪瓒《狮子林图》的仿拟。特别是假山的画法，叠糕皴手法特别明显，画面正下方的梅花造型也与倪瓒如出一辙。但是这幅画也有自己的特色，屋宇描绘精细，略带界画特色，林木布置严谨且层次分明，用笔沉着，可以看到清代宫廷绘画的风格。

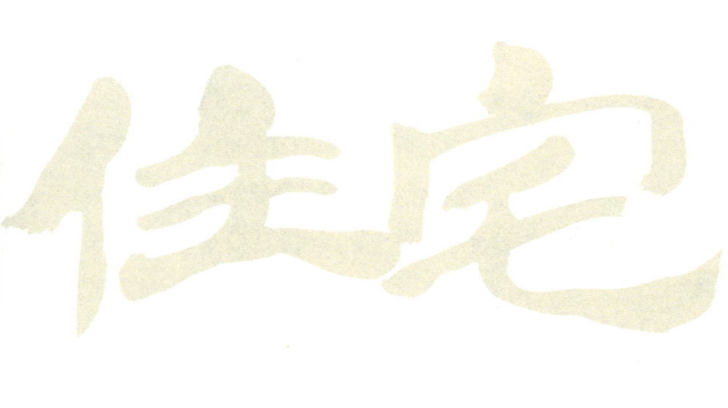

住宅

古之大宅称为“第”。晋周处《风土记》说：“宅亦曰第，言有甲乙之次第也。一曰出不由里门面大道者名曰第。”[1]意思是面积广大，屋宇鳞次栉比，而且门开于坊墙之上，这是高级官员才有的居住待遇。《新唐书·志十四》对不同身份的人的住宅规模和等级有严格规定：“王公之居不施重栱藻井；三品堂五间九架，门三间五架；五品堂五间七架，门三间两架；六品七品堂三间五架，庶人四架而门皆一间两架。”[2]这样的规定人们并不严格遵守。大体说来，中国传统住宅多为方形，左右对称，分前后院。前院多为过渡空间，后院为主要居住空间。庭院中常种植花木。内外有别，体现了严格的宗法礼制观念。高门大宅与普通民居之间有明显的规模等级、精细程度的差别，但格局形制近似。当然，极贫之家的草屋茅棚不在此列。

---

① ［宋］潘自牧，《记纂渊海》卷八，［清］永瑢、纪昀等编纂，《文渊阁四库全书》第930册，第204页。

② ［宋］欧阳修等撰，《新唐书·志十四》卷二十四，北京：中华书局，1999年，第355页。

过故人庄[1]

【唐】孟浩然

故人具鸡黍，邀我至田家。
绿树村边合，青山郭外斜。
开筵面场圃，把酒话桑麻。
待到重阳日，还来就菊花。

合与不合

《红楼梦》中有这样一段故事，大观园中有一处仿农舍的居所，贾政以为合于“归田”之理想，贾宝玉则认为过于穿凿，这其实代表着中国人两种不同的居住文化观。前者主张从“我”的需求与想象出发，以心造境；后者则主张在与周围环境相协调的基础上，进行空间塑造，最大限度追求和谐统一。两种理念各有可取之处。前者的难度在于如何真正找到“合适”的切入点。比如在大型商业空间中搭建具有田园风的园圃，就是曾受广泛关注，但最终证明无法持久的案例，因为不符合受众的空间认知和行为习惯。后者的难度在于如何避免千篇一律，增强空间识别度。

① ［清］彭定求等编，《全唐诗》，第897页。

首联，作者写收到了朋友的邀请，到田间农庄探访，平直自然。“鸡黍”是农家待客之道，朴实无华却心意真诚。准备好田园风味，欢迎朋友，没有什么重要的事情，这样的“邀”和“至”透露出轻松愉悦之情。

颔联是作者走进村庄所见。村落被绿树环绕，村外青山依依。这一近一远的景致让人内心充满愉悦，它宁静而不闭塞，清幽却不失人情，是一个宜居的地方。这样的环境也为后文宾主尽欢的场景提供了铺垫。

颈联，怡然畅快之情溢于言表。既是村居，那么门前少不得一片打谷场和菜地。打开窗，清风徐来，满目青绿，眼前之景舒展而开阔。这个时候随意地谈论着田家生活的情景，没有世俗的争竞，也没有烦恼，只有满满的对收获的期待。“话桑麻”，说的是成长与收获，是生机与自然，是宾主之间无须过多言语表达便相通的心意。在青山绿树映衬下，诗人眼前的一切都是那样优美而自然。

尾联意到笔到，顺势而为。诗人因田园佳趣而流连忘返，所以和朋友订下了重阳之约，这一句显现出宾主之间情意相投。其中，一个“就”字让我们读到了他内心的期盼。与一般田园诗喜欢卒章见义，表达作者隐逸的理想、出世的情怀不同，这个结句如话家常，淳朴诚挚，从中我们反而更能体会到诗人对田园生活的依恋，不烦绳削，境出自然。

【名称】山庄高逸图

【作者】（旧题郭熙）李在

【朝代】（北宋）明

【馆藏】台北故宫博物院

【说明】这幅画曾被认为是宋人郭熙所绘。从画面看，特别是山石的皴法融合了郭熙与董源特色，细润处与郭熙更为接近，构图方式也采用与郭熙类似的“三远”构图法，开合自然大气。但是李在的画在表现技法上吸收了马远、夏圭的特色，运笔洗练，粗放中有工细，别具一格。此画中，山庄屋舍井然，远处宝塔玲珑隽秀，山峦重叠，层次分明，溪桥茅亭点缀其间，一派田园气息。画中人物或对坐，或抚琴，或捕鱼溪上，或骑马过桥，虽寥寥几笔，但神形兼备。

伤宅[1]

【唐】白居易

谁家起甲第，朱门大道边。丰屋中栉比，高墙外回环。
累累六七堂，栋宇相连延。一堂费百万，郁郁起青烟。
洞房温且清，寒暑不能干。高堂虚且迥，坐卧见南山。
绕廊紫藤架，夹砌红药栏。攀枝摘樱桃，带花移牡丹。
主人此中坐，十载为大官。厨有臭败肉，库有贯朽钱。
谁能将我语，问尔骨肉间。岂无穷贱者，忍不救饥寒。
如何奉一身，直欲保千年。不见马家宅，今作奉诚园。

庭院植物

中国园林的造园精髓在于“虽由人作，宛自天开”[2]，成功的植物配置有助于这一境界的达成。传统的中式庭园内的植物配置讲究四季有绿、三季有花，以自然式树丛为主，树种高低相宜，色彩配合恰当；灵活应用如梅、兰、竹、菊、桂花、牡丹等庭园花木，来烘托气氛，体现园主人的人格境界。

---

① ［清］彭定求等编，《全唐诗》，第2552页。

② ［明］计成著，《园冶》卷一，北京：营造学社，依明崇祯甲戌安庆阮氏刻本重校刻印，1932年，第2页。

此诗是白居易《秦中吟十首》的第三首。通过这首作品，我们也可以对唐代高级官员的住宅的建筑艺术有个鲜明而生动的认识。

一至四句，是诗人对豪门大宅的总体描写。起句用问句，引发读者的探究之情，接下来“朱门大道边”一句就可以让我们知道住宅主人身份很高。因为依唐制，只有三品以上的官员才可以把自家大门开在坊墙上，不从里门出入。“丰屋”“高墙”则写出了大宅的屋宇众多，庭院深深，护卫严谨。

五至八句，是对大宅的近景描绘。“六七堂”，指有六七进院落，“堂”是建于每一进院落中轴线上的建筑，这些院落连成一片，十分壮观。堂屋富丽繁盛，仿佛云气缭绕。造一座这样的堂屋费钱上百万。

九到十六句，诗人对大宅的内部环境进行了细节描写。前四句，针对的是房舍。内室冬暖夏凉，气候的冷热变化都与它无关。厅堂高阔宽敞，人在其中，远山风景尽收眼底。后四句写庭院。环绕走廊的是紫藤的藤架，台阶两旁有红芍药的花栏。攀下树枝来采摘樱桃，牡丹花开正好移栽。各种花卉种植其间，鲜艳明媚。这八句，详尽地把大宅的豪华以工笔绘就。

十七到二十句，是诗人对屋主的描述。这个主人做了多年的高官，生活起居豪奢，厨房中的肉吃不完都腐败了，库房中穿铜钱的绳索都朽烂了。这几句几乎是杜甫“朱门酒肉臭”的翻版。有了这一层交代，读者在诗歌开头留下的那个疑问终于得到了解答。

二十一至二十八句一气呵成，奉劝有钱人与其大兴土木不如把钱财用于拯救穷人。用大量财富来供奉自己的享乐，是无法长保平安和富贵的。诗人在此举了一个实例，概括叙述了司徒马燧的轶事。其旧宅以豪奢著名。马燧死，其子马畅将园中大杏赠宦官窦文场，文场又献给唐德宗。德宗认为马畅不以大杏献己，意存轻慢，派宦官往封其树。马畅恐惧，于是把住宅献给德宗。德宗改为奉诚园，废置不用。[①] 以当代人论当代事，格外有力。

---

① [宋]李昉等，《太平广记》卷四百九十六《杂录》四，[清]永瑢、纪昀等编纂，《文渊阁四库全书》第1046册，第60页。

【名称】梁园飞雪图

【作者】袁江

【朝代】清

【馆藏】故宫博物院

【说明】袁江所作的《梁园飞雪图》同名者有二，另一幅藏于日本静嘉堂文库，画面构图与此不同。这幅画描绘了屋舍精美的梁园。大雪时节，远山冰雪笼盖，以留白方式表现的屋顶，映衬着彩色的斗拱以及苍翠的松柏，给人琉璃世界冰清玉洁又生机盎然之感，体现出了梁园犹如人间仙境的氛围。屋宇之内灯火通明，人来人往，熙熙攘攘，宴席正到酒酣耳热之际，热闹非凡。屋内之热与屋外之冷形成了巧妙的对峙，引发观者无限遐思。

驿站

《说文解字》说："驿，置骑也。"西周时期就已经有了比较完整的邮驿制度体系。在邮传驿道上的休息站叫作"庐""委""馆"，提供饮食和住宿，并在以后各朝代不断完善和加强。驿站是供传递官府文书和军事情报的人或来往官员途中食宿、换马的场所，兼具居住、防御、传递信息等功能。

题大庾岭北驿[1]

【唐】宋之问

阳月南飞雁，传闻至此回。
我行殊未已，何日复归来。
江静潮初落，林昏瘴不开。
明朝望乡处，应见陇头梅。

商旅空间

人在旅途，因为环境和生活节奏的变化，容易发生心理上的波动。特别是非度假目的的行程，更会使旅行者有一种莫名的紧张感。因而在商旅空间环境设计中，“舒适亲和”成为一个关键要素。让旅客进入后能够迅速松弛下来，并且在简洁且有品质的环境中产生微妙的“熟悉感”，这很重要。在细节处适当加入带有地域特色的文化元素，也能增添空间的趣味性和吸引力。过于奢华的空间布置、家具陈设和炫目的灯光设计不适合此类空间。

这首诗是宋之问于神龙元年（705 年）春被贬为泷州（今广东省罗定市）参军时所作。大庾岭为南岭中的“五岭”之一，是进入岭南地区

① ［清］彭定求等编，《全唐诗》，第 356 页。

的交通要道和分界线。在贬谪途中，诗人写过多首以大庾岭为背景的作品，这是其中之一。

首联“阳月南飞雁，传闻至此回”是起兴之语。诗人看到大雁，想到北雁南飞至此而回的传说，不禁心生忧思，感慨不已。

颔联是诗人的自伤：大雁能够停留在此，而我却要继续南下。雁有重归时，我又何时启归程？这一联与上一联紧密相扣，以人、雁对比的方式表达了诗人的留恋不舍和沉郁感伤。

颈联描写眼前景致。黄昏时候，江潮逐渐平息，波澜不兴；树林中隐隐有瘴气缭绕，昏暗不明。这样境界让诗人内心更加悲苦。前途黯淡，陌生的环境和艰辛的路途以及看不到前路希望的人生成为压抑诗人情绪的巨石，使他感到不堪重负。

尾联，诗人笔触一转，他说明天即将登上大庾岭了，站在山上，回望故乡，应该能够看到陇上的梅花吧。这一句是全诗情绪的高潮，读之，令人鼻酸。诗人在这里化用了南朝诗人陆凯《赠范晔》的诗意：“折梅逢驿使，寄与陇头人。江南无所有，聊赠一枝春。”[①] 故园之思、故国之情深婉，诗人借“望梅花”一事表现得含蓄缠绵。

【名称】仿吴镇山水图轴

【作者】吴历

【朝代】清

【馆藏】台北故宫博物院

【说明】吴历山水学黄公望，又受王蒙、吴镇影响甚深，后期又加入了西洋画技法，风格有所转变，喜用焦墨，深邃苍郁。这幅画墨色苍老，枯笔反擦，有深莽之气。明暗对比分明，层次清楚，很可见其特色。山岭高峻，云烟渺渺，令人别具行路艰难之感。

① [清]沈德潜选，《古诗源》，北京：中华书局，1963年，第269页。

弥牟镇驿舍小酌[①]

【宋】陆游

邮亭草草置盘盂，买果煎蔬便有余。
自许白云终醉死，不论黄纸有除书。
角巾垫雨蝉声外，细葛含风日落初。
行遍天涯身尚健，却嫌陶令爱吾庐。

闲适

闲适，是一种有质感、凌驾于奢华之上的生活美学。这种质感在室内空间设计中可以通过适宜的灯光、简淡却有层次变化的色彩、家具陈列以及经过细致测算的生活动线表现。营造闲适感是一种缓解心理压力、解除精神禁锢、拉近人际距离的有效手段。

这首诗写于新都弥牟镇的驿馆。虽然蜀道艰难，诗人却丝毫不见颓唐之色，谈笑以对。

既以小酌为题，首联便描述了在驿站中整顿杯盘、饮酒自乐的情形。因为人在旅途，所以无法馔细肴精，“草草”一语，正是羁旅本色。“买果煎蔬”，可见驿站所在的地方并不荒僻，这可能也正是诗人不觉凄苦

① ［明］周复俊，《全蜀艺文志》卷十六，［清］永瑢、纪昀等编纂，《文渊阁四库全书》第1381册，第162页。

的原因之一吧。“有余”，足见陶然之情。

颔联，是诗人用世之心的直接体现。诗人说，我本来以为我会隐居到老，没想到收到了皇帝的诏书。陆游于乾道八年（1172 年）被任为成都府路安抚司参议官，虽然官职卑小，但诗人不以为意，他志在恢复的理想始终未曾磨灭，故欣然就道。

颈联，作者描绘了自己的形象。角巾细葛是文士的典型装束，蝉鸣声中细雨打湿头巾，黄昏时分，身上的葛袍在风中轻扬。这样一派萧闲散淡的风度体现了诗人平和的心境，也说明他对自己的仕途起伏、宦海风波坦然面对，毫不在意。

尾联是全诗最提振精神的一句。诗人自云，身体强健，可以走遍天涯，他对陶渊明一心回归田园颇不以为然。陶渊明在宋代文人心目中有很高的地位，学陶、慕陶的文字不计其数。陆游在此特地点出陶渊明，并不是因为他真的厌弃这位前贤，而是为了表达出自己不愿固守陇亩，志存天下的壮心。

【名称】蜀道图

【作者】谢时臣

【朝代】明

【馆藏】[美]王己千（季迁）私人收藏

【说明】这幅画很好地表现了山川之雄奇，蜀道之艰难。远山云霭缭绕，望之森然；山石线条方折，险峭瘦硬，石纹刻画细腻，粗中有细，逼真自然；山路上行人逶迤而行，或洒脱或紧张，各呈其态。蜿蜒栈道直入云中，颇有李白《蜀道难》中“天梯石栈相钩连”的诗意。山间点缀屋舍，高墙飞檐，不似民宅，可能为蜀道驿站，供往来者停留休憩。有此布置，增强了画面的时空联结，更使人感知跋涉蜀道的艰难。

书院

书院是从早期的藏书楼逐渐发展而来的以传道授业为主的私立学校。就一般状况而言，书院藏书比较丰富，为学生提供了广泛汲取知识的可能。于书院任教的往往是学有专精的宿儒，他们在比较宽松而自由的氛围中向学生传授知识，有助于教学相长。因而书院教学是对官学体系的一个必要补充。书院从唐代开始发展，到了宋代达到鼎盛。名儒大家纷纷开办书院或者主持讲学，文风大盛。书院多选址在郊野或山林，注重风景之美，但并不藏匿于深山，追求入世而又脱俗的生活状态。朱熹将之概括为“无市井之喧，有泉石之胜，真群居讲学遁迹著书之所”（《白鹿洞牒》）[①]。书院环境布置风格带有文人意趣，设有讲堂，学舍、藏书楼、先师堂等建筑。

① ［宋］朱熹，《晦庵先生朱文公文集》卷九十九，［清］永瑢、纪昀等编纂，《文渊阁四库全书》第1146册，第344页。

同耿拾遗春中题第四郎新修书院[1]

【唐】卢纶

得接西园会，多因野性同。
引藤连树影，移石间花丛。
学就晨昏外，欢生礼乐中。
春游随墨客，夜宿伴潜公。
散帙灯惊燕，开帘月带风。
朝朝在门下，自与五侯通。

校园文化环境

校园空间是学校文化的物质载体，也体现了学校的理念与底蕴。校园环境的营造不是一味地模山范水或者追求华丽时尚，而是能够接续学校的历史文脉，以明确的主题反映学校的文化价值观和人才培育理念，实现人文要素、自然要素、地域特色和办学特色的融合与浑成，以给予学生春风化雨一般的沉浸体验，学在其中，乐在其中，实现审美以及文化濡染。

① ［清］彭定求等编，《全唐诗》，第1714—1715页。

这首诗是作者为新建成的书院所写的，诗题中的“耿拾遗”即他的好友耿湋。

首两句，诗人直叙了书院的聚会。他说能够在这里聚会的人都是因为性情相投。“西园”传为曹操所建。三国魏曹植《公宴诗》：“清夜游西园，飞盖相追随。”[①] 诗中记录的就是明月之夜西园中文人相聚的乐趣。诗人借用了此典故表明聚集于此的都是才俊之士。

三、四两句，描绘了书院的环境陈设。藤蔓绵长，牵攀于树上，花丛中有一些石头，让人可以坐下来休憩。在这样优雅美好的环境中，学子的心灵自然得到了美的濡染。

五到十句，是诗人对书院学习生活的铺叙。“学就晨昏外，欢生礼乐中”表明学生在此不舍昼夜，勤奋学习；而儒家礼乐经籍之美让学生们的内心倍感愉悦。这是令人向往的读书境界。“春游”两句则表明书院中的学生不是一味闭门苦读，而是得接山水之美，得享友朋相聚之乐。他们与文人墨客一起外出游览赏春，到了夜晚，得以伴随着像竺道潜那样的高人。这也说明了书院的学风相对自由。“散帙”两句宕开一线，稍入景语。打开书卷，晃动的灯影惊飞了梁上的燕子；打开帘栊，风随明月透进室内。这样幽静清淡的景致让人内心平静愉悦，这也正是最适合读书的心境。

结末两句，是诗人对于书院学子的期许，希望他们将来都能置身通显，这也表达了他对这个书院的期待与信心。

---

① ［南朝］萧统编，［唐］李善注，《文选》，第 934 页。

【名称】松荫书屋图

【作者】王世昌

【朝代】明

【馆藏】美国弗利尔美术馆

【说明】这幅画反映的是文人的书斋生活。此画秉承画家一贯特色，画中远山近石，笔墨苍劲雄浑，桐荫繁密，枝干遒劲。书屋清雅幽静，布置精细。画中人物用笔劲捷，造型生动：门外一士缓步而来，袍袖飘逸，神态从容；童子迎门而立，恭谨得体。全画颇能体现院体浙派之风格。

玉真书院经德堂[1]

【宋】辛弃疾

平生经德几人知，莫忘当年两字师。
绝代本无空谷叹，逢人且觅镇山诗。
千章古木阴浓处，万卷藏书读尽时。
却把一杯堂上笑，世间多少噉名儿。

意境与命名

中国文化历来重视“名实相符”。《论语·子路》说：“必也正名乎。”[2]名分是保障正当性、秩序性的前提。对于园林景观而言，“命名”是意境塑造的一个组成部分，也是文化品格的体现，是文字之美与景观特性或地域历史的融合。比如，苏州拙政园的“浮翠阁”建立在假山之上，为全园最高点。登阁四望，满园古树，耸翠浮青，与苏轼“山峰已过天浮翠”之诗意相近，故名之。又如杭州孤山有“放鹤亭”，是为纪念北宋诗人林逋而建。林逋隐居孤山，梅妻鹤子，亭名“放鹤”使人遥想当年诗人的高洁清逸风采。

① 徐汉明校注，《辛弃疾全集校注》，武汉：华中科技大学出版社，2012 年，第 740 页。
② 杨伯峻译注，《论语译注》，第 140 页。

玉真书院是江西余江境内有史料记载最早的书院。唐朝初期，长沙籍进士柳敬德在玉真山南麓建玉真书院，并手植桧树一棵于其侧。书院后石壁上刻“玉真台”三字。书院内修经德堂，为读书讲学之所，其意是依据道德而行，不违背礼，不是为了谋求官职。柳敬德去世，县人在桧树旁建柳祠来祭祀他。宋代鄱阳县人吴绍古在原址重建玉真书院，并将理学大师、教育家陆九渊题写了“经德”二字的匾额挂在书院的中堂。诗人从经德堂的名字来源生发开去，表达了自己以读书自娱，不慕虚名的傲岸个性。

首联，写经德堂得名由来。堂名取之于《孟子》“经德不回，非以干禄也”[①]；“两字师”指的是陆九渊，他写了《经德堂记》。作者在此表示了对陆九渊的敬意。

颔联与颈联可以放在一起理解。“绝代”，语出唐杜甫《佳人》：“绝代有佳人，幽居在空谷。”[②] 在此作者借以鼓励读书人不要因怀才不遇而感叹，到处去寻觅那些藏之名山的佳作吧。古树千株浓荫密布，在这里可以读尽万卷诗书。

尾联，作者直抒胸臆。在他看来，在这万木荫秀、典籍汗牛充栋的经德堂读书，远离尘嚣，看淡利禄，是人生的佳境，世间争名逐利之徒只是笑料而已。稼轩对“经德堂”充满了认同与亲近。历经世事变幻，对他来说，退而读书是一个无可奈何却又不得不然的选择，但能在留有前贤遗泽的地方读书，与伟大的心灵作冥冥之中的沟通，或许也是一种安慰。

---

① 吴哲楣主编，《十三经》，第 1429 页。

② [清]彭定求等编，《全唐诗》，第 1246 页。

【名称】山馆读书图

【作者】刘松年

【朝代】宋

【馆藏】故宫博物院

【说明】这幅画清丽严谨，设色典雅，界画工致，描绘了文人书斋优雅闲适的生活状态。画面中长松掩映山馆，枝叶微侧，似有风声。一位书生临几而坐，当窗读书，神情专注；童子洒扫于屋外，落花不存，明净可喜。门前湘帘高卷，画屏当户，隔与不隔之间自显散淡自然。这样的生活状态足以令无数士人心向往之。

关塞

关塞是在要冲之地建立的用于军事防守的城池，通常利用天然地势与人工建筑相结合，以险固为主要特点。

使至塞上[1]

【唐】王维

单车欲问边，属国过居延。
征蓬出汉塞，归雁入胡天。
大漠孤烟直，长河落日圆。
萧关逢候骑，都护在燕然。

大道至简

老子说："大道至简。""简"中包蕴着黜落繁缛、返归本源的真朴之美。对空间设计而言，"简"意味着舍去多余的细节，摈弃不必要的修饰，从理解用户需求的角度出发，赋予空间清净简素、直指心源的人格化力量。但"简"不是随意和任性，而是基于理性的概念提取和基于感性的心理共情的、合宜且朴素的形式选择。

开元二十五年（737 年），河西节度副大使崔希逸战胜吐蕃，王维以监察御史的身份出塞宣慰，这首诗作于察访军情途中。

首联，诗人直接点出了出行的目的地。他乘轻车前往边关，已经过

① ［清］彭定求等编，《全唐诗》，第 693 页。

了居延，一下子就将读者的视线吸引到了西北边塞。

颔联，“征蓬”“归雁”两个意象充满了边塞气息。诗人说自己犹如飞蓬从关塞飘出，像北飞的大雁一样进入了胡地的天空。这一句略带苍凉却丝毫不见颓唐。边塞天高地阔，比起都城更令人身心松弛。虽然诗人是因为被排挤而离开京城，但作为一个身负使命的使节，他仍然没有忘记自己的责任，并且也颇有自豪感。

颈联是全诗最精彩之处。诗人用了最简单朴素的词语来表达大漠的壮观和静美。西北气候干燥，空气湿度低，所以烽火台上的浓烟腾起，仿佛无所依傍，直上青天。大漠辽阔，空旷单调，这缕凌空而起的烽烟在诗人视线中突兀而起，有很强的视觉冲击，有一种孤傲坚韧之美。黄河从沙漠边流过，落日渐渐逼近河面，“圆”给人一种丰盈的感觉，让空寂单调的画面有了几分温暖。这一联看似用语直白，实则词、意俱炼而浑化无迹，将边塞的浩瀚壮烈表达得清晰逼真。

诗的最后两句写到达边塞，然而诗人却没有遇到将官，侦察兵告诉使臣，首将正在燕然前线。这个收结让我们看到边塞将士的艰辛。随时戒备来犯之敌，以身许国是将士们的使命。这个没有出现的“都护”让读者很自然地联想到大唐帝国的荣光便来自这些纵横万里瀚海的勇士。

【名称】番马图
【作者】胡环（一说为宋徽宗时画院摹本）
【朝代】辽
【馆藏】美国波士顿美术馆
【说明】画家是契丹人，最善描绘游牧民族生活。这幅画笔触清劲爽利，人物气质粗犷，马匹骨骼健壮，形态生动。一人一马聚集在画面右下方，留出大量空间，以表现黄河浩茫，饮马河畔的意境，格调苍古。

秋日赴阙题潼关驿楼[①]

【唐】许浑

红叶晚萧萧，长亭酒一瓢。
残云归太华，疏雨过中条。
树色随山迥，河声入海遥。
帝乡明日到，犹自梦渔樵。

轻重配比

合宜的轻重配比会给空间一种奇妙的节律感。色彩冷暖、材质柔软与粗糙、光线的明与暗都存在“轻重”之别，也就都会面临配比的问题。过度强烈的对比虽然会让人产生视觉冲击感，但也会让人在心理上因对峙而产生的紧张感无法消解，所以协调是缓冲对比的一种有效手段。

① ［清］彭定求等编，《全唐诗》，第3298页。

潼关为长安门户，地势险要，北临黄河，南踞山腰，历来为兵家必争之地。唐代关城充分利用了潼关的自然地理形势，“关楼北端紧临黄河，河水紧靠城关城墙，没有隙地。同时水面低下……南端紧依高山紧连城墙，而不可能登山下山……”[①]，所谓“一夫当关，万夫莫开”即此谓也。这首诗是许浑路过潼关驿楼时所写，既有客途萧瑟，又见关塞壮美，情景交融。

诗的首联，秋色的浓厚和离情的萧瑟被诗人用简笔勾勒出来。关山险峻，红叶满山，夕阳之下，长亭置酒赠别。这样的场景无须多言，自然很容易引发出读者悲凉的意绪。然而，这种悲凉里却不带绝望的色彩，在潼关这样一个有着厚重历史积淀的雄关之前，在秋浓如酒的画境之中，透露出一种壮美。

中间两联，大开大合，将潼关的景色包揽其中。潼关之南便是华山，残云飘过，仿佛山被云霭所缭绕，更添缥缈；向北，可见连绵起伏的中条山，微雨过后，山色自然更觉清朗。“残云”“疏雨”给人的感觉是凌乱而单薄的，“太华”“中条”则雄阔磅礴，厚重苍茫。一轻一重形成奇妙的对峙，给人一种流动感，豪阔中不失清隽。

在远景描写过后，诗人将眼光收回到眼前的关城。他看到林色苍苍，随着关城逶迤而去。关外便是黄河，河水向东，一去不返，奔腾咆哮汇入大海。诗人听着这滚滚波涛之声，想象着它奔流入海的气势，思绪悠远，诗境拓展得格外开阔。这两联让人想起后世张养浩的《山坡羊》：“峰峦如聚，波涛如怒，山河表里潼关路。”内心自然涌动出沉郁深厚的历史感。

尾联，“帝乡明日到，犹自梦渔樵”，耐人寻味。潼关距离长安不过一天的路程，入京之后自然诸事纷纭，诗人却不为京城的繁华所动，也不为自己入京后的生活谋算，而是感叹何时才能重新回到自由的生活状态，这似乎表达了诗人不慕荣利的心态，颇见风骨。

---

① 张驭寰著，《中国城池史》，天津：百花文艺出版社，2003 年，第 604 页。

【名称】潼关图

【作者】苏曼殊

【朝代】近代

【馆藏】真迹存否待考，引自《河南》杂志第三期（1907）

【说明】苏曼殊一生颇带传奇色彩。此画是他根据谭嗣同的《潼关》诗“终古高云簇此城，秋风吹散马蹄声。河流大野犹嫌束，山入潼关不解平”的诗意而作。当时，苏曼殊与多位主张革命的人士交往密切，在思想上受其影响，诗风画风均变柔婉清丽为雄浑激切。这幅画也是如此。画面上潼关城楼以侧面方式出现，但气势恢宏沉厚。一骑飞奔而来，马尾上扬，可见速度之快，叩关人急切之心明白可见。古城关与远来者，动静之间流动着力量感。

渡口

渡口是以船渡方式衔接两岸交通的地点，一般来说规模比港口要小。在一些渡口往往设置一些小规模的市集或者馆驿，以满足摆渡者采买和短暂留宿的需要。

题金陵渡[1]

【唐】张祜

金陵津渡小山楼，一宿行人自可愁。
潮落夜江斜月里，两三星火是瓜洲。

遗址规划

西津渡作为镇江的城市文化名片已经完成了规划与建设。对中国这样一个有着悠久文明的国度而言，类似的历史文化遗址规划与设计项目近年来层出不穷。这类项目应该在保留历史风貌的同时，注重可进入、可参与、可观赏性以及带入感，消除时间隔阂，重构叙事方式，让遗址尽可能以“活态化”方式得以呈现。

① ［清］彭定求等编，《全唐诗》，第 3187 页。

这首诗是诗人夜宿镇江渡口时所作。这里的“金陵渡”，三国时叫“蒜山渡”，唐代名“金陵渡”，宋代以后称为“西津渡”，是镇江最重要的渡口。东晋隆安五年(401 年)，孙恩率领“战士十万，楼船千艘”，由海入江，直抵镇江，控制西津渡口，切断南北联系，以围攻晋都建业，后被刘裕率领的北府兵打败。唐代以后这里专门派有兵丁守卫巡逻，是长江之上重要的渡口。

首句点明题目，没有任何修饰，这让人想起了张继的“姑苏城外寒山寺”之句，朴素之中带着某种笃定，仿佛诗中的地名自带意境，无须夸饰，便让人浮想联翩。

次句，写夜宿，落笔极轻，但无一字无内涵。“一宿”之“一”，表示时间短促；“行人”点明身份；“自可愁”，表示愁绪自来，不须具体情事牵引。这一句写出了诗人在金陵渡的感触。只要停留于此，自然会有一缕愁思油然而生。那么，愁从何来呢？是金陵渡厚重的历史积淀使人有今昔之叹？是万里长江风急浪高，让人担心渡江的安危？是行走江南，飘零已久，渡江而去依旧前路缥缈因而暗生愁思？诗人没有明言，这给读者留下了想象的空间，也使读者容易产生情绪的代入。

第三、四两句是渡口的夜景，惝恍迷离中别生摇曳之姿。作者夜眺长江，见斜月笼罩江上，半明半昧，江潮渐渐退却，起伏不定的江面重新归于宁静。这时候，远处忽然有零星几点光芒，幽细微小，但却因为夜色的衬托清晰可见，那里，便是瓜洲了。写到这里，诗的首尾相合，圆满自足。

值得注意的是诗人极善点染，以静以暗来烘托灯火之闪烁，跳跃之中含着一份欣喜，也透出一份尘埃落定的平和。这样的画面也不禁让读者产生一种情绪：江上风波虽恶，总有光明留在彼岸；轻愁过后，希望苏生。

【名称】维扬古渡图轴

【作者】袁尚统

【朝代】明

【馆藏】南京博物院

【说明】这幅画描绘的是扬州古渡口的景象。画面平旷，烟水之气弥漫。构图采用一河两岸方式。画面左上远景部分，扬州城楼赫然在望，飞檐四翘，绿杨环绕，显现出富丽繁华的景象。城外渡口，数只单桅船聚集停泊，表现出渡口的繁忙。江上，一叶扁舟顺流而下，船尾翘起，表现出速度极快。画面右侧下方，数人正在等待过江，有人下马坐在地上休息，有人似在指点远处，招呼渡船，骑马顾盼者、挑担者，各具形态。刻画虽简，却富有生活气息，渡口的日常情景展露无遗。

宿延平津[①]

【宋】蔡襄

鸣籁萧森万木声，浓岚环合乱峰青。
楼台矗处双溪会，雷电交时一剑灵。
晓市人烟披霁旭，夜潭渔火斗寒星。
画屏曾指孤舟看，今日孤舟在画屏。

人情味

有人情味的设计来自于设计师对于受众需求的准确判断和人文关怀。比如，斯堪的纳维亚风格的设计就在北欧极简主义基础上注入了对人的细致体察，将严谨、克制的功能主义与本土传统手工艺中的人文主义融合在了一起，避免过于刻板和严酷的几何形式，从而形成了富于“感染力”的风格。

延平津，晋时属延平县（今福建省南平市东南），故称。据《晋书·张华传》记载，丰城令雷焕得到“龙泉”“太阿”两剑，以其一送给张华。后张华被诛，剑失去了踪影。雷焕死，其子持另一把剑行经延平津，剑忽跃出堕水。雷氏派人入水寻找，只看见两龙蟠萦，波浪惊沸，剑也从

① ［宋］蔡襄，《端明集》卷五，［清］永瑢、纪昀等编纂，《文渊阁四库全书》第1090册，第375页。

此丢失了。[①]蔡襄本是闽人，又多年多次在闽地为官，对这个渡口的传说自然不陌生，夜宿于此，遂成此律。

诗的首联写延平津周边的环境，声色飞动，风雷隐隐。渡口近山，山风吹过，林木飒飒作响，闻之森然；山中烟云四合，环绕群峰，在云气的烘托下，山峰更觉苍翠。此情此景，令人心生警惕，仿佛会有什么不寻常的事情发生。

颔联承上而来。诗人说，在楼台密集之处正是建溪、西溪的汇合口，当雷电交加时，坠入水中的“龙泉”“太阿”宝剑翻身化龙。显然，诗人借助传说来显扬延平津的声名，刻画其与众不同的境界气质。首联的气势不凡的环境描写正是为引出“宝剑化龙”的故事做的铺垫。

颈联，诗人由虚入实，写延平津的周边居民的生活状态，让读者对渡口的真实生活有了清晰的认知。晨晖如轻纱，披在来往的人身上，一天的热闹从早市开始；入夜之后，渡口停泊着渔船，船上点点灯火与星辰争辉。由此可见，这个渡口非常热闹，围绕它已经形成了小的集镇。这人情味十足的一联与上文风雷涌动之态形成了鲜明的对比。

尾联，诗人采用了回环往复的手法写渡河景象。他说，曾经在屏风上指着孤舟评点其美，现在人在舟中，风景如画，岂不是一幅天然山水画屏吗？这一联轻俏流利，再一次表达了作者对延平津风景之美的欣赏。

通篇作品前后风格迥异，前半篇节奏紧凑，笔势飞扬，后半篇缓慢流畅，从容不迫，体现出诗人很好的语言驾驭能力。传说与现实的无缝对接也让延平津的形象生动而立体。

---

① ［唐］房玄龄等撰，《晋书》，北京：中华书局，1999 年，第 705 页。

【名称】山溪待渡图

【作者】关仝

【朝代】五代

【馆藏】台北故宫博物院

【说明】关仝画风源于荆浩，善于表现北方山水之雄浑。这幅画采用高远法构图，画面中群峰矗立，其势接天。山形厚朴，不失峭拔。山间林木丰茂，山风吹来，飒飒作响；山间飞瀑流泻，珠玉飞溅；山下古刹茅屋，生气流动。溪上有一叶扁舟，岸边有人似在呼唤，点出“待渡”之意。此图皴法相当细密，山石、树木按照形貌、种类、远近施以不同轻重、粗细、疏密走向的皴点，自然逼真。

楼阁

楼阁建筑在寺庙宫观中比较常见，而作为城市景观的楼阁与前者相比有着不同的环境意义。通常说来，它分为功能性与纪念性两种。功能性楼阁一般是指城市防御用的城楼、角楼或者报时、警戒用的钟鼓楼。纪念性楼阁一般选址在风景秀丽之处，人们登临其间，凭栏远眺，视野开阔，襟怀舒展，是城市重要的景观资源，也是文人墨客最喜欢描绘的对象。

登岳阳楼[①]

【唐】杜甫

昔闻洞庭水，今上岳阳楼。
吴楚东南坼，乾坤日夜浮。
亲朋无一字，老病有孤舟。
戎马关山北，凭轩涕泗流。

错觉设计

“错觉”的应用能够创造一种特殊的设计之美。常见的视错觉有十一种：三角形分割错觉、垂直中线错觉、马赫带错觉、赫林错觉、赫尔曼错觉、同时对比错觉、蒙克－怀特错觉、水彩错觉、贾斯特罗错觉、康士维错觉、缪勒－莱尔错觉。这些错觉会让色彩与图形产生微妙有趣的认知差异，从而影响心理体验效果。在建筑空间设计中，将二维平面的视觉错觉转换到三维空间，能够产生奇异的审美体验。例如，加拿大安大略省2003年建成的“裂缝屋”，意在纪念1812年在此地发生的八级大地震，外立面不仅布满裂缝且有摇摇欲坠之感，让参观者充满了好奇与紧张感，利用的就是视觉错觉。在视觉设计和产品设计中，“错觉”的应用更为广泛。

① ［清］彭定求等编，《全唐诗》，第1403页。

此诗是诸多吟咏岳阳楼的名篇中影响深远的一首。首联，“昔闻”与“今上”对举，体现出了诗人对向往已久的岳阳楼终于可以登临的感叹。这一联作为诗的起句在全篇中有非常重要的作用。它写出了这首诗的关键词“水”，整首诗都是围绕诗人在岳阳楼上观洞庭湖水的所见所感而成，水是作品意境构筑的主要依托。其次，我们发现，在这一联中诗人刻意拉开了时间距离。“昔”与“今”之间相隔着诗人的想象。在来到岳阳楼之前，诗人对之一定有过内心的刻画与期待。洞庭湖是娥皇女英殉舜之地、屈原行吟之地，无数传说与历史包蕴在这浩渺烟波里。诗人今日之登临是对想象的印证。“昔”与“今”之间也隔着一段诗人的人生经历。杜甫来到岳阳楼时，已是安史之乱后。战乱虽平，但民生凋敝，而诗人本身也已经历尽挫折，垂垂老矣，却依旧生涯无着。诗人登楼之时思往事，叹今生，凄凉之意自然难免。简简单单十个字，潜气内转，语浅意深。

颔联是全诗警句。站在岳阳楼上，洞庭湖水无际无涯，诗人的思绪随着这湖水铺开。他仿佛看到在湖水的推挤之下，大地分裂。吴地推向东面，楚地挤向南面。“坼”，是地裂之意，诗人很善于把握词中的动态。因为极目远眺，湖水浩荡，所以在诗人的想象中，万物都漂浮于湖上。日月星辰、缤纷物象在水面上起伏，水成为天地间唯一的主宰。这是一个非常夸张的写法，但是却并不凿空，诗人有效地在景物描写中加入了心理体验，心物交感之下，实体空间被无限放大，形成了这样的画面。

颈联须与颔联连贯起来看，方能穷极其妙。颔联写景，涵容万象；颈联写人，幽独孤单。大和小、多与少之间产生了巨大的张力，使哀情愈哀。诗人说，他身处湖上孤舟之中，音信断绝。“无一字”，显现出被遗忘和弃绝的孤独感。年老多病，漂泊无依，全家托命于一叶小舟，生机断绝之危萦绕心头。诗人将一己之身的孤苦惨淡放在洞庭湖浩茫雄阔的背景之下来写，更加凸显出了大时代纷乱衰败之中小人物命运的悲苦。

尾联，是杜甫家国情怀的体现。他在岳阳楼的窗边向北眺望，想到关山以北烽火不息，不禁泪流满面。这首诗写于大历三年，这一年吐蕃攻灵州，朔方将白元光败之。凤翔都将李晟出大震关，吐蕃军解灵州之围而退。“戎马”之句因此而发，与全诗阔大的境界相应相承，尽显杜诗“沉郁顿挫”之格。

【名称】岳阳楼图

【作者】夏永

【朝代】元

【馆藏】美国弗利尔美术馆（夏永绘制过多幅《岳阳楼图》，书中所引藏于美国弗利尔美术馆）

【说明】夏永师法王振鹏，以界画名世，绘制多幅具有影响力的历史名楼，如岳阳楼、黄鹤楼、丰乐楼、滕王阁等。其中以岳阳楼为主题的就有多幅，均有细微差异。这幅画用细若发丝的线条勾勒出岳阳楼的轮廓，楼阁表现细密繁复，气度宏伟，显现出力压八百里洞庭烟波浩渺的气势。主楼左侧有苍松掩映，墨色淋漓，苍郁繁茂。与其他同题作品相比，此画人物众多。三层楼阁中分别有七人、七人、六人。亭阁旁的人数也增加到了七个。一位老者在向阁内拱手，他的前方有一个背着雨伞包袱的人，显然是慕名前来的观光者。一人立于旗杆下观望，另有四人分散四处观望。全画楼台精湛，山石简练，人物生动。

黄鹤楼[①]

【唐】崔颢

昔人已乘黄鹤去，此地空余黄鹤楼。
黄鹤一去不复返，白云千载空悠悠。
晴川历历汉阳树，芳草萋萋鹦鹉洲。
日暮乡关何处是，烟波江上使人愁。

重复

在现代主义设计表现手法中，“重复”的手法应用充分而多元。有规律的重复构成了一种韵律美和秩序美，有助于组织信息，强化视觉印象，使整个设计产生连续性效果，给人严谨细致的心理体验。被用于重复的视觉元素可以是符号、纹样、色彩、线条、空间关系等。

① ［清］彭定求等编，《全唐诗》，第720页。

黄鹤楼位于武昌蛇山之巅，濒临万里长江，始建于三国时代东吴黄武二年（223 年），原为夏口城一角瞭望守戍的角楼。三国归于一统，该楼在失去其军事价值的同时，随着夏口城的发展，逐步演变成为官商行旅“游必于是”“宴必于是”的城市景观楼阁。

诗的首联，句法新奇，诗人连用两个“黄鹤”，尽显回环复沓之美，从语言结构的层面就显现出了岁月悠长，往事难追，感慨所寄，一唱三叹的韵味。同时，在这一联中，我们也看到诗人造境虚实相生的手段。“昔人”句，道出了黄鹤楼得名的由来，用神话故事为诗歌铺垫出几分灵异之感，让读者妙想天外。而“空余”则落笔到眼前之景，让黄鹤楼产生了一种历尽沧桑、褪去光环、落地生根的存在感。悠远之思与现实物象结合，自然生发出天意难问、世事苍茫的感慨。

颔联，与首联关联紧密，仍以“黄鹤”开头，仙人乘鹤而去，一去不返，千载而下，登临此楼的人只能面对悠悠白云，发思古之幽情。这一句由眼前景写到了意中事，同样是虚实结合。黄鹤楼本身位于山巅，地势极高，而且根据宋人绘画作品的记载，楼建于高台之上，所以登临其上，似与白云相接。诗人由此联想起关于黄鹤的传说，自然浑化，空灵缥缈。

颈联是写景之句，诗人描述了登楼所见实景。天气晴朗，汉阳城中的树木清晰可见，沙洲之上，芳草如茵。这是高视角全景式的描写，既见黄鹤楼依山枕流之高朗，又带江上城中景致之缤纷，有入画之妙。

尾联，以思乡之情作结。诗人因登楼而感怀今古，生出岁月不居之叹；因观景而牵连乡思，烟波浩渺中归思难禁。时间与空间的遇合让诗人的愁思不仅有一己身世之感，更是触动了人类共有的对于生命归宿的思考。托想高远，寄情无限。

【名称】黄鹤楼图

【作者】安正文

【朝代】明

【馆藏】上海博物馆

【说明】此画描绘大雪后的黄鹤楼，构图仿南宋“院体”山水界画的布局法，结构严谨，比例精确，线条挺秀。楼宇顶部与飞檐采用留白手法，表现冰雪晶莹之感。主楼中文士环坐，正在欣赏画轴；回廊上和楼前游人仰首，目送黄鹤，神态生动，点明题旨。楼前山石野草松树采用写意手法点染，与楼阁之精细形成反差，避免了画面过于繁复和单调。

水龙吟·过南剑双溪楼[1]

【宋】辛弃疾

举头西北浮云，倚天万里须长剑。人言此地，夜深长见，斗牛光焰。我觉山高，潭空水冷，月明星淡。待燃犀下看，凭栏却怕，风雷怒，鱼龙惨。

峡束苍江对起，过危楼、欲飞还敛。元龙老矣，不妨高卧，冰壶凉簟。千古兴亡，百年悲笑，一时登览。问何人又卸，片帆沙岸，系斜阳缆。

文字联想

汉字之美在于形意中生发出的无尽联想。通过对汉字字形的解构，利用其灵活的笔画、独特的方块字形或有历史延展性的字体演变，以图形化方式对字意进行创造性发挥，以直接简练的视觉形式传达意蕴丰足的审美内涵与历史文化，是视觉设计中表达中国趣味的一种手法。在海报、包装、广告设计中，运用这种手法都产生过意脉流畅、主旨鲜明的经典作品。

① 唐圭璋辑，《全宋词》，第 1896 页。

宋代的南剑州即是延平区，属福建。这里有剑溪和樵川二水，环带左右，双溪楼正当剑溪和樵川二水交流的险绝处，四面青山，峰峦如剑，这样的景致给了词人很大的发挥空间。他将登临览胜与内心情志做了有机的结合，抓住一个“剑”字联想开去。

上片开篇“西北浮云”“倚天长剑”两个意象破空而来，给人一种苍茫孤绝之感。这把撑持天地的长剑既是词人对南剑青山险峭峥嵘的描绘，也是他内心激荡的英雄之气的外化。南宋之世，东南之重不言而喻，在稼轩心里，撑住半壁江山以待恢复之机是他从未忘却的信念，在这片山水之中，眼前景与心中事合二为一，此“有我之境”也。因为讲到“剑”，稼轩索性延展开去，用了《晋书·张华传》中宝剑之精光冲斗牛的典故，着力将本地山水染上神异色彩。仿佛这一片冷月空潭之中有着不可名状的奇幻之物，以至于词人要燃犀下探，一看究竟。然而，他终究没有那么做，怕“风雷怒，鱼龙惨”是阻止他的原因。如果将词人的这一联想与其真实处境做一联系，我们会很自然地联想到稼轩半生跌宕，饱经磋磨，纵然英雄自负，也难敌人世之间的魑魅魍魉。上片至此，情境相映，奇崛之美令人心折。

过片两句，气势如虹。高峡、飞流、危楼构成了一幅充满腾跃之感的动态图景。激浪拍岸之声如在耳畔。这样的激荡是词人内心飞扬的情绪的映射。稼轩从来不是一个冷情之人，顺境也好，逆境也罢，他虽然时而会说一些故作放达之语，但从未真正放下梦想。所以虽然以“元龙老矣”自况，以“不妨高卧，冰壶凉簟”这样的冲淡平和之词来排遣意绪，然而家国兴亡、民生悲欢常在心头，这是全词情感的高潮。结句，沐浴着夕阳的航船卸落白帆，一派恬静。但是，这恬静背后却是词人不可言说的悲哀。人至老境，前路无多，恰如日薄西山，舟到江心，不是不知道恢复之难、人心之险，然而终不敢绝望，总不忍放弃。

山水可以寄情，山水亦可养志，稼轩在这南剑山水、双溪楼头托寄的正是他虽九死其未悔的拯危救亡的情怀。

【名称】危楼曲阁图

【作者】谢时臣

【朝代】明

【馆藏】美国旧金山亚洲美术馆

【说明】这幅画采用两幅合二为一的画法，可能是源于折叠画屏的布局。画中云雾缭绕，危楼立于山崖之上，远处瀑布流泻，其声如雷。近处水流激荡，波翻浪卷，大有风云呼啸之状。楼中人或垂钓，或聚谈，或静观波澜，神情悠闲，忘形物外，与山水危楼形成的紧张感构成绝妙反差，体现了画家内心的平和安详。

高台

台是一种以实心土台为内核的建筑，多为方形。《尔雅》曰：“四方而高曰台。”[①] 这类建筑在战国、西汉时尤为盛行，体现了人们以高大建筑表现崇高之美以及礼敬天地的观念。特别是秦汉之时，神仙方术的流行进一步促进了高台建筑的发展，人们以此模拟仙居生活的环境，并以高台作为迎神之所，如汉武帝的柏梁台。当然，高台在实际生活中更多地被用来作为游乐观景、欢宴宾客之所，如曹操在邺城所建的铜雀、冰井、金虎三台。

① 吴哲楣主编，《十三经》，第 333 页。

登金陵凤凰台[1]

【唐】李白

凤凰台上凤凰游，凤去台空江自流。
吴宫花草埋幽径，晋代衣冠成古丘。
三山半落青天外，二水中分白鹭洲。
总为浮云能蔽日，长安不见使人愁。

年代感

对凝固的空间而言，时间如血脉流动。把时间性融入空间设计，能够唤起人们沉淀的记忆，塑造带有年代感的经典与优雅。例如，在室内设计中引入一些带有岁月剥蚀痕迹的“老物件”，对其进行功能和使用场景的创意性改变，或者提取一些具有典型意义的传统图形纹样，对其元素进行重组，凸显其历史底蕴和文化吸引力就是有效的途径。有年代感的空间不是复刻，而是融合与重构。

① ［清］彭定求等编，《全唐诗》，第1007页。

谈到李白的《登金陵凤凰台》，总会有人拿崔颢的《黄鹤楼》作为对比，讨论两者语句之优劣，境界之长短，实则这两首作品各有特色，未可轻易分出轩轾。

这首诗，首联句式结构与崔颢《黄鹤楼》极为相似，连用三个“凤”字，形成复沓之美，音节流美宛转。内容上，也是结合了历史传说。“凤凰台”在金陵凤凰山上，相传南朝刘宋永嘉年间有凤凰集于此山，乃筑台，山和台也由此得名。凤凰为传说中的百鸟之王，羽毛五色，声如箫乐。人们常用其象征瑞应。《诗经·大雅·卷阿》说：“凤凰鸣矣，于彼高冈。”[①] 凤凰来游是盛世图景，凤去台空是末世印象。所以这一联诗人将苍茫的历史感包蕴其中，感叹六朝繁华如落花流水。与《黄鹤楼》的不同之处在于，这一联最后的落脚点在于“江”，或许作者想以长江的无穷无尽来作为王朝更迭、人事代谢的对比与衬托吧。

颔联是对“凤去台空”一语的生发。三国时东吴的宫殿已经荒芜，野草闲花掩埋了通向它的道路；东晋时衣冠南渡的一代风流之士也早已成为一抔黄土。时光流逝，带走了许多繁华，曾经的荣光烟消云散。这一联凭吊历史，感慨系之。

颈联写眼前景。“三山”在金陵西南长江边上，三峰并列，南北相连。“白鹭洲”，在金陵西长江中。诗人说，碧空之下，远眺三山半隐半现，一路奔流的长江被白鹭洲分成两股水道。这一联工整大气，大有江山四顾、万象尽收眼底的气魄。

结句，寓意深长。作者由六朝之金陵想到了都城长安，道出了他对现实的深深忧虑。他心念长安，却报国无门，内心隐痛托于情景，含蓄深沉，将历史与现实进行了完美的结合。

---

① 程俊英译注，《诗经译注》，第 548 页。

【名称】人物故事图——吹箫引凤

【作者】仇英

【朝代】明

【馆藏】故宫博物院

【说明】这是仇英所绘《人物故事图》中的一幅，内容取材于历史故事寓言传说，题材为人所习见。但是，仇英的创作别有新意，通过场景设置和细节表现增强了画面的故事性和观赏性。这幅《吹箫引凤》描摹高台之上弄玉吹箫的景象。近景绘宫殿楼阁，工整精细，华美雍容，体现皇家气派，显现人物身份。中景高台凌驾殿阁之上，云雾缭绕，与远山相连，饱含仙灵之气。人物情态描绘得细腻精微，仕女容貌端庄娟美。两只凤凰翩翩而来，近大远小，形态生动，仿佛被箫声吸引。全画流畅自然，艳中见雅。

登凌歁台[1]

【唐】罗邺

高台今日竟长闲，因想兴亡自惨颜。
四海已归新雨露，六朝空认旧江山。
槎翘独鸟沙汀畔，风递连墙雪浪间。
好是轮蹄来往便，谁人不向此跻攀。

‖ 奇险 | 不平衡 | 盆景设计 ‖

奇险之美在于不蹈袭前人规矩，不流于平庸家常，挑战人与生俱来的对未知的渴望和对超越极限的期待。奇险之美不仅体现在大尺度的建筑中，如山西的悬空寺，也可以呈现于小尺度的盆景设计里，如“悬崖式”盆景通过倒挂、倾侧、疏密、根系裸露等刻意创造不平衡感的手法在方寸之间营造出兀傲孤绝、遗世独立的境界，就是典型例证。

① [清]彭定求等编，《全唐诗》，第4080页。

凌歊，谓涤除暑气。凌歊台在安徽当涂，南朝宋武帝刘裕曾于此筑离宫。诗人经过时，此台荒废已久，登台而望，江山风雨，如烟往事扑面而来，故有此作。

首联，开门见山，点出了诗歌的主题“兴亡”。罗邺说，凌歊台现在已经很少有人来，闲置已久，登上高台，想到六朝兴衰、江山更迭的往事不禁感到凄凉。这一联中虚字用得很好。“竟”字写出了诗人登台之时内心的落差。这样一座著名的观景台居然落到人烟稀少、荒芜衰败的境地，这是诗人没有想到的。“自”字，则写出了诗人因为所见而产生的内心情感波动，独登高台，满目凄凉无处可说，家国兴亡的惨痛也不忍直说，只好默然伤怀。

颔联，是对“兴亡”一词的具体展开。如今天下已经有了新主，六朝旧时江山依旧，却早已物是人非。“新”和“旧”之间尖锐的对比给人巨大的创痛感，也不禁使人联想起日薄西山的唐王朝，为它的前途感到深深的忧虑。

颈联，诗人的视线转向高台之外的长江。沙洲之旁，有一只孤独的水鸟停在船上；波涛翻涌，风在浪涛之间穿行。这是一幅孤独而又危机四伏的画面，从中投射出作者内心的隐忧。“翘”字写出了鸟儿在船头颤颤巍巍站立的样子，写出了风浪之大，船体不稳。“递”字则道出了江风迅疾的状态。精当的动词选用使画面更为生动。

尾联，诗人说凌歊台交通不便，否则必定游人如云，来此登台。这是一句自我安慰之辞。诗人内心很清楚，六朝风流云散后，作为当年离宫所在的高台必然从人们的视线中渐渐淡出，成为历史陈迹。它的衰败是王朝崩塌、山河易主的见证，归因于便利与否是作者故作曲笔。整首作品名为登台，实则表达出诗人对唐王朝的末世哀感，是晚唐登览记游诗中佳篇。

【名称】新安十景图——文殊台

【作者】周用

【朝代】明

【馆藏】台北故宫博物院

【说明】此画与前述《新安十景图——慈光寺》同出一册，风格相类。较前图而言，此画更多将笔墨放在山石刻画上，使之呈现出或峭直或圆润、或灵秀或苍古的不同风貌，表现文殊台的周边环境，展现其高绝平旷之态。台上寺院建筑勾画洗练，寺前画有六个人物，以一、二、三的方式分布，或独坐赏景，或两两共话，或三人聚谈，体现出游人之众。人物形态简洁，遗貌得神。

厅堂是建造在建筑组群纵轴线上的主要建筑，常作为正式会客、议事或行礼之所。在《营造法式》“大木作制度一”中规定，厅堂所用木材在第四等到第七等之间，低于殿堂，高于其他。[1]这能够说明厅堂在传统建筑中的地位。在私家园林中厅堂作为主体建筑，是供园主会客、宴请、观赏花木或欣赏戏曲的场所，因此厅堂的位置往往设在离大门不远的主要游览线上。

① ［宋］李诫，《营造法式》，［清］永瑢、纪昀等编纂，《文渊阁四库全书》第673册，第428页。

和裴令公新成绿野堂即事①

【唐】姚合

结构立嘉名，轩窗四面明。丘墙高莫比，萧宅僻还清。
池际龟潜戏，庭前药旋生。树深檐稍邃，石峭径难平。
道旷襟情远，神闲视听精。古今功独出，大小隐俱成。
曙雨新苔色，秋风长桂声。携诗就竹写，取酒对花倾。
古寺招僧饭，方塘看鹤行。人间无此贵，半仗暮归城。

四面厅

品四时佳趣，观万象变化，明天地造化之奇正，得顺应自然之妙谛。这是中国古典园林厅堂设计的立意所在。明清以后园林厅堂依据形制、功能和位置有不同命名，比如鸳鸯厅、花篮厅、荷花厅等。诗中所写的绿野堂建于唐代，但依其描述，类似于后世的四面厅。这种厅四周绕以围廊，长窗装于步柱之间，廊柱间多在檐枋下饰以挂落，下设半栏坐槛，可供坐憩之用，便于四面观景。四面厅是一种半开敞空间，既有边界感，又拉近了人与自然的距离，如拙政园“远香堂”和沧浪亭“面水轩”。

① ［清］彭定求等编，《全唐诗》，第 3115 页。

这首诗是诗人为裴度位于洛阳午桥的别墅中新建成的绿野堂而作。诗的首四句，诗人通过铺叙对绿野堂的环境进行了初步的描写。他说，绿野堂的堂名寓意美好，堂的四面都开了窗，非常明亮。高墙把绿野堂深深地隐藏起来，使之呈现出宁静而清朗的氛围。诗人着重点出了绿野堂“僻还清”的风格特点。

五到八句，是从绿野堂中向外看去所见的风景。水池中有乌龟戏水，前庭种满了可供观赏的草药。树木枝叶茂密，让屋檐看上去越发深邃；石头棱角分明，以此铺成的小路高低不平。诗人着力描写了绿野堂景色的苍朴幽深，从中反映出主人远离尘嚣淡泊自守的襟怀。

九到十二句表达了诗人对主人裴度的赞扬：裴度明道旷达、胸怀开阔、心志安闲，故得以在绿野堂中享受到视觉与听觉的满足；他已经功成名就，压倒古今，因此无论大隐于朝还是小隐于野都能优游自如。这四句话背后别有深意。裴度任将相二十余年，荐引过李德裕、李宗闵、韩愈等名士，重用李光颜、李愬等名将，在平定淮西、河朔叛乱中均有大功。甘露之变后，裴度退居东都，在绿野堂中过起了诗酒风雅的生活。这是他审时度势的结果，也是无奈的选择。诗人深明主人心意，特意用这四句诗表达对裴度的崇敬与安慰。

十三到十八句，诗人对主人在绿野堂中的一年之中不同季节的生活状态进行了详尽的铺叙，展现情趣、雅趣和乐趣。朝雨过后，苔色清润；秋风起时，丹桂飘香。主人在竹林中写诗，对着盛放的鲜花饮酒，招来古寺中的僧人说禅论道，与他一起吃斋饭；池塘中鹤影翩翩，优雅轻盈。这番描写，一事一景，清简有味，绿野堂中生活闲适、放旷于此毕现。

末两句，作者特意点明了裴度的身份之显贵，意在表明这位归隐园林的主人与众不同。作者用了一个细节“半仗”，这是指仪仗队的半数，为日常之用。裴度在暮色中从城外回来，有“半仗”相随，可见其地位之高。

通过这首诗，我们可以清晰地知道，唐人颇喜在园林别墅中营建厅堂作为观景和宴饮之用，这也是他们展现自我人格与理想的一种方式。

【名称】万柳堂图

【作者】（题）赵孟頫

【朝代】元

【馆藏】台北故宫博物院

【说明】此画虽题为赵孟頫画，但收藏家王己千（季迁）认为其出于“明小家”之手。中国社会科学院谷卿先生认为：此画画面充满了世俗的表达，由于画者过分追求故事感和情节性，很有可能是借鉴了一些刊刻于当时的通俗文学图书中插图的构图方式；而且画中的骏马与赵孟頫的其他作品相比缺乏健壮和神采，也没有唐宋古韵；题画书法也有作伪之嫌，所以此图非赵氏所作，而是根据“万柳堂雅集”的相关记载由后人绘制的。[①]这个考释从目前情况看是很有依据的。但是这幅画仍有其价值。

画面分为三个部分：画面下方从柳茂盛的池塘边，有位文士骑马来访。画面中心庭院内三位文士已聚万柳堂中，主客共坐，神态安闲；有一红衣女子手捧鲜花而来，小童侍立。画面上方有远山城墙，暗示此堂距城不远，闹中取静。全图厅堂、庭院刻画细腻，精致雅洁，人物情态生动自然，很好地反映出元代文人的生活场景。

① 谷卿，《〈万柳堂图〉及其题诗新论》，《中国国家博物馆馆刊》，2017年第3期，第98页。

客厅[①]

【唐】徐夤

移却松筠致客堂，净泥环堵贮荷香。
衡茅只要免风雨，藻棁不须高栋梁。
丰蔀仲尼明演易，作歌五子恨雕墙。
燕台汉阁王侯事，青史千年播耿光。

‖简素‖

作为共享空间的厅堂不仅是一个活动场域，同时也集中体现了主人的审美理想和生活品位。以“简素之美”呈现的厅堂代表的就是主人绝去浮华、返归本心、真淳朴质、平和澄净的内心世界。简素的风格在空间尺度比较小的厅堂中尤为适用，通过留白和自然素材的应用能够营造虚实相生的意境，小中见大。

这是一首描写客厅的建筑风格与环境的诗，从中可以读到唐代文人关于厅堂建筑的审美观。

首联写客厅的位置和尺度。作者说把松树和竹子移走，建一个客厅；用纯净的泥土来筑墙，让房间中充满荷花的香气。这一联说明，客厅建

① ［清］彭定求等编，《全唐诗》，第 4419 页。

在花园中，面对荷塘，目的是为了观荷赏景。“环堵”指四周环着每面一方丈的土墙，形容狭小、简陋的居室。《礼记·儒行》：“儒有一亩之宫，环堵之室。”[①] 足见这个客厅的面积并不大。

颔联写客厅的建筑风格。诗人说客厅只要可以遮风挡雨即可，不需要雕梁画栋。“衡茅”语出陶潜《辛丑岁七月赴假还江陵夜行涂口》诗：“养真衡茅下，庶以善自名。”指简陋的屋子。“藻棁”则指梁上有彩画的短柱。南朝梁萧统《殿赋》曰：“藻棁鲜华而粲色，山节珍形而曜目。”[②] 客厅作为一种以社交为主要功能的建筑空间，其建筑风格必然要体现主人的审美追求，故用这两者对举，体现出诗人对简淡朴素风格的向往。

颈联，借用先圣先贤的典故来表明诗人何以坚持这种风格。《周易·丰》中说：“六二，丰其蔀，日中见斗。”[③] 后用“丰蔀”谓遮蔽。《尚书·夏书·五子之歌》中有：“其二曰，训有之，内作色荒，外作禽荒，甘酒嗜音，峻宇雕墙，有一于此，未或不亡。”[④] 诗人说在孔子看来屋子只要遮蔽起来就可以，《五子之歌》也告诉世人追求华丽的装饰是亡身之道。从这一联中我们可以看出中国建筑美学风格的形成深受礼制文化的影响，这一点从一个小小的厅堂建筑就可见一斑。

尾联，诗人用非常含蓄的手法来揭示自己的审美观。“燕台”指战国时燕昭王所筑的黄金台，“汉阁”指扬雄校书的天禄阁。他说像燕台汉阁这样的建筑是王侯将相所拥有的，它们注定在史册上散发着光芒。这一句看似与全诗没有关联，实则是借此表明，作为安贫乐道的文人，他不需要大厦华屋，有一简素的居所便已足够。

---

① 吴哲楣主编，《十三经》，第 585 页。

② [南朝] 萧统，《昭明太子集》卷一，[清] 永瑢、纪昀等编纂，《文渊阁四库全书》第 1063 册，第 649 页。

③ 同注释①书，第 44 页。

④ 同注释①书，第 75 页。

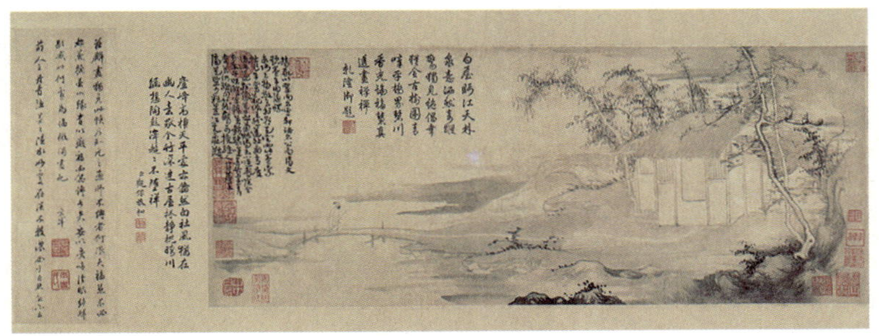

【名称】翠雨轩图

【作者】庄麟

【朝代】元

【馆藏】台北故宫博物院

【说明】此画用大写意的手法描绘翠雨轩临溪风光，是画家唯一的传世作品。画面上茅屋清简，周边杂树环绕，萧闲散漫。桥上一人徐徐而过，神态淡然。画面疏密浓淡随心点染，没有精心雕琢的痕迹，体现出闲适清朗的意境。

亭子

“亭”是一个象形字，战国文字字形，其中“T”像矗立的亭柱。亭，本义是设在路旁的公房，供旅客停宿，如驿亭、乡亭。后来借用于园林中，作为吸引游人驻足停留的小构筑物的名称。这些构筑物往往选址于能观景、成景的地方，多用四柱支撑，四面通透，各面完全开敞，“是最能体现中国人关于阴阳和合观念的建筑”[①]。

① 萧默主编，《中国建筑艺术史》，第1139页。

登北固山亭①

【唐】李涉

海绕重山江抱城，隋家宫苑此分明。
居人不觉三吴恨，却笑关河又战争。

观景亭 | 邻于自然 | 因地制宜

观景亭的构筑最重要的原则就是“邻于自然”，即不破坏自然景观的视觉审美，避免突兀或造成不调和感，因而无论色彩、材质还是形制都要注重“因地制宜”。如此，山海之间，深林幽谷，流泉飞瀑，筑亭于其中、其上，观风听月，方能尽情得趣。

北固山，镇江三山名胜之一，横枕大江，石壁嵯峨，山势险固，因此得名。南朝梁武帝曾题书“天下第一江山”来赞其形胜。山之巅有甘露寺，北固亭在寺西，因其地势以及与北固山之关系，又有凌云亭、摩云亭、临江亭、江山第一亭、天下第一亭等名称。

首句，题写北固山的位置。因为亭在山巅，站在其中，放眼望去，可见万里长江在山下滚滚而去。群山被江水环抱，连镇江城都仿佛屹立于水中。面对如此开阔的江景，放眼江南江北的青山、城池，诗人胸中顿时翻涌起苍茫的历史感。

① ［清］彭定求等编，《全唐诗》，第 2975 页。

次句“隋家宫苑”，是指隋炀帝南下江都所修建的宫苑。隋炀帝三下江都，宫殿多在扬州，也有建在萧皇后故乡毗陵（常州）者。北固山在长江边，与扬州隔江相对，能否看清宫苑遗址不能确认，但这并不妨碍诗人即景兴感，追思前朝旧事。这其中也隐含着中唐时文人在安史之乱后，对大唐王朝如何吸取历史教训、重振雄风的思考。

三、四两句是诗人讽喻之旨所寄。“三吴”的范围有狭义和广义两种。狭义指的是吴、吴兴、会稽三郡，而广义除吴、吴兴、会稽三郡外，还包括了其他一些郡。无论哪种，这个名词指的都是“江南”区域。三国至隋代，这个区域承载了多少次政权更迭，江山易主，但兴亡之恨似乎已经被当地人逐渐遗忘，他们像讲故事一样笑谈着在黄河流域发生的一次次战争。作者借对“三吴”人善忘的批评，实则是为了道出心中深切的忧虑：随着时间的推移，切肤之痛淡化，地覆天翻的变化都会被轻易遗忘，那么吸取历史经验、避免重蹈覆辙岂不成了一句空话？这种反思体现出诗人“以史为鉴”的眼光。北固亭中，江山览胜，抚今追昔，忧患在心，这是诗歌的主旨所在。

【名称】山亭文会图

【作者】王绂

【朝代】明

【馆藏】台北故宫博物院

【说明】文人雅集为传统绘画题材，此画描绘的正是古朴山亭中一场文人聚会。山间亭台楼阁隐现，近景山亭中有数位文人展卷而谈，神情专注；山上溪流淙淙，山下河上小舟徜徉，有人正乘船赶来参加聚会，山路曲折，行路者步履匆匆。全图结构严谨，墨韵深厚，山石皴法点苔，似从王蒙法度中来，但又自出新意，厚重中不失灵动。层林繁茂，枝叶清朗有致，笔笔到位，各具姿态。整体风格清润苍郁。

菩萨蛮·赏心亭为叶丞相赋[1]

【宋】辛弃疾

青山欲共高人语。联翩万马来无数。烟雨却低回。望来终不来。

人言头上发。总向愁中白。拍手笑沙鸥。一身都是愁。

人景互动

观景之趣不仅在静观默照，妙悟天心，更在人景互动。通过互动，人与环境、建筑、自然之间的空间关系产生变化，产生新的意象和趣味。互动的形成可以分为内化和外化两个层面。内化，通过想象与联觉，对景观形象进行重构，生成新的诠释。对设计师而言，可以通过带有高度概括性、典型性的意象激发观赏者的潜意识来实现。外化，则通过增置带有奇思妙想的构筑物或者安排场地细节来实现。例如，作为2008年利物浦双年展一部分的街角公园“会跳舞的树”。

此篇作于淳熙元年（1174年）初春。当时叶衡在建康任江东安抚使，作者任江东安抚司参议官。金陵赏心亭，位于建康城西下水门之上，下

① 唐圭璋编，《全宋词》，第1881页。

临秦淮，是观景佳处。

词的开头两句紧紧扣住了题目。苍翠的群山仿佛有意要同高雅的人交谈，它们联翩而来，如骏马奔腾。这两句，极有稼轩特色，以气驭辞，想象独特，风雷之气隐隐可听。句中暗示自己虽有才却不得施展，愿将满腔忠愤托于知己。“高人”指叶衡。叶衡是一位很有才干的主战派官员，词人任江东安抚司参议官，便是他推荐的，以后又向朝廷极力推荐辛弃疾“慷慨有大略”。对于这样一位“经纶手”，加之有知遇之恩，词人十分感激。三、四两句借烟雨之景，表现了无限的怅惘，“望来终不来”写盼望之切而失望之深。不说愁，而愁极深。虽极感慨，仍以蕴藉出之。

下片，由眺望青山之怅惘陡转而为揶揄沙鸥之诙谐，但曲断意不断；虽着笔轻快，实则发自积郁。人们都说头发总是因愁闷变白的。如果是这样的话，那么水上的沙鸥通体皆白，岂不是一身都是愁吗？词人故意发此狂想，而且拍手笑之，似乎把上片歇拍低回沉郁的气氛一扫而光了；然而仔细体味，就会察觉到那贯穿全词的“愁”字并未消失，或者说词人极力排遣这如烟雨一般的无尽的愁思，是感情上的挣扎，而非心灵上的解脱。

【名称】松亭试泉图

【作者】仇英

【朝代】明

【馆藏】台北故宫博物院

【说明】此画描绘隐士于松亭之中品茗试泉的场景，逸趣横生。画面上山峦墨色苍郁，厚重沉稳，飞泉倾泻，在山崖上跌成数叠，水汽弥漫。亭外一童子正在汲取泉水，亭中隐士面朝外侧，似乎正在倾听林泉风声，另一童子蹲在地上烹茶，十分专注。松亭线条清晰挺秀，有古朴趣味。